Die ungenierte und unzensierte Datingbiografie
der etwas anderen Märchenprinzessin

Swipe-erella

Cornelia Hehn

Autor:in: Cornelia Hehn

weitere Mitwirkende: Sarah Scholz-Lation (Titelfoto)

Satz: Karin Klier

Druck und Vertrieb im Auftrag Cornelia Hehn:
Buchschmiede von Dataform Media GmbH, Wien
www.buchschmiede.at – Folge deinem Buchgefühl!

Besuche uns online

ISBN: 978-3-99152-896-8 (Paperback)
ISBN: 978-3-99152-895-1 (E-Book)

PRINTED IN
AUSTRIA

Für alle Singles
deren Datingleben genauso chaotisch
und verrückt ist wie meines.
Ihr seid nicht allein.

INHALT

EINLEITUNG

Meine Gedanken sind stets bei dir,
ich wünschte du wärst jetzt bei mir.

Bei dir kann ich mich fallen lassen,
es ist kaum in Worte zu fassen.

Schmetterlinge im Bauch machen es mir oft schwer,
dir zu sagen, was ich für dich fühle, ist mein Begehr.

Du bist die Liebe meines Lebens,
ohne dich zu leben habe ich versucht, vergebens.

Wenn du mich berührst, zittert mein Körper,
um dies zu beschreiben, fehlen mir die Wörter.

Ich will dich für immer an meiner Seite wissen,
denn ohne dich ist mein Leben beschissen.

Die Art wie du mir über die Wange streichelst,
und mich mit deinen lieblichen Worten umschmeichelst.

Ich kann an nichts mehr anderes denken,
am liebsten würde ich dir die Welt schenken.

Meine Gedanken sind stets bei dir,
ich wünschte du wärst jetzt bei mir.

Was würden wir Frauen nicht alles dafür tun, um solche Worte mal von einem Mann oder der Person, in die wir verliebt sind, zu hören. Zugegeben das Gedicht ist meine Version eines schnulzigen Liebesgedichts, jedoch ist es romantisch.

Nur eine kurze Randnotiz für die Männer. Wenn ihr so ein Gedicht einer Frau vortragt, dann könnt ihr euch sicher sein, dass wir Frauen wie Butter in euren Händen sind und ihr fast alles von uns haben könnt.

Mit dem Buch Swipe-erella, die unzensierte und ungenierte Datingbiografie der etwas anderen Märchenprinzessin, möchte ich mit euch meine Datingerfahrungen teilen. Leider sind diese nicht gerade romantisch, aber die eine oder andere Geschichte ist witzig.

In den ersten paar Kapiteln geht es um eine Zeit, in der Dating-Apps noch nicht existiert haben. Ich habe es tatsächlich auch geschafft, Männer oder besser gesagt Jungs im echten Leben kennenzulernen.

Aber keine Sorge, gefühlt 90 % meiner gesamten Datingerfahrungen habe ich online über eine App oder eine Dating-Seite gemacht. Somit werde ich dem Buchtitel auf jeden Fall gerecht. Vielleicht erkennt ihr euch in der einen oder anderen Situation wieder oder vielleicht ist euch dasselbe passiert.

Es könnte auch sein, dass ihr euch an der einen oder anderen Stelle denkt, „Wie dumm kann man sein?" Ich gebe zu, manchmal waren meine Entscheidungen nicht die besten, aber das macht mich und dieses Buch zu dem, was es nun mal ist. Und ich bin stolz darauf.

1
Wie alles begann

Beginnen wir mal damit, wie wir uns die perfekte Romanze oder Liebesbeziehung vorstellen würden. Da muss man sich die Frage stellen, wie und wann hat es begonnen, dass wir davon ausgehen, dass Beziehungen romantisch und schnulzig sein müssen? Ganz einfach, als wir Kinder waren, haben wir alle dieselben Märchen gelesen oder vorgelesen bekommen. Im Endeffekt geht es in allen Märchen um das Gleiche. Da gibt es eine junge und hübsche Prinzessin. Von allen unterschätzt und ihr einziger Traum ist es, geliebt und verstanden zu werden. Irgendwie schafft es dann diese Prinzessin, in Schwierigkeiten zu geraten.

Schneewittchen täuschte ihren Tod vor und verschwand im Wald, um dort mit sieben kleinen Männern, oder auch bekannt als die sieben Zwerge hinter den sieben Bergen, zu wohnen. Doch irgendwie fand ihre Stiefmutter, auch bekannt als die böse Königin, die verzweifelt versuchte, die Schönste im ganzen Land zu sein, heraus, dass Schneewittchen noch am Leben ist. Daraufhin überlegte sie sich einen Plan, um Schneewittchen ein für alle Mal loszuwerden. Sie vergiftete einen Apfel und verkleidete sich, sodass das Mädchen sie nicht erkennen würde. Als sie auf Schneewittchen traf, gab die verkleidete Königin ihr den vergifteten Apfel. Sie biss in den Apfel und fiel augenblicklich in eine Art Giftschlaf. Nur der wahre Liebeskuss konnte es erwecken oder besser gesagt entgiften.

Dann war da noch Dornröschen. Es war das lang ersehnte Kind eines Königspaares. Da sie so lange auf dieses absolute Wunschkind warten hatten müssen, gab der König eine Party und lud auch ein paar weise Frauen ein. Da er aber nicht genug Gedecke hatte, lud er nur zwölf der dreizehn weisen Frauen ein. Das war wohl keine gute Idee. Die dreizehnte Fee war sehr wütend, deswegen verfluchte sie Dornröschen, es sollte sich an seinem fünfzehnten Geburtstag an einer Spindel stechen und tot umfallen. Leider konnten die anderen weisen Frauen diesen Fluch nicht aufheben, aber zumindest abschwächen. Es kam, wie es kommen musste, obwohl damals alle Spindeln im Königreich vernichtet worden waren, schaffte es Dornröschen irgendwie, sich an einer Spindel zu stechen. Es fiel in einen tiefen Schlaf, genauso wie das gesamte Königreich. Auch bei diesem Märchen sollte der Kuss der wahren Liebe die Lösung für das Problem sein.

Dann haben wir noch Rapunzel. Ich weiß, der Name ist nicht gerade berauschend. Da ihre Mutter Heißhunger auf Rapunzeln hatte und ihr Vater getreu dem Motto „Happy wife, happy life“ lebte, versuchte er, ihr welche zu besorgen. Bedauerlicherweise waren weit und breit keine zu finden, außer im Garten einer Zauberin. Anstatt diese zu fragen, ob er ein paar Rapunzeln für seine Frau haben könne, hielt er es für die bessere Idee, in der Nacht in ihren Garten einzubrechen und sie zu bestehlen. Dies blieb natürlich nicht lange unbemerkt, die Zauberin schlug ihm vor, dass, wenn der König ihr das ungeborene Kind verspricht, er die Rapunzeln für seine Frau mitnehmen könne. Besonders schlau war der König nicht, denn er ging auf den Deal ein. Die Zauberin entführte das Kind und brachte es tief in den Wald. Sie nannte das Kind Rapunzel, kreativ war sie nicht gerade. Rapunzel wuchs in einem Turm auf und durfte nie zum Friseur gehen, was dazu führte, dass ihre Haare so lang wurden, dass die Zauberin die Haare von Rapunzel als Einstiegshilfe nutzen konnte. Irgendwann hörte ein Prinz sie singen und war sofort hin und weg. Sie verliebten sich und versuchten zu fliehen. Doch die Zauberin erfuhr irgendwie von den Fluchtplänen und verbannte Rapunzel in die Wüste. Durch äußerst makabre Umstände verlor der Prinz sein Augenlicht und suchte jahrelang nach dieser Prinzessin, bis sie sich endlich in der Wüste wiederfanden und er durch die wahre Liebe sein Augenlicht wiederbekam.

Zu guter Letzt unter den Top-Märchen haben wir dann noch Aschenputtel oder Cinderella. Das Mädchen verlor seine Mutter und bekam eine Stiefmutter. Diese hatte zwei schreckliche Töchter, die sie in die Ehe mit Cinderellas Vater mitbrachte. Sie wurde gemobbt und die Stiefdamen behandelten sie wie eine Sklavin. Ihr größter Wunsch war es, geliebt zu werden. Eines Tages war die Chance gekommen, dass Cinderella aus ihrem Leben ausbrechen konnte. Der König veranstaltete einen Ball, weil er der Meinung war, dass sein Sohn endlich erwachsen werden müsse und heiraten solle. Mit Hilfe einer zauberhaften Fee, mehrerer Tiere und einem riesigen Kürbis schaffte es Cinderella auf den Ball. Dort tanzte sie die ganze Nacht mit dem Prinzen, welcher sich sofort in sie verliebte. Doch dann schlug die Uhr Mitternacht und Cinderella musste fluchtartig den Ballsaal verlassen, da der Zauber, der dafür sorgte, dass ihre Stiefmutter sie nicht erkannte und die Tiere zu Menschen und den Kürbis in eine schöne Kutsche verwandelt hatte, nachließ. Auf ihrer Flucht verlor sie einen gläsernen Schuh. Der Prinz war so verliebt, dass er mit dem gläsernen Schuh das ganze Land durchsuchte, um Cinderella zu finden. Ja, ihr liegt mit der Vermutung richtig, wenn euch auffällt, dass ich mich von diesem Märchen habe inspirieren lassen, zumindest was den Buchtitel angeht.

In diesen Märchen kam immer dieser junge, stattliche Prinz daher. Manchmal kam er sogar auf einem prächtigen

Schimmel angeritten, und rettet die Prinzessin. Dann gab es diesen berühmten Kuss, der Dornröschen erweckt und Schneewittchen auf eine sehr interessante und wundersame Weise entgiftet. Ein Kuss, der so intensiv war, dass sogar der Prinz, welcher sich unsterblich in Rapunzel verliebt hatte, geheilt wurde und sein Augenlicht wieder bekam. Danach reiten beide auf dem Schimmel in den Sonnenuntergang und wenn sie nicht gestorben sind, dann leben sie noch heute oder sie lebten glücklich bis an ihr Lebensende.

Das waren unsere ersten Begegnungen mit der Liebe. In unseren prägendsten Jahren wurde uns beigebracht, dass, wenn wir in Schwierigkeiten geraten, ein Prinz angeritten kommt und für uns alle Schwierigkeiten beseitigt und uns rettet. Nachdem wir gerettet worden sind, wartet dann ein glückliches Leben auf uns, mit der Liebe unseres Lebens. Also wachsen wir mit dem Glauben auf, dass ein Mann oder die wahre Liebe unsere einzige Rettung ist und das Ziel unseres Lebens sein sollte. Als ob die Märchen nicht schon prägend genug gewesen wären, kamen in unserer Teenagerzeit noch die Filme dazu. Darin ist die Handlung dann schon etwas anspruchsvoller und komplizierter als in den Märchen.

Meine Favoriten, die ich mir immer wieder anschauen könnte, sind „Eine wie keine", „Bridget Jones" und „Ungeküsst". Ich habe einfach eine Schwäche für Filme, in denen das Außenseitermädchen den süßen Mann abbekommt. Liegt wahrscheinlich daran, dass ich mich selbst als Außenseiterin definieren würde.

In Filmen gibt es immer ein süßes Spontantreffen. Bei diesem süßen Spontantreffen begegnen sich die zwei Hauptdarsteller, also der süße, beliebte Junge und das

Außenseitermädchen, zum ersten Mal und beide verspüren so etwas wie ein Knistern. In diesem Augenblick steigt bei uns die Hoffnung, dass die beiden zueinander finden werden und dann ihr klassisches Märchenende bekommen.

Dann gibt es weitere spontane Aufeinandertreffen, in deren Verlauf beide langsam Gefühle füreinander entwickeln. In den meisten Fällen ist es der Mann, der dann einen inneren Kampf beginnt, da die Frau nicht zu dem passt, was er sonst gedatet hat und er Angst hat, dass seine Freunde das nicht verstehen. Meistens machen sich diese auch über das Außenseitermädchen lustig. Kommt euch das nicht bekannt vor?

Nehmen wir die Filme, die ich oben genannt habe, als Beispiel. Bei „Ungeküsst" ist Josie als Undercover-Journalistin in einer High-School, um für ihre Zeitung einen Artikel über die Jugend von heute zu verfassen. Ihr Problem war, dass sie in ihrer Schulzeit nicht beliebt war und von ihren Mitschülern gemobbt wurde. Leider wurde sie bei ihrer Undercover-Mission wieder so behandelt. Sie hatte bis zu diesem Zeitpunkt noch nie einen Freund und was noch viel schlimmer ist, sie wurde noch nie von einem Jungen oder einem Mann geküsst. Dann kam ihr Bruder an die Schule und schaffte es, dass Josie beliebt wurde und mit dem begehrtesten Jungen der Schule anbandeln konnte. In diesem Film gab es diesen einen Moment, als Josie mit ihrem Lehrer in einem Riesenrad saß und sie miteinander redeten. Ich würde sogar behaupten, dass er ein bisschen mit ihr flirtete. Expertin bin ich darin aber ungünstiger Weise nicht. Doch dann ging alles schief und Josie verlor die Möglichkeit, sich dem Lehrer zu nähern und von ihm ihren lang ersehnten ersten Kuss zu bekommen. Am Ende geht jedoch alles gut aus und dieser attraktive Lehrer gab ihr ihren ersten Kuss. Ist das nicht schön?

Dann haben wir noch den Film „Eine wie Keine", da gab es ein Mädchen namens Laney. Ich habe sie dafür bewundert, dass ihr scheinbar total egal war, was andere von ihr halten. Dann war da noch der frisch verlassene und beliebte Junge der Schule. Dieser wettete mit seinen Freunden, dass er es schaffen würde, jedes Mädchen zur Ballkönigin umzumodeln. Die Wahl fiel auf Laney. Er verpasste ihr ein Makeover und nahm sie überall mit. Dann erkannten plötzlich auch die beliebten Kids der Schule, dass Laney zwar ein spezieller, aber liebenswürdiger Mensch ist. Da Laney und der Junge sehr viel Zeit miteinander verbrachten, entstanden bei beiden Gefühlen. Deswegen war es für sie umso schlimmer, als sie herausfand, dass sie nur Gegenstand einer Wette war. Doch am Schluss fanden sie zueinander und küssten sich.

Zu guter Letzt haben wir da noch „Bridget Jones". Ich glaube, sie ist eine meiner absoluten Lieblinge. Sie ist mollig und tollpatschig und meistens sagt sie immer die falschen Sachen in den komplett falschen Situationen. Ich bin genauso und ich habe irgendwie ein Talent dafür, nicht nur in Fettnäpfchen zu treten, sondern in richtig große Schmalzkübel. Dass Bridget nicht perfekt ist, so wie es die heutige Gesellschaft von einem erwartet, macht sie umso sympathischer. Wir alle hofften, dass sie den süßen Typen abbekommt. Doch dieser ist nicht gerade das, was wir als Prinz Charming bezeichnen würden. Deswegen ließ sie sich auf ihren Chef ein, der ebenfalls kein Prinz Charming ist. Er ist das komplette Gegenteil eines Prinzen und so richtig charming ist er auch nicht. Er verletzte sie und log sie an. Aber das machte sie nicht schwächer.

Obwohl sie so verletzt worden war von ihm, schaffte sie es irgendwie sich aufzuraffen und sich einen neuen Job zu suchen. Das hat sie für mich noch sympathischer gemacht.

Doch am Ende stellte sich heraus, dass der süße Typ, den wir für kalt und reserviert hielten, doch ein Prinz Charming war und der Film endet damit, dass die beiden sich küssen. Irgendwie enden alle drei Teile so und komischerweise immer mit demselben Typen.

Am Ende eines jeden Filmes, den ich hier genannt habe, schaffen es beide Hauptdarsteller trotz aller Widrigkeiten wieder zueinanderzufinden. Dann kommt wieder der Kuss und im Hintergrund läuft ein romantisches Lied und sie bekommen ihr Ende wie im Märchen. Na ja, kein Märchenende, eher kommt ein Abspann mit einem coolen Lied.

So ist also über Jahre hinweg unser Verstand mit den Märchen- und Filmidealen der Liebe gefüttert worden. Uns wurde mittels Märchen und Filmen gezeigt, wie die perfekte Romanze ist und was es bedeutet, zu lieben. Uns wurde gezeigt, dass die Liebe die Lösung ist und die Antwort auf all unsere Fragen.

Wir alle träumen doch davon, geliebt zu werden und jemanden wahrhaft zu lieben. Wir träumen davon, dass wenn wir von dieser besagten Person geküsst werden, wir Schmetterlinge im Bauch fühlen und es das reinste Feuerwerk der Gefühle ist. Wir träumen davon, dass wir jemanden haben, bei dem wir uns sicher und beschützt fühlen und wir uns fallen lassen können, wenn wir in dessen Armen liegen. Wir träumen davon, dass wir jemanden finden, bei dem wir wir selbst sein können und uns nicht verstellen müssen. Wir träumen davon, dass diese Person uns mit allen Ecken und Kanten liebt und zu schätzen weiß. Wir träumen von einer Person, die sich nach zuhause anfühlt, welches wir nie wieder verlassen wollen. Der Song „Someone To You" von den „Banners" fasst das Ganze sehr gut zusammen.

Ich träume nach wie vor, dass ich irgendwann einmal so etwas finde. Ich träume davon, dass ein Mann, wie in einem Achtziger-Jahre-Film, einen Ghettoblaster über seinen Kopf hält und das Lied „Don't You (Forget About Me)" von Simple Minds spielt. Ich träume davon, dass ein Mann mich abholt und seine Hand siegreich in die Luft hält, weil er mich bekommen hat. Ich träume davon, dass irgendwann mal ein Mann auf die Frage: „Zu wem gehört diese Verrückte?" mit stolzem Blick antwortet: „Oh, das ist meine und die gebe ich nie wieder her, also Finger weg!". Ich träume davon, dass mir ein Mann, der ernsthafte Absichten hat, Blumen schenkt. Bis jetzt habe ich immer nur Blumen von meiner Familie, meinen Chefs oder Pensionisten bekommen, denen ich geholfen habe, ein Formular auszufüllen. Ich träume davon, dass wenn dieser besagte Mann mich küsst, ich Schmetterlinge im Bauch verspüre.

Ich bin sehr von mir selbst überrascht! Nach all den Erlebnissen, die ich hier im Buch beschreibe, habe ich die Hoffnung an Romantik und Liebe nicht verloren. Ich habe den Glauben, dass ich eines Tages meinen „Prinzen" finde, nicht aufgegeben. Ich weiß, dass ich es wert bin, dass man mir Blumen schenkt. Ich muss nur noch den Richtigen finden.

Vielleicht ist Liebe die Antwort auf einige Fragen, aber sicherlich nicht auf alle. Vielleicht ist Liebe tatsächlich schön. Ich kann es nicht sagen, weil ich noch nie verliebt war, geschweige denn geliebt habe. Sorry für den Spoiler! Unglaublich, aber wahr, ich bin nach wie vor Single. Wer weiß, vielleicht handelt mein nächstes Buch davon, wie ich die Liebe, nach der ich mich sehne, gefunden habe.

Doch in diesem Buch werde ich euch von meinen Erfahrungen berichten. Diese waren weder romantisch noch in irgendeiner Form märchenhaft. Die Geschichten klingen teilweise wie ein trashiger Film oder wie eine Realityshow. Manche meiner Begegnungen waren witzig, manche waren sehr lehrreich und manche haben weh getan. Seid also gespannt, wie das Dating-Leben der etwas anderen Märchenprinzessin so aussieht.

2

Mein erstes Mal

Hier eine kurze Warnung. Es könnte sein, dass das Niveau, welches ich auf den letzten Seiten aufgebaut habe, nun stetig abnimmt. Gut, dieses Werk soll ja schließlich keine romantische und schnulzige Geschichte für Akademiker werden. Es soll meine Realität über die Begegnungen, die ich hatte, widerspiegeln und ich habe versucht, es so witzig und angenehm wie nur möglich zu gestalten.

Bevor es losgeht, stelle ich mich mal kurz vor, damit ihr ein Bild davon habt, wer ich eigentlich bin. Ich bin mittlerweile 28, 1,83 cm groß und eher auf der kurvigen Seite zu Hause, was die Körperform angeht. Ich bin ein kreativer, chaotischer und witziger Mensch. Manchmal kommt es vor, dass ich auch ein zutiefst verunsicherter Mensch bin. Ich habe ein besonderes Talent dafür, komische, interessante und witzige Leute anzuziehen und ich schaffe es auch immer, das Arschloch zu sein. Selbst dann, wenn ich nicht wirklich etwas dafürkann bzw. ich eigentlich nichts falsch gemacht habe. Ein weiteres Talent von mir ist, dass ich es oft schaffe, nicht nur in Fettnäpfchen zu treten, sondern in richtige Schmalzkübel. Vielleicht habe ich mich deswegen immer mit Bridget Jones identifiziert. Seht selbst!

Starten wir die Erzählungen bei meinem ersten Mal. Viele fragen sich jetzt, warum ausgerechnet da? Na ja, es ist so, dass ich in meiner Pubertät eher zu den Unbeliebten zählte. Ich war introvertiert, schüchtern, sehr unsicher, tollpatschig und ich wollte unbedingt zu den „coolen" Kids gehören. In der Schule wurde ich gemobbt und von Selbstbewusstsein und Selbstwertgefühl fehlte jede Spur. Somit hatte ich auch keine Dates und Jungs nahmen mich nicht einmal wahr.

Ich war fünfzehn Jahre alt und es war ein schöner Herbsttag, als ich nach der Schule an der Bushaltestelle saß und auf den Bus wartete, als sich plötzlich ein süßer Junge neben mich setzte. Er war ein klein wenig größer als ich, hatte braune Haare, breite Schultern, muskulöse Arme und ein Lächeln, das einen dahinschmelzen ließ. Ich werde ihm den Namen Silvan geben, was der aus dem Walde bedeutet. Warum ich mich ausgerechnet für diesen Namen entschieden habe, werdet ihr in den folgenden Seiten herausfinden.

Ich kannte Silvan, er war der selbsternannte Dorfschönling und er war auch der Cousin einer guten Freundin von mir. Er wohnte im selben Ort wie ich und ich muss zugeben, dass er wirklich ein gutaussehender und süßer Junge war.

Der Bus hatte wie üblich Verspätung und irgendwann begann Silvan mit mir zu reden. Ich war sehr nervös, denn eigentlich hatte er noch nie mit mir geredet. Ich war es auch nicht gewohnt, dass solch gutaussehende Burschen mit mir reden, wenn ich mit ihnen allein war. Gut, es war nur belangloser Smalltalk, aber trotzdem redete er mit mir. Dann fragte er mich, warum man mich so selten im Ort sieht, wenn alle Jugendlichen unterwegs sind.

Ich klärte ihn darüber auf, dass meine Mutter sehr konservativ war und da meine ältere Schwester in ihrer Pubertät über die Stränge geschlagen hatte, ich die meiste Zeit Hausarrest hatte. Ich glaube, das Thema Familie werde ich mal in einem anderen Buch bearbeiten oder besser gesagt verarbeiten.

Dann passierte etwas, was mir zuvor noch nie passiert war. Er rückte ein Stück an mich heran und fragte mich nach meiner Handynummer. Er sah mich dabei an und lächelte. Ich war überrascht und so aufgeregt.

Hat er mich tatsächlich gefragt, ob er meine Handynummer haben kann?

Der Dorfschönling will tatsächlich meine Nummer?

Wie ist das passiert? Warum ich? Was findet er nur an mir?

Er mag doch eher Frauen mit Extensions und aufgeklebten Fingernägeln. Eben Frauen, die künstlich sind und sich ihre Augenbrauen abrasiert haben und diese nachmalen.

Warum ich? Was soll ich nur machen?

Soll ich ihm meine Nummer geben? Was passiert, wenn ich es tue?

Flirtet er mit mir? Will er vielleicht nur nett sein? Oh mein Gott, was mache ich nur?

Hat er nach meiner Nummer gefragt? Kann mich bitte mal jemand kneifen?

Mir schossen so viele Gedanken durch meinen Kopf. Obwohl mein Hirn im Chaos versank, sah ich ihn an und wurde schwach. Als er mich ansah und lächelte, waren all die Fragen und Zweifel auf einmal weg. Ich zögerte nicht mehr und gab ihm einfach meine Nummer. Ich schwöre euch, Mädels, wenn er euch so angesehen und angelächelt hätte, hättet ihr das Gleiche getan.

Die nächsten Tage tauschten wir regelmäßig SMS aus. Damals gab es noch kein WhatsApp, kein Snapchat, kein Telegramm und wie sie alle heißen. Geschweige denn Dating-Apps. Damals musste man tatsächlich mit den Leuten reden und sie treffen, wenn man zu Dates kommen wollte. Traurigerweise hat die Kommunikationsfähigkeit der Leute von heute auf Grund diverser Lockdowns und der Handys und Apps so sehr gelitten, dass manche nicht mal in der Lage sind miteinander zu reden, wenn sie sich gegenübersitzen.

An einem Freitagnachmittag stellte er die Fragen aller Fragen. Für mich war es damals eine der wichtigsten und coolsten Fragen, die mir je ein Junge hätte stellen können.

Er hatte gefragt, ob ich etwas mit ihm unternehmen möchte. Gut, er hatte gefragt, ob ich hinauskomme. Ich war fest davon überzeugt, dass da noch andere Leute sein werden. Ich überlegte nicht lange und sagte sofort zu. Als Treffpunkt schlug er einen Hochstand vor.

Ich bin direkt neben einem Wald aufgewachsen und jeder, der vom Land ist, weiß, was ein Hochstand ist. Zur Erklärung für diejenigen, die es nicht wissen: Im Endeffekt ist es ein Holzhäuschen auf Stelzen. Es gibt geschlossene und offene. Diese Hochstände werden von Jägern benutzt. So können sie sich während der Jagd tarnen, haben einen guten Blick aus der Vogelperspektive und haben es gemütlich, weil sie nicht im Dreck auf der Lauer liegen müssen.

Bei mir im Ort gibt es mehrere Hochstände. In der Gasse, in der ich aufgewachsen bin, führt ein Weg in den Wald und wenn man diesem Weg folgt, kommt man irgendwann zu einer Lichtung. Dort war der besagte Hochstand. Es war ein geschlossener Hochstand mit einem Bänkchen darin, in dem gerade mal genug Platz für zwei Personen war.

Es war später Nachmittag und da wir Herbst hatten, war es bereits dunkel und auch ein bisschen kalt. Ich ging diesen Weg in Richtung Wald und Hochstand. Ich war sehr aufgeregt und sehr nervös. Mit jedem Schritt wurde mein Herzschlag lauter und schneller. Mein Hirn spielte wieder verrückt.

Werden da auch andere sein? Was mache ich, wenn wir allein sind?

Was sage ich zu ihm?

Oh Mann, vielleicht hätte ich doch nicht die Jogginghose und den grauen Pulli anziehen sollen?

Rieche ich gut?

Habe ich meinen Schlüssel mit? Hoffentlich erfährt das meine Mutter nicht?

Will er wirklich was von mir? Oder bin ich nur ein Kumpel?

Wird er versuchen, mich zu küssen? Findet er mich hübsch?

Was mache ich nur? Schauen meine Haare gut aus?

Jap, in meinem Hirn sieht es immer so aus, wenn ich aufgeregt, nervös oder traurig bin. Ich bin halt ein sehr verkopfter Mensch. Nach ein paar Minuten erreichte ich den Hochstand und da stand er.

Er hatte sich an einen der Stelzen, auf denen der Hochstand montiert war, angelehnt. Er hatte eine schwarze Jogginghose und einen dunklen Pullover an. Silvan hatte noch einen Rucksack dabei. Er sah so süß aus und als ich näherkam, bemerkte ich, dass er ein gutes Parfum hatte. Ich weiß nicht, wie es heißt, aber es roch sehr gut. Ich muss gestehen, ich liebe es, wenn Männer gut riechen, da könnte ich schwach werden. Ist heute noch etwas, was mich richtig anmacht. Natürlich nur bei Männern, die ich anziehend finde und die ich daten will.

Mein Herz schlug schneller und ich war etwas überrascht, dass er allein war. Diese Tatsache machte mich nur noch nervöser. Ich stand gefühlt vor einer Panikattacke. Ich hatte gedacht, dass noch andere da sein werden und wir dann einfach nur so herumhängen und Musik hören. Dann begann wieder der Mindfuck in meinem Hirn.

Oh mein Gott? Was wird das?

Kommt noch wer?

Scheiße, was mache ich jetzt? Was hat er in dem Rucksack?

Wieso sieht er mich so komisch an? Warum lächelt er mich an?

Was will er nur von mir? Ich bin doch gar nicht sein Typ, oder etwa doch?

Er sah mich an und musterte mich. Zumindest hat es sich so angefühlt, als würde er mich mit seinen Blicken von oben bis unten mustern. Dann deutete er mit seiner Hand auf die Leiter, die nach oben zu dem Hochstand führte. Wir kletterten die Leiter zu dem Hochstand hoch und gingen hinein. Es war ein sehr kleiner Raum, als wir uns hinsetzten, berührten sich unsere Schultern und unsere Beine. Eigentlich berührten wir uns überall, da es ein sehr winziger Raum war. Sein Parfum stieg mir wieder in die Nase und es machte mich verrückt!

Oh Mann, er ist so süß? Er riecht soooooo gut! Sein Lächeln ist echt süß.

Ob er mich küssen wird? Was, wenn, ja?

Sind wir dann zusammen? Hilfe! Warum bin ich nur hier?

Wieso sagt er nicht, was er von mir will? Was wird das hier? Ich halte es nicht mehr aus! Mir ist so schlecht. Ist er wohl genauso nervös wie ich gerade?

Ich wusste nicht, was ich sagen soll oder worüber ich mit ihm reden sollte. So entstand kurz eine sehr peinliche Stille. Diese war allerdings nicht gerade hilfreich dafür, um meinen Herzschlag zu regulieren. Mein Herz schlug so schnell, dass wohl jeder Pulsmesser damit überfordert gewesen wäre. Er wirkte ziemlich cool und gelassen und er lächelte mich die ganze Zeit an. Es schien fast so, als ob er etwas im Schilde führte.

Dann sagte er endlich was und die peinliche Stille war zu Ende. „Willst du auch was?“, fragte er und öffnete den Rucksack, den er dabeihatte. Im Rucksack hatte er eine Flasche Schnaps und zwei Radler versteckt. Ich war erleichtert, denn ich hatte gehofft, dass der Alkohol mich etwas beruhigt und meine Nervosität weggeht. Ich hatte so große Hoffnung, dass der Alkohol dafür sorgt, dass mein Herzschlag langsamer wird. In der kurzen Zeit, die wir nebeneinandersaßen, hatte ich gefühlt zehn Panikattacken. Ich frage mich bis heute, ob man mir eigentlich anmerkte, wie nervös ich war

Ich griff nach der Flasche Schnaps und nahm einen großen Schluck. Silvan lachte dabei. Er hatte wohl nicht erwartet, dass ich so „durstig“ war. Gott sei Dank machte er den Radler auf und hielt ihn mir hin. Der Schnaps war nämlich sehr stark und ich brauchte unbedingt etwas, um den komischen Geschmack loszuwerden. Er nahm ebenfalls einen großen Schluck aus der Schnapsflasche und begann seinen Radler zu trinken. Dann war da wieder diese seltsame und peinliche Stille. Ich wusste noch immer nicht, was bzw. worüber ich mit ihm reden sollte.

Nun ja, da saßen wir also in einem dunklen und kalten Hochstand. Wir saßen da und schauten blöd in die Gegend. Silvan lächelte mich noch immer an, bis er ein Gespräch startete. Es waren keine weltbewegenden Themen, die wir beredeten, aber dennoch war es ein sehr schöner, wenn auch etwas seltsamer Augenblick. Ich wurde von Minute zu Minute ruhiger. Obwohl ich ruhiger geworden war, entschloss sich mein Herz dazu, nach wie vor schnell zu schlagen. Schnell und laut. Ich wette, mein Herz schlug genauso schnell wie das von einer kleinen Rennmaus. Dadurch, dass es ein so kleiner Raum war und wir aneinanderklebten, hatte ich Angst, dass er hören könnte, wie laut und schnell mein Herz schlug. Ich wollte cool und lässig wirken. Eben wie jemand, der sich öfter mit Burschen wie ihm trifft. Aber ich glaube, so wirklich ist mir das nicht gelungen. Die Zeit verging und nach einer Zeit fragte Silvan mich: „Sag, warum hast du keinen Freund?“.

Nicht sein Ernst? Hat er mich das gerade gefragt?

Typen nehmen mich nie wahr! Ich bin zu mollig! Ich bin nicht cool! Zu uncool! Zu lieb!

Warum fragt er mich so etwas? Warum will er das wissen? Will er mich verkuppeln, oder was?

Ich kenne mich nicht aus! Was soll ich sagen?

Wenn ich ihm die Wahrheit sage, wenn ich ihm sage, dass ich nicht hübsch genug sei und nicht cool genug, komme ich dann noch cool und lässig rüber?

Ich war verwirrt und all diese Fragen schwirrten durch meinen Kopf. Ich versuchte cool zu bleiben, damit er nicht merkt, wie nervös und verwirrt ich war. Ich sah Silvan daraufhin an und antwortete: „Weil mich keiner will.“ Und er antwortete, wie aus der Pistole geschossen: „Aber ich will dich.“

Wie bitte, was??? Sein Ernst? Was ist hier los?

Hat gerade tatsächlich dieser süße Typ gesagt, dass er MICH will? Ausgerechnet mich?

Was passiert hier gerade? Was soll ich nur antworten?

Meint er es ernst? Wie kann das sein? Was passiert hier nur?

Bin ich vielleicht doch nicht hässlich und uncool?

Sieht er etwas, was ich nicht sehe?

Ich war geschockt, als ich das hörte. Dann passierte etwas, was ich so von mir nicht kannte. Mit einem Schlag fühlte ich mich attraktiv und begehrenswert. Ich glaube, jedem Mädchen wäre es genauso gegangen. Kommt schon, wenn euch ein gutaussehender Typ mit einem bezaubernden Lächeln tief in die Augen geschaut hätte und diesen Satz gebracht hätte, wärt ihr, genauso wie ich, dahingeschmolzen. Es war ein richtiger Egopush. Bis zu diesem Zeitpunkt wusste ich nicht mal, was ein Ego ist, geschweige denn, wie man es pushen kann. Ich wusste nie, wie es sich anfühlt, wenn ein süßer Typ einen haben will. Ich kannte es nicht, dass ein hübscher Bursch mich gut findet. Nicht nur, dass diese Situation mich dezent überforderte, kam ich mit diesen Gefühlen, die ich auf einmal hatte, überhaupt nicht zurecht. Es war neu für mich, mich sexy und begehrenswert zu fühlen.

Nachdem er das gesagt hatte, schaute er mir tief in die Augen. Dann begann er mir mit seiner Hand über die Wange zu streicheln. Er streifte mein langes braunes Haar hinter mein Ohr, ließ seine Hand dort und drückte meinen Kopf in Richtung seines Kopfes. Kurz bevor sich unsere Lippen trafen, schaute er mir in die Augen und streichelte wieder meine Wange mit seinem Daumen und lächelte mich an. Dann begann er mich zu küssen und das war vielleicht ein guter Kuss! Die perfekte Mischung aus Zunge und Intensität. Ich wollte diesen Moment genießen und mich fallen lassen, doch mein Hirn hatte andere Pläne.

Ich fasse es nicht? Küsst er mich gerade wirklich? Wo führt das nur hin?

Ich kann nicht mehr! Bitte, lieber Gott, lass diesen Moment nie enden! Ich will nicht, dass dieser Kuss aufhört.

Oh Mann, er riecht so gut. Was passiert hier nur?

Was will ein gutaussehender Junge wie er nur von mir?

Wieso kann ich mich nicht fallen lassen? Wieso kann ich in so einem Moment mein Hirn nicht ausschalten??

Kurz nachdem er begonnen hat, mich zu küssen, hörte er auf und zog seinen Kopf zurück. Ich war nach wie vor nervös und ängstlich. Ich hatte große Angst, dass er mir sagt, dass ich überhaupt nicht küssen kann oder mir erklärt, dass er das doch nicht will. Doch mit dem, was dann tatsächlich kam, hätte ich nie im Leben gerechnet!

Er sagte: „Wow, deine Lippen sind so weich und du riechst so gut." Dieses Kompliment ging runter wie Öl. Ich grinste ihn nur an und lehnte mich zu ihm, damit ich ihn wieder küssen konnte. Als wir uns so küssten, machten sich Silvans Hände selbständig. Sie begannen damit, jede Kurve meines Körpers zu erforschen. Diese Forschungsreise war für ihn wohl ein bisschen herausfordernd, da ich eine Jogginghose, einen dicken Pullover und eine Winterjacke anhatte.

Für mich war es eine komplett neue Erfahrung! Einerseits fühlte es sich gut an, aber andererseits war ich nervös. Ich wusste nicht, ob ihm das, was ich unter dem dicken Pullover und der Jogginghose zu verstecken versuchte, gefallen würde. Jedes Mal, wenn er mich berührte, bekam ich

Gänsehaut. Ich schämte mich so sehr für meinen Körper. Er war auch einer der Gründe, warum ich in der Schule gemobbt wurde. Obwohl, einen Vorteil hatte meine Molligkeit schon. Während andere Mädchen in meinem Alter eher flach obenrum waren, hatte ich einfach mal so Körbchengröße 80 C und da befanden sich meine Brüste noch im Wachstum. Silvan schien über diesen Fund besonders überrascht zu sein. Es hatte den Anschein, als ob Silvan noch nie so viel Brust auf einmal in der Hand gehabt hatte. Während er froh war über die Größe meiner Oberweite, freute ich mich über die Dunkelheit im Hochstand. Die einzige „Lichtquelle", die wir hatten, war die Taschenlampe von Silvans Handy. Es gab mir Sicherheit zu wissen, dass Silvan aufgrund der Dunkelheit nicht so viel von meinem Körper sehen konnte. Ich versuchte, mich auf diese mir sehr unbekannte Situation einzulassen und cool zu bleiben. Leider war das alles andere als leicht. Es passierte einfach so viel auf einmal, womit ich einfach nicht umgehen konnte.

Silvan bekam von all dem nichts mehr mit. Er begann damit, seine Hand unter meinen Pullover zu schieben und spielte mit meinen Brüsten. Dann begann er damit, meine Jacke auszuziehen. Es dauerte nicht lange, bis er seine Jacke auch auszog und auf den Boden warf. Er küsste mich immer intensiver und dann brachte er seine Zunge ins Spiel. Wir knutschten wirklich heftig und er zog mich immer weiter aus, bis ich nackt war. Ich versuchte zu ignorieren, dass es extrem kalt war. Ich wurde immer nervöser und mein Herz war außer Rand und Band. Ich hatte keine Ahnung, worauf ich mich eingelassen hatte und ich hatte erst recht keine Ahnung, was ich tun musste oder wie das alles funktioniert. Oder wer was wohin und wie lange hineinsteckt. Ich war zu diesem Zeitpunkt schließlich noch Jungfrau.

Irgendwann lagen alle meine Sachen auf dem Boden, dann stand er auf und sagte zu mir, dass ich mich auf dieses Bänkchen legen sollte. Brav, wie ich war, stand ich auf und legte mich hin. Ich wollte einfach nicht, dass er merkt, wie unwohl ich mich eigentlich fühlte. Vor allem, nachdem mir klar geworden war, dass dieses Treffen darauf hinausläuft, dass Silvan mich entjungfert.

Da lag ich nun nackt, entblößt und total nervös auf diesem Holzbänkchen. So viel kann ich sagen, im Liegen war dieses Holzbänkchen fast noch unangenehmer als im Sitzen. Ich hatte noch immer keine Ahnung, was ich jetzt machen soll. Geschweige denn, was da jetzt genau auf mich zukommen würde. Er stand neben mir und musterte mich wieder. Seine Blicke wanderten meinen Körper auf und ab, fast schon so, als ob er etwas Bestimmtes suchen würde. Während Silvan mich so musterte, begann er damit, sich auszuziehen. Ich hatte noch immer Angst, dass er sagen könnte, dass ich ihm nicht gefalle und er meinen Körper hässlich findet.

Dieses Holzbänkchen wurde mit jeder Minute unbequemer. Ich bin mir ziemlich sicher, dass ich mir damals sogar einen Schiefer eingezogen habe, und zwar an einer Stelle, an der man sich definitiv keine Schiefer einziehen sollte! Mit jeder Minute, die ich da so nackt in der Kälte herumlag und seine musternden Blicke ertrug, wurde mir immer übler. Ich weiß nicht, ob mir so schlecht war, weil ich mich in dieser Situation befand oder weil ich mehr Alkohol getrunken hatte, als ich gewohnt war. Na ja, eigentlich war ich es überhaupt nicht gewohnt Alkohol zu trinken, also konnte es vielleicht sogar daran liegen.

Der Gedanke, dass er auf einmal die Flucht ergreift, weil er findet, dass ich hässlich bin, wollte einfach nicht aus meinem Hirn verschwinden. Ich meine, er hätte es jederzeit abbrechen können. Aber er ist nicht geflüchtet und gesagt hat er nur: „Du hast so unglaublich weiche Hände. Alles an dir ist so schön weich."

Als er sich auszog, sah ich ihn an. Silvan wurde optimal von seiner Handytaschenlampe beleuchtet und als er seinen Pullover ausgezogen hatte, sah ich seinen muskulösen Oberkörper. Irgendwie sah er wie ein Bild aus, welches mit Photoshop bearbeitet worden war. Was bei meinem ach so hohen Selbstwertgefühl nicht gerade von Vorteil war. Ich legte die Arme über meinen Bauch und versuchte die schiachsten Stellen meines Körpers zu verdecken, damit er sie nicht sehen konnte. Ich schämte mich so sehr für meinen Körper. An dieser Stelle möchte ich anmerken, dass ich zu dieser Zeit Normalgewicht hatte und eigentlich nur einen kleinen Bauch hatte.

Da stand er nun. Nackt, attraktiv und einsatzbereit. Plötzlich fiel mir ein, dass das, was jetzt kommt, vielleicht keine gute Idee ist. In der ganzen Aufregung hatte ich vergessen zu erwähnen, dass ich meine Periode hatte.

Na toll, ich Idiot habe auf meine Periode vergessen? Was mache ich jetzt nur?

Früher oder später wird er es herausfinden, ich habe ja ein O.B. drinnen! FUCK, wie sage ich Silvan das jetzt?

Geht's eigentlich noch peinlicher?

Mir blieb nichts anderes übrig, als Silvan die Wahrheit zu sagen. Ich beichtete ihm, dass ich meine Periode hatte und dass das, was er mit mir vorhatte, nicht gehen würde. So schnell konnte ich gar nicht schauen und er hatte mein O.B. entfernt. Na ja, ich finde es nicht gerade erotisch oder erregend, von einem Mann quasi entkorkt zu werden, aber ihm schien es nichts auszumachen. Es hatte fast den Anschein, als ob er so etwas schon einmal gemacht hatte. Dann geschah es. Er warnte mich kurz bevor er in mich eindrang, dass es weh tun würde, wenn er das Jungfernhäutchen durchstößt. Er drang vorsichtig in mich ein und ich wusste noch immer nicht, wie mir geschah oder was ich tun sollte.

Das war nun der Moment, in dem ich meine Jungfräulichkeit verlor. Es war definitiv nicht so, wie ich es mir vorgestellt hatte. Es war kalt, das Bänkchen war unbequem und er hatte recht, es tat tatsächlich weh. Lang dauerte es übrigens auch nicht. Es gab kein Bett, keine Kerzen und definitiv keine Romantik.

Ich dachte immer, dass ich meine Jungfräulichkeit an einen Jungen verliere, mit dem ich mindestens drei Monate zusammen war. Einen Jungen, in den ich verliebt bin. Ich habe mir vorgestellt, dass es bei meinem ersten Mal gute Musik, Kerzen und Romantik gibt. Ach ja, ich hatte noch auf ein Bett mit frischer Bettwäsche gehofft, aber dem war nicht so. Romantik war keine vorhanden. Vielleicht konnte man eine Spur an Romantik erkennen, als er zu mir sagte, dass er mich will, aber das war es auch schon.

Stattdessen gab es Alkohol. Statt den gewünschten Kerzen gab es eine Handytaschenlampe und statt eines Bettes gab es nur dieses unbequeme Holzbänkchen. Dank dieses Holzbänkchens habe ich mir Schiefer an Stellen eingezogen, an denen man sich lieber keine einziehen sollte. Dazu kommt, dass der Junge, der mich entjungferte, nicht mein „fester“ Freund war. Vom Verliebtsein fehlte auch jede Spur. Auch wenn mein erstes Mal nicht so war, wie ich es mir vorgestellt hatte, so fand ich es doch irgendwie gut.

Nachdem es vorbei war, läutete sein Handy, er bekam einen Anruf von einem Freund, der fragte, ob Silvan nicht zu ihm kommen mag. Also zogen wir uns an und als wir uns in diesem engen Raum anzogen, grinsten wir uns an. Dann kletterten wir die Leiter wieder hinunter und redeten noch kurz miteinander. Aus dem Nichts sagte er dann zu mir: „Hey, bitte sag keinem was davon und wenn wir uns wieder treffen, sage es auch keinem. Wir behalten das hier einfach für uns. Wir sind einfach Freunde mit gewissen Vorzügen". Ich nickte und ging. An diesem Abend habe ich zum ersten Mal in meinem Leben den Begriff „Freunde mit gewissen Vorzügen" gehört. Ich konnte mit diesem Begriff nichts anfangen. Mir war auch nicht klar, was das jetzt genau zu bedeuten hat. Am Weg nach Hause dachte ich über alles nach und das Einzige, was hängen geblieben war, war die Tatsache, dass er mir durch die Blume gesagt hatte, dass er mich wieder sehen will.

Was findet er nur an mir? Wieso will er mich wiedersehen? Hat er das, was da im Hochstand passiert war, tatsächlich gut gefunden? Schreibt er mir wieder und wenn ja, was?

Soll ich ihm schreiben? Wie soll ich mich verhalten, wenn ich ihn wieder sehe?

Was zum Henker bedeutet „Freunde mit gewissen Vorzügen"? Was ist das jetzt genau zwischen uns? Mag er mich?

Findet er mich attraktiv? Hat er gesagt, dass er mich will?

Was passiert hier nur? Warum darf ich es niemandem sagen? Wird meine Freundin böse auf mich sein, wenn sie von uns erfährt?

3

Ein verlassener Wohnwagen und neue Erfahrungen

Nach diesem Treffen habe ich mich so gut gefühlt. Ich wollte es nicht wahrhaben, was da passiert war. Ich hielt mein Versprechen bzw. tat ich ihm den Gefallen und erzählte niemandem von unserem Treffen oder der Tatsache, dass er mich entjungfert hatte. Auch wenn es mir sehr schwergefallen ist. Vielleicht hätte ich, als er das von mir verlangte, stutzig werden sollen.

Natürlich blieb es nicht bei diesem Treffen. Eine Woche nach unserem kleinen „Jagdausflug" machte er seinen Führerschein und wir trafen uns auf einem Feldweg. Man könnte fast meinen, dass wir richtige Naturfanatiker waren. Ich stieg zu ihm ins Auto. Wir fuhren zu einem Grundstück neben einem Wald, wo ein alter und verlassener Wohnwagen stand. In diesem sehr alten Wohnwagen kam wieder eine neue Erfahrung auf mich. Ich lernte die interessante Welt des Oralverkehrs kennen. Das war vielleicht ein schräges Erlebnis. Könnt ihr euch noch an euren ersten Oralverkehr erinnern? Wie habt ihr ihn damals empfunden?

Meine erste Erfahrung war nicht gerade berauschend, und ich bin mir ziemlich sicher, dass ich mich total tollpatschig angestellt habe. Warum? Na ja, ich war überfordert und wusste nicht genau, was ich mit dem Ding namens Schwanz und seinen zwei Freunden, den Eiern, machen sollte. Pornos schaute ich damals nicht, somit hätte ich mich auch nicht vorbereiten können. Heute ist das anders. Wenn ich einen Mann kennenlerne, der eine mir unbekannte Vorliebe hat, sehe ich mir einfach einen Porno an. So sehe ich, worum es geht, und ich kann mir anschauen, ob es mir gefallen würde. Abgesehen davon sehe ich gleich, wie es funktioniert und bin so optimal vorbereitet für ein „Date“. Ich hasse es, wenn ich nicht auf solche Treffen vorbereitet bin.

Zurück zu meinem ersten Aufeinandertreffen zwischen meinem Mund und einem Schwanz. Da kniete ich also vor ihm und betrachtete seinen Schwanz, er spielte sich damit und ich sah ihm zu, wie er steif wurde. Dann sagte er mir, dass ich seinen Schwanz in den Mund nehmen soll und das so tief wie ich nur kann. Als ich ihn im Mund hatte, war der Geschmack seltsam und unbekannt. Ich wusste nicht, was ich mit meinen Händen oder meinem Mund oder mit meiner Zunge tun sollte. Gott sei Dank hatte Silvan eine hilfsbereite Ader und er gab mir Anweisungen, was ich zu tun hatte und wie schnell ich es tun sollte. Dabei schossen mir wieder mal so viele Fragen durch den Kopf.

Das sieht schon sehr seltsam aus? Wieso schmeckt das so komisch?

Was mache ich nur? Mache ich das gut so? Was soll ich nur mit meinen Händen machen?

Findet er das wirklich gut? Was gibt ihm das?Ich bin mir unsicher, ob ich das mag!

Gut, der einzige Grund, warum Silvan so hilfsbereit war, war der, dass er es voll auskosten konnte und seinen Spaß hatte. Mein Vorteil lag darin, dass ich die Basics eines Blowjobs lernte.

Diese Situation war so seltsam für mich, und wohl fühlte ich mich nicht wirklich dabei. Ich hatte seinen Schwanz im Mund und bewegte meinen Kopf hin und her, und dann begann ich, mit meiner Hand seine Eier zu massieren. Ich war so nervös, weil ich nicht wusste, ob ich es richtig mache, und ich war mir nicht sicher, ob mir das überhaupt gefällt. Es war einfach neu, unbekannt und sehr seltsam.

Nachdem ich meinen ersten Blasversuch hinter mich gebracht hatte, begann er damit, mich auszuziehen. Er hatte noch immer einen Ständer, das lag vielleicht auch daran, dass ich damals noch nicht so gut blasen konnte und er deswegen noch nicht abgespritzt hatte.

Dann legte er sich auf das Bett und zog mich zu ihm. Wir lagen nebeneinander und wir küssten uns und er streichelte mich. Dann begann er damit, sich mit meinen Brüsten zu beschäftigen. Dann wanderten seine Finger zu meiner Vulva und er begann damit, sich mit meinem Kitzler zu spielen, so lange, bis ich richtig feucht geworden war. Plötzlich hörte er auf mich zu küssen und meinte, dass er gerne etwas ausprobieren möchte.

Da ich noch immer wollte, dass er mich cool findet, überlegte ich nicht lange. Silvan sagte: „Steh auf und warte, bis ich am Rücken liege." Als er es sich bequem gemacht hatte, nahm er meine Hand und sagte: „So, jetzt steig auf das Bett und hocke dich über mein Gesicht!" Ich hockte mich über sein Gesicht und dann spürte ich seine Zunge, die über meinen Kitzler fuhr und dann seine Finger, die in mich eindrangen.

Oh Mann, was macht er da? Ich weiß nicht, ob ich noch lange so über seinem Gesicht hocken kann. Was soll das?

Das fühlt sich irgendwie seltsam an! Ich weiß nicht, ob mir das gefällt. Das soll Spaß machen und erregend sein?

Ich verstehe das nicht. Also gut finde ich das glaube ich nicht. Oh nein, ich glaube, ich bekomme gleich einen Krampf.

Mir war es neu, in meinem Intimbereich eine Zunge zu verspüren. Es war auch sehr komisch diese Welt zu erforschen, während man sich in einem alten Wohnwagen auf einem verlassenen Grundstück befindet. Auch bei diesem Teil war ich mir nicht sicher, ob es mir gefallen soll. Dieses Setting bzw. dieser Ort hatte schon fast zu viel von einem Horrorfilm.

Jetzt mal ehrlich, wie ging es euch, als ihr das erste Mal einen Schwanz gesehen habt? Ihr gesehen habt, wie er vom schlaffen Zustand in den steifen wechselte? Wie habt ihr euch gefühlt? Wie war es für euch, als ihr das erste Mal einen Schwanz im Mund hattet? Hat es euch gefallen? Wie war es für euch, als ihr das erste Mal geleckt worden seid? Hatte der Typ oder die Frau diverse Zungenfertigkeiten drauf?

Als ich das erste Mal einen Schwanz sah, fand ich ihn nicht besonders ästhetisch. Ich bin mir nicht einmal sicher, ob ich sie heute wirklich ästhetisch finde. Und dann kam diese eine Frage, die ich bis heute sehr verwunderlich und seltsam finde. Der Witz ist, dass ich diese Frage bis heute immer wieder höre und ich muss, sagen, dass ich den Sinn dahinter einfach nicht verstehe. Silvan sah mich mit einem fetten Grinser an und fragte: „Na, wie findest du ihn? Gefällt dir, was du siehst?".

Liebe Männer, was soll Frau auf so eine Frage nur antworten? Ist schließlich nicht so, dass ihr einen Strauß Rosen zwischen euren Beinen hängen habt. Oder glaubt ihr, dass euer Schwanz eine leckere Süßigkeit ist, an der wir gerne herumlutschen? Wenn eure Schwänze tatsächlich, wie eine leckere Süßigkeit schmecken würde, könntet ihr euch vor lauter Blowjobs nicht mehr retten. Das kann ich euch garantieren. Wenn wir schon beim Thema sind, es gibt definitiv auch geilere Geschmackserfahrungen als euer Sperma. Wenn ihr mir nicht glaubt, dann liebe Männer, würde ich es gut finden, wenn ihr euer Sperma einfach mal probiert. Dann reden wir nochmal darüber. Mich würde es brennend interessieren, warum Männer fragen, wie wir ihren Schwanz finden. Ich persönlich würde nicht auf die Idee kommen, einen Typen zu fragen, wie er meine Vulva findet und ob ihm gefällt, was er sieht.

Zusammenfassend könnte man sagen, dass es mir nicht wirklich gefiel, als er mit seiner Zunge meinen Intimbereich erforschte. Keine Ahnung, ob man das, was er machte, überhaupt als Oralverkehr bezeichnen kann. Ich fühlte mich dabei sehr unwohl, und angenehm war es auch nicht. Später stellte ich fest, dass es mir nur deswegen nicht gefallen hatte, weil er es einfach nicht draufhatte.

4

Das böse Erwachen danach

Es stellte sich bei den weiteren Treffen heraus, dass Silvan eine Schwäche dafür hatte, wenn ich ihm einen blase. Unsere Treffen blieben immer unter uns, niemand wusste, dass wir uns treffen. Wir versteckten uns immer und achteten penibel darauf, dass keiner etwas mitbekommt oder uns sieht. Na ja, er achtete immer darauf.

Warum bin ich nur nicht stutzig geworden?

Warum wollte er unsere Treffen geheim halten? Wieso haben wir nicht auch normale Sachen unternommen?

Hat er mich überhaupt süß gefunden? Hätte er mich jemals auf ein Date eingeladen? Wieso habe ich so vieles nicht hinterfragt?

Eines Tages holte ich wie jeden Morgen meine Freundin, die zufälligerweise auch die Cousine von Silvan war, zu Fuß ab und wir gingen gemeinsam zur Bushaltestelle. Es war ein Montag und meine Freundin und ich tauschten uns über unsere Wochenenden aus. Mein Wochenende war wie immer unspektakulär. Ich saß das ganze Wochenende zu Hause und schaute mir einen Film nach dem anderen an. Ich schaute alle paar Minuten auf mein Handy, weil ich auf eine Nachricht von Silvan gewartet hatte. Aber es kam keine Nachricht und angerufen hatte er auch nicht. Zu diesem Zeitpunkt hatte ich schon ein paar Tage nichts mehr von ihm gehört.

Während ich darüber nachdachte, warum Silvan sich noch immer nicht gemeldet hatte, erzählte mir meine Freundin von ihrem Wochenende. Sie erzählte mir, dass sie wieder etwas mit ihrer Familie unternommen hatte und dann begann sie sich über ein Mädchen zu beschweren. Ich hörte ihr zu und dann fragte ich sie: „Wer ist sie? Klingt so, als wäre sie echt anstrengend." Sie antwortete mir: „Das ist die Freundin meines Cousins Silvan.". Ich konnte nicht glauben, was ich da gehört hatte.

Bitte was? Er hat eine Freundin? Wieso hat er mich angelogen?

Das kann doch nur ein Scherz sein? Scheiße! Was mache ich jetzt nur? Wieso hat er mich angelogen?

Erklärt auf jeden Fall, warum er wollte, dass ich niemandem etwas von uns sage! Wieso passiert mir sowas?

Kurz dachte ich, dass er mich vielleicht mag und wir vielleicht sogar zusammenkommen! Ich muss mit jemandem sprechen, aber mit wem? Ich kann nicht, ich werde niemandem etwas sagen. Ich habe keine Lust auf das Drama, ich habe bei mir zu Hause genug Drama!

Oh Mann!! Warum nur? Würde er zu mir stehen, wenn es herauskommt? Mag er mich überhaupt? Wieso tut er mir sowas an?

Ich war geschockt und musste mich sehr bemühen, dass sie nicht mitbekommt, wie sehr mich diese Nachricht eigentlich traf. Ich dachte, dass Silvan Single ist, und ich habe ihn sogar gefragt. Er hat mir in die Augen gesehen und hat mir geschworen, dass er Single sei.

Ich bin ein Scheidungskind. Einer der Gründe, mitunter auch einer der gravierendsten Gründe, war der, dass mein Vater meine Mutter betrogen hat. Ich war damals zwar noch ein Kind, aber ich habe gesehen, wie verletzt meine Mutter war und was es mit ihr angestellt hatte. Ich wollte nie, dass mir so etwas passiert. Ich wollte auch nie in meinem Leben die andere Frau für jemanden sein. Eine Frau, die vielleicht der Grund ist, warum eine Beziehung in die Brüche geht. Ich wollte nie die Böse sein. Das Schlimmste an meiner Situation war, dass ich nicht einmal wusste, dass er eine Freundin hatte. Ich war unwissentlich zu der oben benannten anderen Frau gemacht worden.

Auf einmal wurde mir alles klar. Es schoss in meine Gedanken wie ein Blitz. Er fand mich nie wirklich toll und er hätte mich nie um ein Date gebeten und wir wären nie ein Paar geworden. Er sah in mir nur eine Möglichkeit, um Sex zu haben. Eine Möglichkeit, die ihm zu den unmöglichsten Tageszeiten bereitstand, um ihn zu befriedigen. Eine Möglichkeit, die er sich noch so richten konnte, wie er sie haben wollte.

Warum hat er das gemacht? Warum hat er mich angelogen? Wieso hat er mir sowas angetan?

Wieso wollte er sich mit mir treffen, wenn er doch eine Freundin hatte?

Wieso bin ich nur auf ihn und seine Masche und sein Lächeln hereingefallen?

Wie kann man so etwas nur einem anderen Menschen antun?

Auf dem Weg in meine Schule war ich damit beschäftigt, meine Gefühle zu sortieren. Es tat sich so viel in mir. Ich war verletzt und ich war wütend. Ich kam mir so dumm und benutzt vor. Ich wusste nicht, was ich jetzt tun soll und ich wollte unbedingt jemanden, mit dem ich darüber reden konnte. Aber ich hatte versprochen, dass ich niemandem etwas über uns erzähle. Aber sind Versprechen, die man einem Lügner bzw. einer Person, die einen von vorne bis hinten angelogen und benutzt hat, gegeben hat, überhaupt noch gültig? Ich musste unbedingt mit jemandem reden, aber in mir fand ein Kampf statt. Soll ich es tun oder nicht?

Zu allem Überfluss bekam ich an diesem Tag sogar eine SMS von ihm mit den Worten: „Na, wie geht's?". Ich überlegte kurz, was ich auf diese Nachricht antworten sollte, und habe mich dann für: „Danke, mir geht's gut und wie geht's deiner Freundin?" entschieden. Nach einer gefühlten Ewigkeit kam eine Antwort von Silvan: „Welche meinst du?".

Echt jetzt? Hat er das gerade geschrieben?

Will er mich verarschen? Für wie blöd hält er mich? Was stimmt mit ihm nicht?
Oder stimmt mit mir etwas nicht? Warum passiert mir das nur? Was soll ich auf so eine doofe Nachricht nur schreiben?

Als ich diese Nachricht las, wurde meine Wut immer größer. Ich fragte ihn, wie viele er hatte und schrieb ihm außerdem, wieso er das gemacht hatte. Die Unterhaltung ging dann noch weiter. Er verstand überhaupt nicht, warum ich mich so aufrege. Was mich wiederum noch wütender machte.

Ich war wütend auf ihn. Ich war wütend auf mich. Ich war wütend auf meine Naivität. Ich war wütend auf meine Dummheit.

Warum hatte ich mich damals nur auf ihn eingelassen? Wieso dachte ich, dass ich ihm vertrauen kann? Wieso habe ich sein wahres Gesicht nicht gesehen? Habe ich so eine schlechte Menschenkenntnis?

Ach ja, stimmt ja, er sieht gut aus und hat genau die richtigen Sätze zum richtigen Zeitpunkt zu mir gesagt und mir versichert, dass er mich will. Dann hat er mich angeschaut und angelächelt und ich bin schwach geworden.

Bin ich wirklich so naiv? Bin ich wirklich so leicht zu haben gewesen? War ich wirklich so ein leichtes Opfer?

Ich kochte innerlich und wusste nicht, wohin mit der ganzen Wut. Ich ging in mein Klassenzimmer, legte meine Sachen auf den Platz und wollte eine rauchen gehen. Meine damalige Sitznachbarin Kimberly, mit der ich auch befreundet war, meinte, dass sie mit mir eine rauchen, gehen möchte. Ich wartete kurz auf Kimberly, da sie sich noch mit einer Klassenkameradin unterhielt. Durch meine angestaute Wut wurde ich sehr ungeduldig und ich schrie sie förmlich an, dass sie sich bewegen soll und ich nicht den ganzen Tag Zeit habe, um auf sie zu warten.

Sie war über meine Reaktion sehr schockiert. Kimberly kannte mich so nicht. Ich bin schließlich die liebe, nette und introvertierte Conny. Nach dieser Reaktion kam sie sofort mit mir in den Raucherbereich.

Als wir draußen ankamen, war ich noch immer damit beschäftigt, meine Gedanken zu sortieren und meine Wut unter Kontrolle zu bekommen. Ich sagte kein Wort, ich wusste auch nicht, was ich sagen soll. Kann ich ihr vertrauen, soll ich es ihr erzählen? In der ganzen Zeit musterte meine Sitznachbarin mich von oben bis unten, anscheinend bemerkte sie meinen Mindfuck und den rauchenden Kopf, der durch den Mindfuck verursacht wurde. Sie schaute mich nur verwundert an und plötzlich fragte sie mich: „Was ist los mit dir?“.

Ich konnte es nicht mehr für mich behalten. Ich brauchte so dringend jemanden, dem ich alles erzählen konnte, der mich versteht, für mich da ist und am wichtigsten, alles für sich behält und niemandem davon erzählt. Also nahm ich meinen Mut zusammen und erzählte ihr alles. Es floss einfach alles aus mir heraus. Ich erzählte ihr von meinem ersten Mal. Ich erzählte ihr von meinen ersten Erfahrungen. Ich erzählte ihr von all meinen Treffen mit Silvan. Und ich erzählte ihr, dass ich an diesem Tag erfahren hatte, dass er eine Freundin hat und wie sehr es mich getroffen hatte. Wie wütend ich auf ihn und wie wütend ich auf mich selbst war. Ich erzählte ihr, wie dumm ich mir vorkam und ich nicht wusste, was ich jetzt tun sollte. Es tat gut, alles herauszulassen.

Nachdem sie das alles gehört hatte, sah sie mich geschockt an und nahm mich in den Arm. Es tat gut, mir alles von der Seele zu reden. Es war toll, dass sie verstand, warum ich so wütend war, und es fühlte sich gut an, dass sie für mich da war. Für einen Moment konnte ich mich fallen lassen und fühlte mich kurz besser.

Dann wurde sie neugierig und fragte mich so lange aus, bis ich ihr erzähle, wer er ist. Sie ließ einfach nicht locker und wollte es unbedingt wissen. Ich gab nach und erzählte ihr, dass es ein Junge aus meinem Ort war und er Silvan hieß. Sie riss ihre Augen auf und schaute mich schockiert an. Als ich fragte, ob alles in Ordnung sei, gab sie zu, dass sie Silvan kannte und sie kannte ebenfalls seine Freundin. Ich taufe Silvans Freundin auf den Namen Chantal. Sie erzählte mir, dass sie früher mit Chantal sehr gut befreundet war, aber sie jetzt keinen Kontakt mehr haben.

Als ich das hörte, verfiel ich in Panik. Ich flehte Kimberly an, dass sie niemandem etwas davon erzählen soll. Ich schwor, dass ich mich nie wieder auf Silvan einlassen werde. Ich bat sie so oft darum, es niemandem zu erzählen. Ich hatte so Angst, dass Kimberly irgendjemandem etwas davon erzählt.

Scheiße, was mache ich nur? Was mache ich, wenn Kimberly es irgendjemandem erzählt? Ich hoffe so sehr, dass sie ihren Mund hält!

Oh Mann, warum muss sie die beiden nur kennen!

Wieso hat sie die Augen so aufgerissen? Glaubt sie mir etwa nicht? Wenn ja, warum glaubt sie mir nicht? Sie kennt mich doch! Warum versteht Kimberly mich nicht? Wieso hat sie mich nicht getröstet, schließlich bin ich hier das Opfer!

Was ist hier nur los?

Tja, nachdem sie mir erzählt hatte, dass sie beide kennt, hätte ich wieder stutzig werden sollen. Ich hätte in diesem Moment ahnen können, dass da noch was auf mich zukommt. Ich sollte echt an meiner Menschenkenntnis arbeiten.

5

Gefühlschaos

Es dauerte ein paar Tage, bis ich mich wieder beruhigt und gesammelt hatte. Ich war noch immer verletzt und enttäuscht. Ich wollte einfach nicht wahrhaben, dass ich auf Silvan und seine Dampfplauderei hereingefallen war. Ich fühlte mich richtig benutzt und wertlos. Ich kam mir richtig dumm vor. Das Wochenende stand vor der Tür und ich hatte mich schon darauf, gefreut, endlich meine Ruhe zu haben. Ich wollte mich in meinem Zimmer vergraben, meine Bettdecke bis hoch zur Nase ziehen und mir Filme hineinziehen. Vielleicht hätte ich noch den Süßigkeitenschrank geleert und mir ein Stück Schokolade nach dem anderen gegönnt. Leider stand für Samstag eine anstrengende Familienfeier auf dem Plan. Irgendwie war zu der Zeit alles sehr anstrengend, was mit Familie zu tun hatte. Hat sich bis heute nicht so wirklich geändert.

Die Familienfeier war, wie erwartet, sehr anstrengend und dauerte eine gefühlte Ewigkeit und drei Jahre. Ich hätte mir damals definitiv etwas Besseres für meinen Samstagabend vorstellen können. Als wir endlich zu Hause waren, fiel ich nur noch ins Bett und schlief bis am nächsten Tag zu Mittag. Ich war einfach so müde und wollte nur noch meine Ruhe.

Als ich aufgewacht war und auf mein Handy schaute, traf mich der Schlag. Es waren Dutzende von entgangenen Anrufen von Silvan auf meinem Handy sowie dutzende Nachrichten von ihm und eine Nachricht von meiner Sitznachbarin Kimberly. Mir wurde bei dem Anblick schlecht und ich hatte das Gefühl, dass ich die Nachrichten lieber nicht lesen sollte. Ach, hätte ich nur auf dieses Gefühl gehört.

In der Nachricht von Kimberly stand nur: „Es tut mir leid." Ich rief sie an und wollte wissen, was los war. Sie erklärte mir, dass sie gestern Abend in einer Disco war. Wie es der Zufall wollte, traf sie dort auf Silvan und seine Freundin Chantal. Sie war betrunken und anscheinend führte ein gewisser Promillestand dazu, dass die Freundschaft von Kimberly und Chantal wieder neu aufflammte und sie von jetzt auf gleich wieder die besten Freundinnen waren. Diese neu entfachte Freundschaft und der hohe Konsum von Alkohol führten dazu, dass meine Sitznachbarin Chantal alles über mich und Silvan und unsere Treffen erzählte.

Wie man sich denken kann, war Chantal nicht gerade erfreut darüber, zu hören, dass ihr Freund fremdgegangen war. Laut Kimberly machte sie ihrem Freund in der Disco eine Szene. Meine Sitznachbarin, von der ich eigentlich immer geglaubt hatte, dass wir auch befreundet seien, erzählte mir, dass er alles abgestritten hatte, und er geleugnet hatte, dass wir uns kannten und dass es nie solche Treffen gegeben habe. Er erzählte ihr, dass ich das alles nur erfinden würde, da ich angeblich auf ihn stehe und was von ihm wolle.

Ich war sauer. Sauer auf meine Sitznachbarin Kimberly, von der ich geglaubt hatte, dass sie meine Freundin sei. Ich konnte nicht verstehen, warum sie mir so in den Rücken gefallen war. Vor allem, nachdem ich sie angefleht hatte, niemandem davon zu erzählen. Ich hatte ihr vertraut, zumindest dachte ich, dass ich ihr vertrauen könnte. Was für ein Mensch oder besser gesagt, was für eine Freundin tut einem so etwas an? Sie meinte, dass sie mit Chantal befreundet war und sie der Meinung war, dass sie so etwas wissen sollte. Ich kam mir so dumm vor, ich war doch auch ihre Freundin und ich hatte Kimberly mehrmals darum gebeten, es niemandem zu erzählen. Warum war meine Freundschaft zu ihr weniger wert als zu jemandem, mit dem sie früher einmal befreundet gewesen war und monatelang nichts mehr zu tun gehabt hatte?

Ich war sauer auf Silvan, weil er nicht zu seinen Taten stand und es abstritt und mich zu der Bösen gemacht hatte. Die Wut auf ihn wurde immer größer. Abgesehen davon hatte er durch seine Aussagen bewirkt, dass meine Sitznachbarin mir nicht mehr glauben wollte, dass alles so passiert war, wie ich es ihr geschildert hatte. Schließlich war er der gutaussehende Typ und ich das mollige und anscheinend nicht so hübsche Mädchen. Es erschien damals unwahrscheinlich, dass jemand wie er mit jemandem wie mir etwas anfängt. Was besonders weh getan hatte, war, dass meine Freundin Kimberly einem fremden gutaussehenden Typen mehr geglaubt hatte als mir.

Nachdem ich wütend das Telefonat mit meiner Sitznachbarin und angeblicher Freundin beendet hatte, bekam ich eine neue Nachricht. Die Nachricht war von Silvan. Kaum als ich die Nachricht gelesen hatte, bekam ich einen Anruf von ihm. Mir wurde augenblicklich schlecht, als ich sah, dass er mich anruft. Ich wurde nervös und wusste nicht, was auf mich zukommen würde. Eigentlich wollte ich nicht abheben, aber ich wusste, dass ich mich früher oder später dieser Situation stellen musste. Ich hatte große Angst.

Oh nein! Was will er nur? Ich wünschte, ich müsste nicht abheben! Ich wünschte, ich hätte das Gespräch schon hinter mir!

Warum passiert mir das?

Kann ich wirklich niemandem vertrauen?

Ich habe Angst! Was wird er sagen? Wie sauer wird er sein?

Was habe ich nur falsch gemacht?

Ich nahm meinen ganzen Mut zusammen und nahm den Anruf entgegen. Das war wohl eine der schlechtesten Ideen, die ich je hatte. Sowie ich abgehoben hatte, hörte ich schon Silvans Stimme, die sagte: „Was soll der Scheiß? Sag meiner Freundin bitte, dass das alles nicht stimmt und du das nur erfunden hast, weil du auf mich stehst!". Ich hatte bemerkt, dass er den Lautsprecher aufgedreht hatte. Ich war nur sprachlos und diese Worte verletzten mich sehr. Doch das war nicht alles, was er zu mir sagen würde. Der schlimmste Satz kam erst noch. Ein Satz, der mich bis heute sehr geprägt hat und mir heute noch hier und da durch den Kopf geht. Man könnte meinen, dass mich dieser Satz bis heute triggert.

Da ich nicht gleich etwas antwortete, sagte Silvan folgenden Satz zu mir: „Was will ich schon mit einer fetten und hässlichen Schlampe wie dir?". Dieser Satz traf mich wie ein Schlag. Ich war neben der Spur und fühlte nur den Schmerz, den dieser Satz in mir auslöste. Ich war so neben der Spur, dass ich nicht mehr wusste, was ich tun oder sagen sollte.

Was?! Hat er das gerade wirklich gesagt? Denkt er das wirklich über mich? Wenn ich doch seiner Ansicht nach fett und hässlich bin, wieso wollte er dann meine Nummer?

Wieso hatte er mit mir Sex? Wieso sagte er zu mir, dass er mich haben will? Wieso hat er all das getan, wenn er mich doch gar nicht leiden konnte und mich fett und hässlich fand?

Ich verstehe ihn nicht! Ist er wirklich so ein gemeiner Mensch?

Wie kann er nur so etwas über mich sagen?

Ich war so schockiert und so dumm, dass ich ihm recht gab und für ihn log. Warum hatte ich das nur getan? Silvan hatte mich benutzt, belogen und auf das Schlimmste beleidigt. Er hatte mich wohl auf die schlimmste Art und Weise beleidigt, wie ein Mensch einen anderen nur beleidigen hätte können. Diese Beleidigungen hatten mich tief getroffen und die Tatsache, dass ich für Silvan gelogen hatte, schockierte mich noch mehr. Zum Glück war dieses unangenehme Gespräch bald vorbei.

Ich war so fertig, am liebsten wäre ich im Erdboden versunken oder in ein weit entferntes Land geflüchtet. Ach, hätte ich nur eine der beiden Dinge gemacht! Ich sollte wirklich lernen, auf mein Gefühl zu hören. Leider war das nicht der einzige harte Brocken, den ich an diesem Tag zu schlucken hatte. Nach diesem berauschenden Telefonat rief Chantal Kimberly an und erzählte ihr, was ich gesagt hatte. Daraufhin kontaktierte mich Kimberly wieder.

Um das Ganze hier abzukürzen, glaubte sie mir nicht. Sie fragte, warum ich sie angelogen und warum ich das gesagt hatte. Ich versuchte ihr zu erklären, dass ich Silvan und seiner Freundin nur erzählt hatte, dass ich gelogen hatte, damit ich diese unangenehme Situation beenden konnte und ich endlich meine Ruhe hatte. Nun war Kimberly der Meinung, dass ich sie auch angelogen hatte und mit der Geschichte nur Aufmerksamkeit bekommen hatte wollen. Sie verstand mich nicht und glaubt wahrscheinlich bis zum heutigen Tage nicht, dass ich ihr damals die Wahrheit gesagt hatte. Ich war enttäuscht. Ich dachte, dass die Freundschaft zu Kimberly echt ist und wir in schwierigen Situationen zueinander halten. Doch eine richtige Freundin hätte mich nie in so eine Situation gebracht und sie hätte mir geglaubt, oder? Wie man sich doch in Menschen täuschen kann.

Warum glaubt sie mir nicht? Hält sie wirklich so wenig von mir? Waren wir jemals richtig befreundet oder war ich nur ein Mittel zum Zweck, falls sie mal fehlen sollte oder ich ihr Zigaretten schnorre?

Wieso ist sie nicht für mich da? Machen Freunde nicht normalerweise so etwas? Wie konnte ich mich in ihr nur so täuschen?

Findet sie etwa auch, dass ich fett und hässlich bin? Wieso hat mir meine Freundin nicht geglaubt oder mich unterstützt, anstatt mir Vorwürfe zu machen und mir auch noch zu unterstellen, dass ich gelogen habe?

Das nächste unangenehme Telefonat ließ nicht lange auf sich warten. Ein paar Stunden nach den ersten Gesprächen konnte ich mich etwas sammeln und dann rief mich eine unbekannte Nummer an. Vor lauter Angst beging ich den nächsten dummen Fehler und hob ab. Warum nur habe ich das getan? Ich verstehe bis zum heutigen Tag nicht, warum ich den Anruf nicht einfach weggedrückt hatte. Nachdem ich abgehoben hatte, hörte ich eine mir bekannte Stimme. Am anderen Ende waren Silvans Freundin, die liebe Chantal und ihre beste Freundin. Freude kam auf, als ich ihre Stimmen hörte. Spaß beiseite, ich hatte das Gefühl, dass mein Mittagessen sich langsam auf den Weg rauf in die Speiseröhre machte. Anscheinend war Chantal der Meinung, dass ich noch eine Moralpredigt verdient und noch lange nicht genug gelitten hatte. Sie war außer sich, irgendwie auch verständlich, nachdem, was sie durchgemacht hatte. Ihre beste Freundin versuchte mir ein schlechtes Gewissen zu machen, da sie der Meinung war, dass Chantal ein so toller Mensch war. In diesem Moment kam mir diese Begründung alles andere als schlüssig vor. Dann sagte Chantal nur, dass ich die Finger von ihrem Freund lassen soll. Ein paar Beleidigungen schoben beide noch hinten nach. Im Nachhinein muss ich sagen, dass beide nicht sonderlich viel im Kopf hatten. Als dieses Gespräch endlich vorbei war, brach ich in meinem Zimmer zusammen. Ich saß am Boden und begann zu weinen. In diesem Moment fühlte ich mich so allein und weinte bitterlich.

Was zum Teufel ist, hier gerade passiert? Wie ist es dazu gekommen und warum habe ich für ihn gelogen?

Wie habe ich nur den falschen Leuten vertrauen können? Wieso hat Chantal es nur für nötig gehalten, mich nochmals fertig zu machen? Warum nur ist mir sowas passiert?

Wieso bin ich hier das Arschloch? Ich habe nichts falsch gemacht? Ich wurde ohne mein Wissen in diese Situation gebracht.

Ich wollte das alles nie.

Ich wünschte, ich wäre Silvan nie begegnet. Ich wünschte, ich hätte nie etwas mit ihm angefangen.

Diese ganze Geschichte hatte mich sehr aufgewühlt, es fühlte sich an, als ob ich mit Müh und Not einen Tsunami überstanden hätte. Ich saß einfach nur auf dem Boden und weinte. Ich weinte wie ein Schlosshund. Grundsätzlich hatte ich nichts Unrechtes getan, aber trotz allem war ich die Böse. Die Böse, die alles zerstört hatte und ich war diejenige, der niemand glauben wollte. Ich wurde einfach mal im Handumdrehen zum Bösewicht der Geschichte gemacht. Ich wurde ohne mein Wissen und ohne zu ahnen, was passiert, zur bösen Hexe gemacht, die eine Märchenromanze zerstört.

Mein ohnehin schon wenig bis gar nicht vorhandenes Selbstbewusstsein und Selbstwertgefühl hatte diese ganze Geschichte so sehr zugesetzt, dass es noch niedriger wurde. Ich wusste gar nicht, dass dies möglich ist. Ich fühlte mich so allein und verloren und ich hatte niemanden, mit dem ich über die ganze Sache reden konnte. Dabei war ich so verwirrt und verletzt. Ich hätte jemanden gebrauchen können, der für mich da ist und noch viel wichtiger jemand, der mir glaubt. Es wäre schön gewesen, wenn mich jemand in den Arm genommen hätte und einfach nur Verständnis für meine Situation gezeigt hätte.

Jeder hat doch diese eine Freundin, die sich mit einem solidarisch über Leute aufregt, auch wenn sie diese nicht kennt, nur um ihre Freundin zu unterstützen. Genauso eine Freundin hätte ich in diesem Moment gebraucht. Doch als ich so verheult am Boden saß, stellte ich fest, dass meine Menschenkenntnis noch schlimmer war als mein nicht vorhandenes Selbstbewusstsein und Selbstwertgefühl. Wenn man Selbstwert und Selbstbewusstsein mit einer Skala von eins bis zehn messen hätte können, wäre es in diesem Moment mindestens bei der Zahl minus hundert gewesen.

6

Das Alleinsein

Ich hätte mir so sehr jemanden gewünscht, mit dem ich reden hätte können. Jemand, der mich in den Arm nimmt und mich tröstet. Jemand, der mir gesagt hätte, dass ich nicht schuld an der ganzen Geschichte bin. Aber ich hatte damals niemanden und zu allem Überfluss war ich mir nicht einmal mehr sicher, ob ich nicht doch an dieser Situation in irgendeiner Form Schuld bzw. die Böse war.

Ich überlegte die ganze Zeit, mit wem ich über all das reden konnte. Ich zermarterte mir das Hirn. Mit meiner Mutter hätte ich nie darüber reden können. Sie ist sehr konservativ und äußerst katholisch. Zu diesem Zeitpunkt ging sie jeden Sonntag in die Kirche. Wenn sie erfahren hätte, dass ich mich hinausgeschlichen hatte, um mich mit einem Jungen zu treffen, der nicht mein Freund ist, nur damit ich mit ihm unanständige Sachen tun konnte. Besser gesagt stellte er mit mir unanständige Sachen an. Wenn sie also davon erfahren hätte, hätte sie mich nie im Leben getröstet. Im Gegenteil, sie hätte mir Vorwürfe gemacht und wäre ausgeflippt und hätte sich wahrscheinlich informiert, ob sie mich in eine Klosterschule mit angeschlossenem Internat schicken kann und wie weit diese Schulen entfernt sind.

Mit meiner älteren Schwester hätte ich ebenfalls nicht darüber reden können. Ich war sieben Jahre alt, als unsere Eltern sich scheiden ließen. Die Scheidung hatte meiner Mutter sehr zugesetzt, deswegen übernahm damals meine ältere Schwester für mich und meine kleine Schwester die Mutterrolle. Sie wäre ebenfalls ausgeflippt. Vielleicht hätte sie mich so lange bearbeitet, bis ich ihr den Namen von

Silvan verraten hätte. Dann wäre sie zu ihm nach Hause gegangen und hätte ihn verbal in den Boden gestampft. Sie hat eine Begabung dafür Leute verbal fertig zu machen, das weiß ich nur zu gut, da sie mich ebenfalls sehr oft verbal in den Boden gestampft hatte. Dann hätte sie mir Hausarrest erteilt, weil ich mich heimlich hinausgeschlichen hatte und mich hätte sie dann auch verbal in den Boden gestampft.

Mit meiner kleinen Schwester hätte ich auch nicht reden können, man muss erwähnen, dass sie damals erst neun Jahre alt war. Für sie gab es nichts Wichtigeres als Pferde und ihre Lieblingsserie „Yakari" und da sie erst neun Jahre alt war, hatte sie keine Ahnung von Jungs. Obwohl ich sagen muss, dass sie mir eines voraushatte, sie hatte schon einmal einen Freund. Gut, es war zwar nur ein Kindergartenfreund und diese Beziehung war sicherlich nur platonisch, aber trotzdem hatte sie einen.

Mit Kimberly konnte ich nun auch nicht mehr reden, sie hatte mich bereits als Lügnerin abgestempelt, somit hätte ich von ihr weder Verständnis erfahren noch hätte sie mich aufgeheitert. Stattdessen hatte sie meinen anderen Freundinnen, die auch mit uns in der Klasse waren, alles erzählt. Oh Wunder, Geheimnisse für sich behalten war anscheinend nicht so ihr Talent. Natürlich glaubten ihr alle aus der Klasse, also hätte ich dort auch niemanden gehabt.

Sonst hatte ich keine Freunde. Als ich noch in der Unterstufe war, hatte ich zwei beste Freundinnen. Wir waren unzertrennlich und unternahmen viel zusammen. Seit wir uns damals im Kindergarten kennengelernt hatten. Jetzt werden sich bestimmt einige fragen, wie eine solche Freundschaft zu Ende ging. Na ja, anscheinend hatte ich mich auch in diesen beiden getäuscht. Beide kündigten mir die Freundschaft, weil ich nach der Volksschule ins Gymnasium ging und sie sich für die Mittelschule entschieden hatten. Das war die Begründung. Also hätte ich die zwei auch nicht um Rat fragen können.

Da saß ich nun, allein in meinem Zimmer und wusste nicht, was ich tun sollte. Ich saß einfach am Boden und weinte. Ich hatte nach wie vor die Hoffnung, dass ich im Erdboden versinke oder dass alles nur ein böser Traum war und ich bald aufwachen würde und alles vorbei ist. Leider war es nicht vorbei, schließlich musste ich am nächsten Tag wieder in die Schule, wo ich auf Kimberly treffen würde. Allein bei dem Gedanken wurde mir wieder schlecht. Ich tat in der Nacht kein Auge zu.

Am nächsten Tag hatte ich wahnsinnige Bauchschmerzen, als ich in die Schule ging und ich war sehr müde. Ich betete, dass dieser Tag schnell vorbeigeht, damit ich schnell wieder nach Hause fahren konnte, um in meinem Bett zu liegen. Im Bett liegen und mich unter der Bettdecke zu verkriechen wäre in dieser Situation das Beste gewesen und damit hätte ich mich auch am wohlsten gefühlt. Aber das ging bedauerlicherweise nicht, ich war bereits vor meiner Schule. Besonders schlimm war es, als ich ins Klassenzimmer ging und ich mich auf meinen Platz setzte. Wie zu erwarten, schauten mich Kimberly und die anderen Freundinnen in meiner Klasse nur an und musterten mich. Ich wusste schon, dass alle Bescheid wissen, schließlich hatte ich am Abend davor noch ein paar SMS von meinen anderen Freundinnen bekommen, die mich auf das Debakel angesprochen hatten. Das alles war nicht hilfreich, zumal ich mir sowieso schon, wie der letzte Vollidiot vorkam.

Na toll, jetzt starren sie mich an! Anscheinend glaubt mir keiner. Wieso glaubt mir keiner? Wieso lästern sie über mich?

Ich will doch nur eine Person, die mir glaubt und mich tröstet!

Wieso nur? Ich will wieder heim. Ich halte es hier nicht mehr aus!

Aber was sage ich nur meiner Mama, wenn ich jetzt wieder nach Hause fahre?

Die folgenden Tage waren nicht gerade angenehm. Kimberly und ihre Freundinnen, von denen ich gedacht hatte, dass sie auch meine Freundinnen sind, fingen immer wieder mit diesem Thema an. Sie fragten mich immer wieder, ob es tatsächlich passiert war, dass Silvan und ich etwas miteinander hatten. Ist doch großartig, wenn einem die eigenen Freundinnen nicht glauben können, dass man etwas mit einem gutaussehenden Jungen haben kann oder sich so ein Junge tatsächlich für ein Mädchen wie mich interessiert. Noch besser ist es, wenn sie sehen, wie fertig mich das macht und sie immer wieder Salz in diese klaffende innere Wunde streuten. War meine Menschenkenntnis so schlecht? Das sind doch keine Freundinnen bzw. würden echte Freundinnen einem sowas niemals antun. Dann fiel mir ein, warum ich so „tolle" Freunde hatte. Ich hatte mir nichts sehnlicher gewünscht als endlich zu den Coolen zu gehören. Dann kam die Oberstufe und das war wie ein Lichtblick, weil die Klassen neu zusammengesetzt wurden. Ich war eine der ersten, die im Klassenzimmer war und da kam ein Mädchen herein. Es war Kimberly. Ich wusste, dass sie zu den Coolen gehört hatte und sie die Klasse wiederholen musste. Sie kam in die Klasse und setzte sich neben mich. Ich versuchte alles, um endlich dazuzugehören und ich dachte, dass ich es geschafft hatte und wir wirklich befreundet waren. Tja, wie man sich täuschen kann.

Ein paar Monate waren vergangen und die Situation hatte sich beruhigt. Ich hatte die Schule verlassen und eine Lehre begonnen. Irgendwie war ich froh, dass ich von dieser

Schule weg war und ich nichts mehr mit meinen „Freundinnen" zu tun hatte. Die Schule hatte ich nur abgebrochen, weil mein Mathematikprofessor zu mir gesagt hatte, dass ich die Matura sowieso nie schaffen würde und ich mir einen alternativen Bildungsweg suchen soll. Gut, dass ich auf ihn gehört habe.

Wenn man in einem so kleinen Ort wohnt wie ich, war es klar, dass ich früher oder später wieder auf Silvan treffen musste. Ich war am Nachhauseweg von der Arbeit und er fuhr mit seinem Auto an mir vorbei. Ich hatte so sehr gehofft, dass er einfach weiterfährt. Doch bei meinem Glück blieb er stehen und kurbelte das Fenster hinunter. Ich hatte Angst davor, was er jetzt sagen würde. Das letzte Mal war es nicht so berauschend. Das Fenster war unten und er fragte: „Kann ich dich nach Hause bringen?"

Wie bitte? Hat er grad höflich gefragt, ob er mich nach Hause bringen darf?

Ist das sein Ernst? Wieso ist er auf einmal so nett zu mir?

Wieso will er mich nach Hause bringen, wenn doch mein Zuhause nur drei Gassen entfernt ist?

Will er sich vielleicht für damals entschuldigen?

Hat er sich vielleicht geändert und es tut ihm leid, was er mir angetan hat?

Da ich anscheinend immer noch an das Gute in ihm glaubte, stieg ich zu ihm ins Auto. Ja, das war dumm und ja, ich war damals sehr naiv. Als wir losgefahren waren, fragte Silvan mich: „Wieso hast du das damals nur gemacht? Wieso hast du deiner Freundin von uns erzählt?"

Hat er mich das jetzt gefragt?

Macht er mich gerade zur Schuldigen? Er war doch derjenige, der gelogen hat.

Ihm musste doch klar sein, dass, wenn ich die Wahrheit erfahre, ich wütend sein werde und ich irgendjemanden gebraucht habe, um darüber zu reden.

Gut, ich konnte ja nicht wissen, dass ich mich ausgerechnet einer Person anvertraut hatte, die seine Freundin kannte. Eine Person, von der ich gedacht hatte, dass sie meine Freundin ist und ihr vertrauen kann.

Ich habe versucht, ihm zu erklären, dass ich wütend gewesen war, als ich erfahren hatte, dass er eine Freundin hat. Noch wütender hatte es mich gemacht, dass er mich angelogen hatte und er mich ohne mein Wissen zu etwas gemacht hatte, was ich nie sein hatte wollen. Komplett außer mir war ich, als er diesen einen schlimmen Satz zu mir sagte. Wirklich verstanden hat er es nicht. Selbst als ich ihm erzählt hatte, warum meine Eltern sich scheiden hatten lassen. Da hätte man eigentlich annehmen können, dass er nicht gerade der Schlauste war. Oder vielleicht wollte er mich einfach nicht verstehen. Ich bin mir sicher, dass er nicht der Hellste ist und er es deswegen nicht verstanden hat. Er hat die schlimmen Sachen, die er zu mir gesagt hat, damit entschuldigt, dass er Panik hatte und seine Freundin nicht verlieren wollte. Ich hätte es mir auch selbst zuzuschreiben, da ich diejenige war, die alles kaputt gemacht hatte.

Ich hätte ihm sagen sollen, dass er das Auto anhalten soll, damit ich austeigen hätte können.

Ich hätte erst gar nicht in das Auto einsteigen sollen. Warum habe ich das nur getan?

Wieso bin ich nur eingestiegen?

Wieso mache ich mir die Mühe, mich vor jemandem zu rechtfertigen, der mir so weh getan und mich nur benutzt hat?

Dieses Gespräch war nicht das Einzige, was komisch war an dieser Autofahrt. Als wir bei mir ankamen, küsste er mich tatsächlich.

Was ist da passiert? Wieso hat er mich beschimpft?

Wieso hat er nicht dazu gestanden, dass wir Sex hatten?

Wieso macht er mich zur Bösen? Wieso macht er all das und küsst mich dann und warum habe ich den Kuss erwidert?

Was mache ich da nur? Wieso lasse ich das nur zu?

Damals wusste ich nicht, wie man Leute auf dem Handy blockiert. Man müsste sich auch die Frage stellen, ob ich ihn auch tatsächlich blockiert hätte.

Er begann mir wieder zu schreiben und noch viel schlimmer, ich begann damit, Silvan zu antworten. Dann begannen wir, nachdem er mir mehrmals versichert hatte, dass er dieses Mal tatsächlich Single ist, uns wiederzutreffen. Die Treffen waren nach all dem, was passiert war, nicht mehr wie früher. Die Treffen früher waren aufregend gewesen und manchmal sogar richtig schön. Klar hatte es mir gefallen, wie er mich geküsst und wie er mich berührt hatte. Aber es war seltsam. Als ich darüber nachdachte, warum es seltsam war, fiel es mir ein. Auch wenn zwanglose Treffen manchmal etwas Reizvolles haben, sind Beziehungen doch etwas anderes. Ich war siebzehn und hatte bis dahin noch keinen Freund und noch kein einziges richtiges Date. Ich wollte mehr, ich wollte es wert sein, dass ein Junge sich die Mühe macht, mit mir auszugehen und sich nicht für mich schämt.

Es war ein kalter Nachmittag, als ich auf dem Weg zu Silvan war. Er hatte sturmfrei und hatte mich gefragt, ob ich vorbeikommen wolle. Am Weg dorthin fragte ich mich, wie ich ihm erklären sollte, dass ich mehr will. Als ich dort ankam, begrüßte er mich mit einem Kuss. Normalerweise hatten unsere Treffen mit einem Kuss begonnen und dann blies ich ihm einen. Silvan hatte eine große Schwäche für Oralverkehr. Na ja, besser gesagt hatte er eine Schwäche dafür, dass ich ihm einen blase. Vielleicht stand er deswegen so sehr darauf, dass ich ihm einen blase, weil er dachte, dass sein Schwanz und sein Sperma unglaublich gut schmecken. Lustigerweise behauptete er von sich immer, dass er den größten Schwanz im ganzen Ort hat. Er hatte sogar einen Spitznamen. Er nannte sich selbst immer „Schwanzus longus". Nebenbei bemerkt und nachdem ich einige Vergleichswerte habe, kann ich sagen, dass er nicht so groß war, wie er geglaubt hatte.

Aber dieses Treffen war anders. Nachdem wir uns geküsst hatten, nahm er mich an der Hand und wir gingen zur Couch. Wir legten uns nebeneinander hin und schauten „How I met your Mother". Wir redeten nicht, wir lagen einfach nur nebeneinander und schauten die Serie. Einen kurzen Moment lang fühlte sich das gut an, neben ihm zu liegen und seine Nähe zu spüren. Er zog mich näher zu sich und wir kuschelten. Das hatten wir noch nie getan und ich war sehr überrascht.

Oh Mann, er riecht voll gut.

Es ist schön, einfach nur dazuliegen und zu kuscheln. Machen so etwas Leute, wenn sie zusammen sind?

Komisch ist es schon, wieso kommen von ihm keine Annäherungsversuche? Ist da vielleicht doch etwas, was ich bis jetzt nie bemerkt habe?

Ich weiß nicht mehr, wie oder wer das Gespräch begonnen hatte. Aber wir sprachen zuerst über die Serie und ehe ich mich versah, richtete ich mich auf und sagte zu ihm: „Ich will mehr als das, was das auch immer sein soll, und ich weiß, dass du mir das nicht geben kannst.“ Sein Gesichtsausdruck ließ vermuten, dass er mit so einer Aussage nicht gerechnet hatte. Er war sehr überrascht und nachdem er sich gesammelt hatte, fragte er mich: „Wieso glaubst du, dass ich dir das nicht geben kann?“. Ich schaute ihn an und sagte: „Komm schon, als ob du jemals zu mir stehen würdest. Ich bin nicht einmal dein Typ.“

„Was macht dich so sicher, dass du nicht mein Typ bist?“, sagte er. Ich sah ihn wieder an und meinte daraufhin nur: „Komm schon. Ich weiß nach einer Facebook-Recherche, wie deine Exfreundin aussieht. Sie hat Extension, lange künstliche Nägel, hat sehr viel Make-up im Gesicht, ist nicht gerade intelligent und sie ist spindeldürr. Sie ist super-künstlich gewesen und ich bin nichts von alledem. Ich traue mich wetten, dass deine anderen Exfreundinnen genauso waren wie die letzte.“

Will er mir mit der Aussage Hoffnungen machen? Oder ist er wirklich so schwer von Begriff? Will er mich nicht verstehen?

Könnte es sein, dass er sich geändert hat? Könnte es sein, dass er mich doch mag? Ist es möglich, dass er mich nicht verlieren will?

Wieso muss das alles so kompliziert sein? Wieso kann er mir nicht einfach ehrlich und direkt sagen, was er denkt bzw. will? Wieso war er zuerst so gemein und jetzt so lieb zu mir?

Ich verstehe ihn einfach nicht.

Nach all dem, was ich gesagt hatte, schaute er mich nur an, wie wenn ich von einem anderen Planeten kommen würde oder so, als ob ich eine fremde Sprache gesprochen hätte, welche er nicht versteht. Nachdem anscheinend alle Informationen in die tiefste Gehirnzelle eingedrungen waren und er anscheinend verstanden hatte, was ich gerade sagte, hatte sich sein Gesichtsausdruck verändert und er wandte seinen Blick von mir ab. Er wusste, dass ich recht hatte, und mit seinem Blick gab er mir recht. Ein paar Minuten saßen wir einfach nur da und sagten nichts. Er schaute in die eine Richtung und ich in die andere, die Stille war sehr seltsam und zugleich unangenehm. Nach einer gefühlten Ewigkeit hielt ich die Stille nicht mehr aus und nahm meinen ganzen Mut zusammen und sagte zu Silvan: „Abgesehen davon würde ich mich lieber mit jemandem treffen, der sexuell gesehen auch einmal das macht, was ich will."

Wie es scheint, fand er nach diesem Satz sofort seine Sprache wieder und sagte: „Was willst du denn?". Ich lehnte mich zu ihm vor und sagte: „Ich will, dass du mit mir schläfst." Jetzt mal ehrlich, auch wenn Oralverkehr manchmal sehr schön ist, aber immer das Gleiche zu machen ist nach einer Zeit etwas langweilig und sehr eintönig. Da es für ihn ein willkommener Ausweg war, um dem „Ich will mehr" – Gespräch zu entkommen, nahm er meine Hand und wir gingen in sein Schlafzimmer.

Echt jetzt? Was mache ich da nur? Will ich das jetzt wirklich?
Wieso hat er nichts zu meiner Forderung gesagt?
Wieso ist er nur aufnahmefähig, wenn es um Sex geht?

Wir begannen damit, uns zu küssen und uns auszuziehen. Wir lagen auf seinem Bett und er versuchte in mich einzudringen, aber er kam nicht weit. Ich war unentspannt, weil sich auf einmal mein Hirn wieder eingeschalten hatte. Unglaublich, aber wahr, ich habe tatsächlich ein Hirn und manchmal, nicht oft, aber manchmal funktioniert es auch. Mein Hirn hatte in diesem Moment meinem Körper signalisiert, dass das vielleicht doch keine gute Idee ist.

Moment einmal, ich will das doch gar nicht? Ich will nicht nur Sex, egal in welcher Form auch immer mit ihm! Ich will mehr! Wieso mache ich das dann? Wieso habe ich mich darauf eingelassen? Wieso habe ich mich von ihm ablenken lassen?

Sind ihm meine Bedürfnisse wirklich so egal?

Bin ICH ihm wirklich so egal?

Bedeute ich ihm überhaupt irgendwas oder bin ich einfach nur eine Möglichkeit für Sex und Oralverkehr?

Ich glaube, dass hier ist keine gute Idee!

Dieses Mal beschloss ich, auf meinen Kopf zu hören. Wir haben es abgebrochen und ich habe mich angezogen. In diesem einen Moment hatte ich mit ihm abgeschlossen. Ich wusste einfach, dass ich nie wieder etwas mit ihm zu tun haben wollte. Mir wurde klar, dass ich mehr verdient habe als das und dass er nie zu mir stehen würde. Schließlich war ich ihm peinlich und ihm war peinlich, dass er all diese Sachen mit mir gemacht hatte. Ich glaube, dass er selbst nach all der Zeit nicht zu dem, was damals passiert ist, stehen würde. Ich bin mir auch sicher, dass die Leute, die damals davon mitbekommen hatten, bis heute nicht so recht glauben, dass diese Geschichte jemals so passiert ist, wie ich sie hier beschrieben habe.

Nachdem ich mich angezogen hatte, ging ich, ohne ein Wort zu sagen, nach Hause. Das war das letzte Mal, dass wir beide uns allein getroffen haben. Wie schon erwähnt, wohne ich in einem sehr kleinen Ort und manchmal ließ es sich nicht vermeiden, dass wir uns über den Weg liefen.

Aber ich blieb standhaft, ich ignorierte ihn und ging ihm aus dem Weg.

Einmal ist mir das „aus dem Weg gehen" natürlich nicht gelungen, es gab ein Treffen, welches ich als lustig bezeichnen würde. Gut, in dem Moment war es nicht lustig, aber jetzt im Nachhinein betrachtet war es sehr lustig. Es war Sommer und es gab ein großes Fest bei uns im Ort und ich stand hinter der Bar. Bei diesem Fest gab es ein paar Leute, die Freigetränke bekommen sollten und die standen auf einer Liste. Das Zelt füllte sich und auf einmal stand er vor mir. Er grinste mich an und bestellte ein paar Getränke. Als ich von ihm Geld für die Getränke haben wollte, sagte er: „Ich stehe auf der Liste für die Freigetränke." Als ich es verneinte und meinte, dass er die Getränke bezahlen müsste, sagte er: „Stell dich nicht so an, immerhin kannst du froh sein, dass ich dich überhaupt gefickt habe." Wow, wieso habe ich mich jemals auf ihn eingelassen? Er sieht gut aus, aber mit einem Mal wirkt er so hässlich auf mich. Wieso musste er das jetzt sagen? Was er nicht bemerkt hatte, war, dass die Leute, die hinter ihm standen, diesen Satz gehört hatten. Nun ja, vielleicht glaubten mir nach diesem Abend ein paar Leute, dass diese Geschichte wirklich passiert war und ich keine Lügnerin bin. An diesem Abend habe ich das letzte Mal mit ihm gesprochen. Schwer ist es mir nicht gefallen.

Durch sehr witzige Umstände passierte es, dass ich Jahre später den älteren Bruder sowie Silvans Schwägerin kennenlernte. Der Cousin von Silvan wohnt im selben Mehrparteienhaus wie ich und er vermittelte mich quasi an Silvans Bruder und seine Schwägerin. Jap, der Ort, in dem ich wohne, ist wirklich sehr klein, vielleicht sollte ich in Erwägung ziehen, von hier wegzuziehen. Beide brauchten Hilfe bei ein paar Behördensachen und da ich jahrelang in der Branche berufstätig war, half ich ihnen. Schließlich bin ich die liebe und nette Conny und mit welcher Begründung hätte ich das Treffen absagen sollen?

Besonders interessant wurde es, als Silvans Bruder mich fragte: „Welches Baujahr bist du?“. Ich antwortete: „Ich bin 1995 geboren.“ Daraufhin sagte Silvans Bruder: „Ah warte, dann wirst du meinen Bruder, den Silvan, kennen, oder?“.

Hmmm, was soll man darauf und nach allem, was mit Silvan war, nur antworten? Ich glaube, es ist keine gute Idee, wenn ich ihm sage, dass sein Bruder mich entjungfert hat. Ich sollte vielleicht auch nicht sagen, dass er mich benutzt und beschimpft hat. Und vielleicht sollte ich auch nicht erwähnen, dass auf dem Grundstück, auf dem das Haus von Silvans Bruder steht, genau dasselbe Grundstück ist, auf dem früher ein Wohnwagen stand. Und es war derselbe Wohnwagen, in dem ich meine ersten Erfahrungen mit Oralverkehr hatte. Nein, ich glaube, das ist keine gute Idee. Ich glaube, ich bleibe bei etwas Sicherem, etwas Einfachem wie etwa: „Ja, ich kenne Silvan, aber nur vom Sehen.“ Anscheinend war diese Antwort überzeugend.

Bis heute verstehe ich mich mit seiner Schwägerin sehr gut und sie war auch eine der Testleserinnen für dieses Buch. Die Version, die sie zum Lesen bekam, war so geschrieben, dass sie vielleicht nicht gleich draufkommt, um wem es sich handeln könnte. Ich hatte Angst vor ihrer Reaktion, wenn sie herausfindet, dass ich in diesem Buch sehr viel über ihren Schwager geschrieben habe.

Umso witziger war die Situation, als Silvans Schwägerin und ich uns trafen und wir über das Buch redeten. Sie wollte unbedingt wissen, um welche Brüder es in meinem Buch geht und sie erwähnte, dass sie ihren Mann gefragt hatte, welche Brüder es in unserem Ort gibt. Ich musste mir auf die Zunge beißen, als sie Folgendes sagte: „Weißt du, jedes Mal, wenn ich spazieren gehe, schaue ich mir die Hochstände an und frage mich, ob das wohl der Hochstand gewesen ist, indem du entjungfert worden bist. Was ich total lustig finde, ist ja, dass das Grundstück, also das hier, auf dem mein Haus steht, vorher auch ein verlassenes Grundstück mit Wohnwagen war." Ich musste mich sooo zusammenreißen, damit ich nicht laut loslache. Na ja, nachdem die Unterhaltung noch komischer geworden war und sie einfach nicht lockergelassen hatte, beichtete ich ihr, um wen es sich handelt. Ich bin sehr froh, dass sie mir nicht böse ist und wir nach wie vor befreundet sind.

Langsam frage ich mich, wieso ich immer wieder in solch seltsame und komische Situationen komme. Eine weitere Frage, die ich mir stelle, ist, ob ich aus allem, was mit ihm geschehen ist, auch etwas dazugelernt habe. Lasst es uns herausfinden.

7
Neubeginn

Es waren einige Monate vergangen seit dem letzten Aufeinandertreffen mit Silvan. Ich hatte mich auf meine Lehre konzentriert und ich hatte beschlossen, in der Abendschule meine Berufsreifeprüfung zu machen. Ich hatte mich dazu entschieden, mit dem Fach Mathematik zu starten. Ich hasse Mathematik, ich bin in der fünften Klasse im Gymnasium wegen Mathematik sitzen geblieben. Ich dachte mir, wenn ich mit Mathematik anfange, habe ich das Schlimmste hinter mir. Ich war nicht einmal ein Jahr aus der Schule raus, somit müssten eigentlich noch genügend Informationen aus der Schule vorhanden sein, auf denen ich aufbauen konnte.

Nach einem kleinen Basismodul, welches man zur Vorbereitung auf das Hauptmodul absolvieren musste, konnte ich im Herbst 2013 mit dem Hauptmodul beginnen. Der Kurs fand einmal in der Woche am Montagabend statt. Der Mathematikmaturakurs war einer der lustigsten Kurse, die ich je besucht hatte. Ich vermute, es lag an den Leuten, die mit mir diesen Kurs gemacht hatten.

Schnell hatte sich eine Rauchergruppe gebildet, die, wie man bei dem Namen vermuten kann, gemeinsam in den Pausen in den Schulhof gegangen war, um zu rauchen. Da wir in diesen Rauchpausen immer so viel Spaß hatten, kamen immer mehr Nichtraucher mit uns in den Schulhof. Unter diesen Nichtrauchern befand sich auch ein großer und süßer Junge. Wie schon gesagt war er groß, hatte braunes Haar, breite Schultern, einen Bart und er roch immer total gut. Sein Lächeln war auch nicht zu verachten. Mit diesem Lächeln hätte er locker als Model für eine Zahnpasta-Firma arbeiten können. Ich nenne ihn hier Grigor bzw. Grisha. Wie ich zu diesem Namen gekommen bin? Na ja, wie ihr wisst, hat jeder Name eine Bedeutung, entweder hat er etwas mit den Erfahrungen, dem Beruf, dem Charakter, Aussehen zu tun oder der Name verbindet den Jungen/Mann mit etwas, was er gerne hat. In diesem Fall ist Grigor der Lieblingstennisspieler dieses Jungen. Kommen wir zurück zur Geschichte.

Irgendwann kamen wir auf das Thema Lieblingsfarben und als Grisha erzählte, dass seine Lieblingsfarbe Lachsrosa ist, war ich sehr irritiert und fragte mich, ob er vielleicht schwul ist. Ich meine, welcher Mann kennt schon Abstufungen der Hauptfarben und welcher Mann sagt auch noch, dass seine Lieblingsfarbe Rosa, geschweige denn lachsrosa, ist. Auch wenn das eine sehr eigenartige Lieblingsfarbe für einen Mann ist, fand ich ihn nach wie vor sehr süß. Aber nach allem, was ich durchgemacht hatte, dachte ich mir, dass er mich nicht am Schirm hatte, und ich war mir irgendwie unsicher, ob er vielleicht schwul war. Wie man merkt, war zu dem damaligen Zeitpunkt mein Selbstbewusstsein und mein Selbstwertgefühl nach wie vor sehr niedrig oder besser gesagt quasi nicht vorhanden.

So vergingen ein paar Montagabende, bis etwas sehr Interessantes passierte. Meine Rauchertruppe und ich waren mal wieder rauchen und hatten jede Menge Spaß. Dann gingen wir die Stiegen in Richtung Klassenzimmer rauf. Am Weg nach oben neckte ich Grisha etwas und verarschte ihn ein wenig. Irgendwie hatte sich in den Montagen davor so eine Dynamik entwickelt, in der Grigor und ich einander geneckt und viel miteinander gelacht hatten. Als ich ihn also am Weg ins Klassenzimmer neckte, sahen wir uns in die Augen und lächelten uns an. Hinter uns bekam ein anderer Junge alles mit und meinte nur: „Uuuuh, scheint so, als ob sich da was zwischen euch anbahnen würde.“ Die anderen hörten das, schauten uns an und sagten auch laut: „Uuuuh“.

Als der Junge hinter uns das gesagt hatte und die anderen mitgemacht hatten, sahen wir uns wieder in die Augen und lachten uns an. Wir sahen und lachten uns einfach nur an, wir sagten nichts. Ich bin mir ziemlich sicher, dass ich sogar ein bisschen rot im Gesicht geworden war. Gott sei Dank fiel es keinem auf, da es draußen kalt war und wie jeder weiß, bekommt man, wenn es draußen kalt ist und man länger draußen steht, rote Wangen.

Das war das erste Mal, dass ich sein Lachen anders deutete. Als er den Satz gehört hatte, war es ihm gar nicht peinlich. Er sagte auch nichts, um klarzustellen, dass er schwul sei oder er eine Freundin habe oder dass ich gar nicht sein Typ sei oder er mich hässlich findet. Er sagte einfach nichts. Grisha sah mich nur an und lächelte mich mit seinem süßen Gesicht an. Also bedeutet das doch, dass ich ihm nicht peinlich war und dass er keine Freundin hat und ich ihm gefalle, oder? Und dass er nicht schwul ist, stimmts?

War das wirklich möglich? Ein Junge, der sich ernsthaft für mich interessiert und dem ich nicht peinlich war? Hat er mich tatsächlich süß gefunden?

Ist er wirklich nicht schwul? Mag er mich? Findet er mich süß? Findet er mich attraktiv? Würde er mehr mit mir wollen?

Kann das wirklich möglich sein?

So viele Fragen und ich wusste nicht, wer sie mir beantworten würde. Ich hätte ihn das schließlich nicht direkt fragen können, oder? Und, selbst wenn ich ihn direkt gefragt hätte, wäre er sicher abgeschreckt gewesen und geschockt. Die Wahrheit hätte er mir wahrscheinlich auch nicht gesagt. Ich weiß, ich weiß, nur eine total verkorkste, verkopfte, komplizierte und umständliche Frau wie ich bringt es fertig, einen gedanklichen Gordischen Knoten zu fabrizieren, den nicht einmal jemand wie Houdini hätte auflösen können. Ich bin mir sicher, dass es manchen von euch in gewissen Situationen genauso geht wie mir in diesem Augenblick. Nur mit dem kleinen Unterschied, dass ihr diesen Zustand als „Mindfuck" bezeichnen würdet. Diese ganzen Fragen haben mich so durcheinandergebracht, dass ich nicht mehr klar denken und mich auf den Unterricht konzentrieren konnte. Ich war einfach so unsicher.

Mir kam es so vor, als ob der Unterricht gar kein Ende mehr findet. Als er nach gefühlten hundert Stunden endlich vorbei war, wollte ich nur noch nach Hause, damit ich in Ruhe meine Gedanken ordnen konnte. Ich ging also zur U-Bahn und wie es zu erwarten war, holte mich am Weg Grisha ein. Ich dachte mir nur: „Na toll, warum muss er ausgerechnet jetzt neben mir auftauchen?". Ich wollte doch Abstand von ihm, damit ich meine Gedanken ordnen konnte. Aber ich hätte ihn ja schlecht wegschicken können. Wie seltsam wäre das gewesen. In einem Moment rede ich noch normal mit ihm und dann sage ich ihm durch die Blume, dass er sich verpissen soll. Das kommt vielleicht nicht so gut bei ihm an.

Also beschloss ich, nichts zu sagen und wir gingen gemeinsam zur U-Bahn, und wie es der Zufall wollte, musste er in dieselbe Richtung wie ich. Ist doch toll, wenn einem so viele Fragen in Bezug auf eine Person, die direkt neben einem steht, durch den Kopf gehen und man gerne Antworten haben möchte. Aber genau weiß, dass man die

Fragen nicht direkt stellen kann, da man Angst hat abgewiesen zu werden. Oder diese bestimmte Person einen auslachen könnte, wenn man diese Fragen stellt und man Angst hat, dass wenn man tatsächlich diese Fragen stellt, diese bestimmte Person einen für verrückt hält.

Ich stand nun mit Grisha in der U-Bahn, und wir redeten. Er sah so süß aus und immer, wenn die Türen hinter ihm aufgingen, kam ein Luftstoß, welcher mir sein Parfum unter die Nase rieb. Ich kann mich nicht mehr genau erinnern, worüber wir redeten, aber, woran ich mich erinnern kann, war, dass er sagte: „Du scheinst dich mit dem Stoff richtig gut auszukennen. Ich habe leider keinen Plan, wovon der Lehrer da redet." Ich war geschockt und musste mir das Lachen auf das Schmerzlichste verkneifen. Bitte was? Ich und gut auskennen bei Mathematik? Wie kam er nur auf sowas? Ich bin eine Niete in Mathematik. Dann sagte er auf einmal: „Sag, könntest du mir am Freitagabend Nachhilfe geben?". Ich musste mir das Lachen schon wieder verkneifen, ich und Mathenachhilfe. Auch wenn ich es total lustig fand, da ich ja keine Ahnung von Mathematik hatte, stimmte ich trotzdem zu, ihm Nachhilfe zu geben.

Ich dachte, wenn ich Zeit mit ihm allein verbringe, dann bekomme ich vielleicht ein paar Antworten auf die vielen Fragen, die durch meinen Kopf schwirrten. Und das auch noch, ohne ihm diese ganzen Fragen direkt stellen zu müssen. Außerdem war ich gerne in seiner Nähe, ich fühlte mich wohl in seiner Gegenwart. Also gab ich Grisha meine Handynummer und stieg an meiner Station aus. Es dauerte nicht lange, als er mir schon die erste Nachricht geschickt hatte.

Die folgenden Tage tauschten wir Nachrichten und lustige Bilder über WhatsApp aus. Je näher der Freitag rückte, desto nervöser wurde ich. Ich hatte die ganze Woche überlegt, was ich anziehen soll. Dann war es endlich so weit, der Freitag, an dem die Nachhilfe stattfinden hätte sollen, war gekommen. Da Grishas Familie nicht zu Hause war, lud er mich zu sich ein. Als Treffpunkt hatten wir einen Bahnhof am anderen Ende der Stadt vereinbart. Ich gab mir an diesem Tag Mühe und zog mich hübsch an und bemühte mich, als ich mich schminkte. Ich bin nicht so talentiert, was Frisuren und Make-up angeht. Na ja, ich hatte mir einen Lidstrich gezogen und mir rosafarbenen Labello auf die Lippen geschmiert. Also war es eigentlich nichts Besonderes. Aber ich fühlte mich gut und das erste Mal in meinem Leben fühlte ich mich richtig hübsch, als ich mich in den Spiegel schaute und mein Spiegelbild sah.

Ich fuhr also mit meinem Auto zum Bahnhof im Nachbarort. Ich war so unglaublich nervös, in der Hoffnung, etwas ruhiger zu werden, rauchte ich mir am Weg vom Parkplatz zum Zug eine Zigarette an. Als ich beim Zug ankam, war meine Nervosität mit einem Schlag weg. Auf den Anzeigetafeln stand, dass der Zug ausgefallen war und der nächste Zug Verspätung hatte. Die Nervosität änderte sich schlagartig in Genervt sein um. Man könnte fast glauben, dass es ein Wink des Schicksals war. Vielleicht wollte mir eine höhere Macht sagen, dass ich nicht in diesen Zug einsteigen soll. Doch ich blieb standhaft und wartete und rauchte eine Zigarette nach der anderen. Als ich so dastand und auf den Zug wartete, dessen Verspätung laut Anzeigetafel immer größer wurde, begann ich mich mit einer Frau, die dort stand, zu unterhalten.

Sie hatte mich gefragt: „Du siehst aber schick aus, wo willst du denn hin?“. Ich freute mich, dass mich eine fremde Person als schick bezeichnet hatte. Also hatte sich die Mühe ausgezahlt und ich war gespannt, was Grisha wohl zu mir sagen würde. Ich konnte mir einen Grinser nicht verkneifen. Ich konnte regelrecht fühlen, wie mein Selbstbewusstsein anstieg. Ich antwortete ihr: „Oh danke, ich wurde gebeten, einem Jungen Mathenachhilfe zu geben." Als sie das hörte, lachte sie und musterte mich nochmals von oben bis unten, dann sagte sie: „Hahaha, na dann viel Spaß. Tu nichts, was ich nicht auch tun würde. Ich hoffe, du hast nicht auf die Lernsachen vergessen". Wir lachten beide und um vollkommen ehrlich zu sein, hatte ich meine Lernsachen zu Hause liegen gelassen. Ich hatte die Hoffnung, dass wir an diesem Abend nicht lernen würden. Langsam begann ich mich zu freuen, zum einen, weil ich endlich Grisha sehen wollte und zum anderen, weil die Anzeigetafel angezeigt hatte, dass der Zug endlich in zwei Minuten kommt.

Nach einer gefühlten Ewigkeit kam endlich der Zug und die Reise zu Grisha konnte losgehen. Leider war diese Fahrt ziemlich lange, da der Zug zwischen den Stationen manchmal mehrere Minuten stehen blieb. Ich musste Grisha immer wieder vertrösten, dass ich noch brauchen würde, bis ich an unserem Treffpunkt ankommen würde. Was mich wunderte, war, dass er es total locker nahm und überhaupt nicht ungeduldig wurde. Dafür wurde ich immer ungeduldiger und genervter. Ich wollte endlich bei ihm sein und ich wollte endlich ein paar Antworten auf die vielen Fragen, die mir nach wie vor im Kopf herumschwirrten. Ich wollte jede Minute mit ihm ausnutzen und diese Reise zum Treffpunkt nahm mir viel von der Zeit, die ich mit Grisha hätte verbringen können.

Endlich hatte ich es geschafft und konnte am Bahnhof in Floridsdorf aussteigen. Während der Zugfahrt hatte ich mir eine ganze Packung an Kaugummis von meiner Lieblingsmarke in den Mund gestopft. Es hatte mich beruhigt und ich wollte unbedingt meine Rauchfahne loswerden. Ich hatte sogar ein Parfum in der Tasche, welches ich mir kurz, bevor ich ausstieg, auf meine Finger sprühte. Ich stieg also aus diesem Zug aus und hatte diesen gewaltigen Brocken Kaugummi im Mund. Ich muss ausgesehen haben wie ein Hamster. Aufgrund meiner Nervosität hatte ich vergessen, den Kaugummi auszuspucken. Als ich ausstieg, suchte ich den Bahnsteig nach einem Mistkübel ab und während ich das tat, sah ich auf einmal Grisha. Er saß auf einer Bank und schaute ganz vertieft in sein Handy. Plötzlich schaute er auf. Unsere Blicke trafen sich und wir lächelten uns an. Ich ging auf ihn zu und wir schauten uns die ganze Zeit an und lächelten. Als mir wieder eingefallen war, dass ich nach wie vor diesen Riesenkaugummiklumpen im Mund hatte, wurde ich fast panisch. Wie peinlich ist das, wenn man auf einen Jungen, den man süß findet, zugeht und dabei aussieht wie ein Hamster. Er begrüßte mich mit einer Umarmung, bei der ich feststellte, dass er ein total gut riechendes Parfum oben hatte. Dann gab er mir einen Kuss auf beide Wangen.

Irgendwie wirkte es auf mich so, als ob er auch ein wenig nervös sei. Plötzlich sah ich einen Mistkübel genau neben der Bank, auf der Grisha saß. Als ich dorthin ging, um den Riesenkaugummiklumpen zu entsorgen, sah ich am Boden direkt vor der Bank einen Haufen Brösel liegen. Grisha hatte sich die Zeit vertrieben, in dem er vier Apfeltaschen von McDonalds gegessen hatte. Ich war etwas geschockt, ich meine, wer ist schon vier Apfeltaschen? Aus irgendeinem Grund beschäftigte mich das so sehr, dass ich ihn fragte: „Warum hast du vier Apfeltaschen gegessen?“. Er fing an zu lachen und meinte dann ganz locker: „Schau, das ist eigentlich total einfach. Die erste ist einfach schnell weg und weckt den Gusta auf noch mehr. Die Zweite stillt dann den Gusta und die Dritte macht dann in der Regel schon satt. Aber die Vierte ist an manchen Tagen einfach der Höhepunkt und einfach nur geil. Und eine kaufe ich in der Regel immer zu viel, damit ein neu aufkommender Gusta noch im Ansatz gestillt werden kann." Als ich das hörte, musste ich lachen. Dann überkam mich plötzlich wieder meine Nervosität. Mein Herz schlug immer schneller und lauter und ich war noch immer so verwirrt. Immerhin wusste ich nach wie vor nicht, ob er schwul ist. Eine der größten Fragen, die mich beschäftigte. Ich wusste auch nicht, ob er ernsthaftes Interesse an mir hatte und ob er mich hübsch findet. Die andere große Frage war, ob er wirklich lernen wollen würde.

Wir stiegen zusammen in den nächsten Zug, der uns in seinen Heimatort brachte. Am Weg zu dem Haus, in dem Grisha wohnte, neckten wir uns und lachten viel. Als wir dann vor seinem Zuhause standen, wurde mir vor lauter Nervosität übel. Immerhin wusste ich nicht, was jetzt auf mich zukommen würde und ich hatte Angst, dass, wenn er wirklich lernen wollen würde und ich ihm sage, dass ich keine Lernsachen dabeihabe, was er dann wohl sagen würde.

Was mache ich hier denn nur? Was mache ich, wenn er wirklich nur lernen will?

Was wird er sagen oder tun, wenn ich ihm beichte, dass ich keine Lernsache dabeihabe?

Aber was mache ich, wenn das hier tatsächlich ein Date ist?

Als wir in das Haus gingen, half er mir dabei, meine Jacke auszuziehen und hängte diese auf. Ich hatte Gänsehaut, weil er dabei so nah bei mir stand und ich wieder sein tolles Parfum roch. Nachdem wir Schuhe und Jacken ausgezogen hatten, gingen wir hinauf in Grishas Zimmer. Dort angekommen, standen wir da. Wir sagten nichts zueinander und starrten uns an. Es war total peinlich. Er wirkte ebenfalls etwas unsicher und nervös, was mich ein wenig beruhigte. Irgendwie gefiel es mir auch, dass ich der Grund war, der ihn nervös gemacht hatte. Oder besser gesagt gefiel mir die Vorstellung, dass ich der Grund gewesen sein könnte, der Grisha nervös gemacht haben könnte.

Nach ein paar Minuten, in denen wir einfach nur dastanden, setzte er sich auf sein Bett und deutete mit seiner Hand auf den Platz neben sich. Ich setzte mich langsam neben ihn hin. Aber wir redeten immer noch nicht, die peinliche Stille wurde immer größer. Er stupste mit seiner Schulter gegen meine, und wir sahen uns an und lachten. Als wir uns tief in die Augen sahen, nahm er seine Hand und legte sie auf meine Wange und streichelte mit seinem Daumen über meine Wange. Grisha sah mir tief in die Augen und er kam immer näher zu mir. Als uns nur noch gefühlte fünf Millimeter davon trennten, uns zu küssen, lächelte er mich wieder an. Dann begann er, mich zu küssen. Es war ein wunderschöner Moment, und ich hatte Gänsehaut. Das war der Beweis, dass Grisha nicht schwul war und er mich tatsächlich gut fand. Ich konnte es einfach nicht fassen. Da war wieder dieses Gefühl, welches ich schon einmal hatte, ich fühlte mich gut und sexy.

Passiert das gerade wirklich? Kann es wirklich sein, dass er mich gut findet? Findet er mich wirklich hübsch und anziehend?

Eines ist klar, er ist nicht schwul.

Ob er mich noch immer hübsch findet, wenn er sieht, was ich unter meiner Kleidung verstecke?

Er konnte einfach so gut küssen. Kennt ihr das, wenn ihr von einem Mann geküsst werdet und er das so gut macht, dass ihr Gänsehaut bekommt und ihr euch wünscht, dass dieser Moment nie aufhört? Genauso ging es mir in diesem Augenblick. Während wir uns küssten, legten wir uns auf sein Bett und begannen damit, an uns herumzufummeln. Es dauerte nicht lange, bis die ersten Kleidungsstücke ihren Weg von unseren Körpern auf den Boden fanden. Dann passierte es und wir hatten Sex.

Ich muss an dieser Stelle zugeben, dass mir der Sex am Anfang weh getan hatte. Ich weiß nicht, warum, aber am Anfang war es nicht angenehm. Es dauerte auch ein bisschen, bis ich mich etwas entspannen konnte und mich voll und ganz auf diese Situation einlassen konnte. Dann wurde es so richtig peinlich. Während wir Sex hatten und es begonnen hatte so richtig schön zu werden, verspürte ich ein seltsames Gefühl in meiner rechten Wade. Wie konnte das nur ausgerechnet in diesem Moment passieren? Ja, ihr liegt richtig, wenn ihr jetzt darauf tippt, dass ich einen Wadenkrampf bekommen hatte.

Oh nein, das kann jetzt nicht wahr sein? Ist das jetzt echt ein Krampf? Wieso muss das jetzt passieren?

Was mache ich jetzt nur? Vor allem, wenn ich ihm jetzt sage, dass ich abbrechen muss, weil mir der Krampf so weh tut?

Wird er mich auslachen? Wieso passiert mir das jetzt?

Mir war unklar, wie man einen Wadenkrampf bekommen kann, wenn man auf dem Rücken lag und sich nicht großartig bewegt. Ich versuchte, die Schmerzen zu ignorieren, aber irgendwann konnte ich nicht mehr. Ich musste ihm sagen, dass wir kurz aufhören müssen, da ich einen Krampf habe. Es war so peinlich und als ich ihn darum bat, begann er, wie ich es schon befürchtet hatte, zu lachen. Ich wäre am liebsten im Boden versunken. War doch klar, dass sowas ausgerechnet mir passiert. Als ob ich ein Magnet bin für seltsame und peinliche Situationen.

Na toll, jetzt ist genau das passiert, was ich nicht wollte. Wie peinlich und dann lacht er auch noch über mich. Nicht gerade der Eindruck, den ich bei ihm hinterlassen wollte. Ob er mich jetzt nach der Geschichte noch haben will?

Der Abend ging dann, Gott sei Dank, wieder bergauf. Nachdem mein Krampf vorbei war, machten wir da weiter, wo wir aufgehört hatten. Es fühlte sich wirklich gut an und ich war total entspannt. In seiner Gegenwart fühlte ich mich einfach total wohl. An diesem Abend war der Sex einfach, sprich es gab nur eine Stellung, und er war schön. Nachdem der Sex vorbei war, lagen wir nebeneinander in seinem Jugendbett und er legte seinen Arm um mich und wir kuschelten. Das war neu für mich, Silvan hatte nie mit mir gekuschelt. Sobald der Sex und der orale Verkehr mit ihm erledigt waren, zogen wir uns unmittelbar danach wieder an und ich ging wieder nach Hause.

Ich fühlte mich in seinen Armen so wohl und das sogar, obwohl ich nackt neben ihm lag. Ich schämte mich noch immer sehr für meinen Körper, aber in seiner Gegenwart hatte ich dieses Schamgefühl nicht mehr. Ich fuhr mit meinen Fingern seine Brust auf und ab und spürte einfach seine Wärme. Dieses Kuscheln nach dem Sex war ein Highlight für mich. Das war einer dieser Momente, von dem hoffte, dass er nie aufhört. Es war an dem Abend auch einer der seltenen Momente, in denen ich so entspannt war und mein Hirn wie leergefegt war. Keine unendlichen Fragen, die in meinem Kopf umherkreisen und kein Mindfuck, ob er mich jetzt gut findet oder was das jetzt wird oder wie es jetzt wohl weiter geht. Ich ließ mich fallen und genoss diesen Abend mit ihm.

Irgendwann bekamen wir Hunger und wir zogen uns an und er machte mir dann ein Essen in der Fritteuse warm. Wir redeten und lachten die ganze Zeit und es kam immer wieder zu „zufälligen" Berührungen. Es war ein toller Abend. Da die Zugsituation nach wie vor sehr umständlich und mühsam war, fragte er, ob ich nicht bei ihm schlafen möchte. Also rief ich meine Mutter an und sagte ihr, dass die Züge ausgefallen waren. Und ich somit bei meiner „Freundin", von der sie dachte, dass ich bei ihr war, um zu lernen, übernachten würde, aber am nächsten Tag wieder zu Hause sein werde. Da meine Mutter geglaubt hatte, dass ich für die Matura lernen würde und sie unbedingt wollte, dass ich die Matura mache, war sie erstaunlicherweise leicht zu überzeugen.

An dieser Stelle möchte ich gerne der ÖBB danken, das erste und bis jetzt einzige Mal in meinem Leben, dass ich froh war, dass die Züge, auf die ich angewiesen war, Verspätung hatten oder ausgefallen waren.

Die Nacht war wunderschön, ich hätte nie gedacht, dass ich einem Jungen wieder so vertrauen kann. Nach allem, was ich mit Silvan durchgemacht hatte, hätte ich auch nicht gedacht, dass ich mich je wieder einem Jungen so öffnen könnte. Um ehrlich zu sein hätte ich auch nicht wirklich gedacht, dass mir sowas wie der Abend mit Grisha passieren würde. Aber wie wird es mit uns weitergehen? Ist er vielleicht derjenige, der mir das gibt, wovon ich träume?

8

Zu scharf, um wahr zu sein

Nach unserer gemeinsamen Nacht war ich mir sicher, dass er nicht schwul war und er einfach nur eine sehr seltsame Lieblingsfarbe hatte. Leider konnten wir uns nicht so oft treffen, wie wir damals gewollt hätten. Wir wohnten ja beide noch in unseren Kinderzimmern und zu allem Überfluss trennte uns ein ganzes Bundesland. Uns blieben nur die Kursabende, an denen wir uns sahen und die Nachrichten, die wir uns schrieben. Auch wenn ich die Kursabende und die Nachrichten genoss, so wollte ich mehr Zeit mit ihm. Ich wollte ihm nahe sein und Zeit mit ihm allein haben. Zeit, in denen wir allein sind und uns sogar im selben Raum aufhalten.

Eines Tages hatte er tolle Neuigkeiten, seine Großeltern würden verreisen und an diesem Wochenende hätten wir die Wohnung seiner Großeltern für uns allein. Er sagte, dass er etwas Besonderes vorhat und für mich kochen wollen würde. Ich war erstaunt, ich war es nicht gewohnt, dass sich jemand bzw. ein Junge, der auch noch süß war, so viel Mühe gab. Ich fühlte mich so besonders und ich war auch sehr geschmeichelt.

Als endlich der Abend kam, an dem wir uns in der Wohnung seiner Großeltern trafen, war ich so unglaublich nervös. Wir trafen uns bei einer U-Bahnstation. Er umarmte mich wieder und hatte wieder ein tolles Parfum oben. Ich stehe einfach darauf, wenn Männer gut riechen. Da könnte ich sofort schwach werden.

Wow, er riecht so gut. Was er wohl kochen wird? Er ist so anders.

Bin ich es wirklich wert? Bin ich so besonders?

Oder bin ich so besonders für ihn, dass er sich die Mühe macht und für mich kocht?

Oder bedeutet ihm das alles nicht so viel wie mir?

Wir gingen zusammen zu dem Haus, in dem sich die Wohnung von Grishas Großeltern befand. Ich konnte es kaum erwarten. Als wir durch die Tür kamen, half er mir wieder aus der Jacke und gab mir einen Kuss auf die Wange. Er war schon ein richtiger Gentleman. Mich begeisterte und verwunderte das jedes Mal aufs Neue. Wie schon gesagt, so etwas kannte ich nicht. Er war nett, zuvorkommend und süß.

Wir gingen in die Wohnung und ich sah, dass der Tisch bereits gedeckt war. Er hatte auf mich gewartet, damit wir dann zusammen kochen können oder ich ihm besser gesagt dabei zuschauen kann. Er hatte die Zutaten bereits auf der Küchenarbeitsfläche auf kleinen Tellern und Schüsselchen verteilt. Ich hatte keine Ahnung, was er für mich kochen würde, aber ich habe Mangos, Hühnerfleisch, Ananas in der Dose und bereits fertig gekochten Reis gesehen. Als ich das sah, war ich sehr beeindruckt. Als er gesagt hatte, dass er für mich kocht, dachte ich, dass er irgendetwas im Backrohr macht. Etwas Einfaches, vielleicht sogar ein Tiefkühlprodukt, aber ich hatte nicht mit dem gerechnet, was ich da sah.

Als ich nun die Zutaten auf den Tellern sah, so liebevoll klein geschnitten, wurde mir klar, dass es bestimmt lecker sein würde. Grisha gab mir etwas zu trinken und meinte, dass ich es mir gemütlich machen soll. Er ging in die Küche und begann damit, die Zutaten klein zu schneiden und anzubraten. Ich musterte ihn von oben bis unten, das Licht in der Küche beleuchtete optimal sein hübsches Gesicht und seine Arme. Ich war fasziniert und beeindruckt von dem, was ich da sah. Er sah so unglaublich gut aus. Er kann also wirklich kochen.

Ich weiß nicht genau, was es war, aber diese Situation hatte etwas sehr Erotisches. Da wurde mir zum ersten Mal klar, warum es den Begriff Foodporn gibt. Ich sah ihn weiter an und meine Lust auf ihn wurde immer größer. Es war so, als ob jemand in mir so eine Art Magnet eingeschaltet hatte. Eine Stimme in mir sagte, dass ich ihn unbedingt haben muss und das so schnell, wie es nur geht. Diese Stimme wurde immer lauter. Wie ich ihn so anschaute, bemerkte ich, wie ich mir auf die Lippen biss und meine Oberschenkel aneinanderpresste. Die Stimme in mir wurde so laut und die Lust in mir überkam mich. Von jetzt auf gleich sprang ich von meinem Sessel auf und ging zu ihm in die Küche. Ich stellte mich hinter ihn und umklammerte ihn mit meinen Armen. Ich begann ihn am Hals zu küssen und das machte ihn auch schwach. Er drehte sich um und wir begannen uns zu küssen. Er unterbrach unser Geknutsche für einen kurzen Augenblick und drehte sich wieder in Richtung Herd. Kurz dachte ich, dass ihm das Essen wichtiger sei als mich zu küssen. Aber dann sah ich, dass er den Herd abgedreht und die Töpfe zur Seite geschoben hatte. Nachdem er sehr sorgsam auf unsere Sicherheit geachtet hatte, drehte er sich wieder zu mir und drückte mich an ihn. Wir küssten uns wieder und das sehr intensiv. Es war so schön.

Ich zog ihm sein T-Shirt aus und drückte mich fest an ihn, dann begann er damit mich auszuziehen. Er spielte sich mit meinen Brüsten und küsste mir dabei meinen Hals. Dann öffnete er meinen Gürtel und meine Hose. Zuerst fuhr er mit seiner Hand über meinen Slip, um mich feucht zu machen, was auch sehr gut funktionierte. Dann schob er meinen Slip zu Seite und begann mit seinen Fingern an meiner Klitoris zu spielen. Es fühlte sich so gut an und ich verspürte ein warmes und leicht prickelndes Gefühl. Er spielte weiter mit meiner Klitoris und wir küssten uns sehr intensiv. Doch auf einmal hatte sich dieses warme, angenehme und prickelnde Gefühl in ein leichtes Brennen verwandelt. Ich versuchte es zu ignorieren, aber das Gefühl wurde immer schlimmer und schlimmer. So schlimm, dass ich es nicht mehr aushielt und Grisha mit meinen Händen von mir wegdrückte. Er sah mich verwundert an. Aber ich war damit beschäftigt zu überlegen, wieso meine Vagina auf einmal so brannte. Dann fiel es mir ein, als ich dabei war ihn zu verführen, zerrieb er gerade einen getrockneten Chili mit seinen Fingern. Dann traf es mich wie einen Blitz, Chilis tun weh auf den Schleimhäuten.

Die Schmerzen waren so unerträglich, dass ich in die Knie ging und abwechselnd lachte, weinte und schrie. Grisha kannte sich gar nicht mehr aus und fragte mich: „Was ist los, Conny?". Ich antwortete ihm: „Du Idiot, hast keine Handschuhe angehabt, als du die Chilis zerrieben hast und bist mit deinen Chilifingern direkt in meine Vagina gefahren, die jetzt brennt, wie wenn ein Feuer darin wütet." Er sah mich geschockt an und begann dann zu lachen. Sein Lachen artete dann in einen richtigen Lachanfall aus. Als ich dann zu ihm sagte: „Hör auf zu lachen, du Idiot. Was soll ich nur tun, damit das aufhört, soll ich mir ein Glas Milch über meine Vagina leeren oder ein Stück Brot hineinstecken? Hilf mir doch! Was soll ich nur tun?", verbesserte das die Situation und seinen Lachanfall nicht. Im Gegenteil, es verschlimmerte die ganze Geschichte noch, und zwar so sehr, dass Grisha mittlerweile am Rücken lag und lachte.

Ich war so verzweifelt, dass ich mir die Klamotten vom Körper riss und unter die Dusche sprang, ich versuchte, mit kaltem Wasser und Duschgel dieses brennende Gefühl loszuwerden. Es funktionierte aber nicht. Nach einer halben Stunde unter der Dusche ging das Brennen so weit zurück, dass es nicht mehr weh tat. Es war zwar nicht vollkommen weg und es war nach wie vor unangenehm, aber es war zum Aushalten. Grishas Lachanfall war mittlerweile zu Ende. Doch als ich um die Ecke gebogen war und mich sah, musste er sofort wieder anfangen zu lachen. Ich zog mich wieder an und ich war einfach nur peinlich berührt. Wie konnte mir sowas Peinliches und Schmerzhaftes nur passieren? Warum immer ich? Diese Situation hätte gut zu Filmen wie „Bridget Jones“ oder „American Pie“ gepasst.

Warum muss mir sowas nur passieren? Schon wieder etwas Peinliches, was mir in Gegenwart von Grisha passiert.

Will mir das Universum damit etwas sagen?

Will er mich denn überhaupt noch, wenn mir ständig so etwas Peinliches passiert?

Während ich unter der Dusche war, hatte Grisha das Essen fertiggekocht. Wir setzten uns hin und aßen sein Essen. Das war wohl das Einzige, was an diesem Abend perfekt war. Mittlerweile kann ich über diese Geschichte lachen und sie ist eine total gute Story auf Partys. Also meine Lieben, wenn ihr oder eure Liebsten mit Chilis hantiert, solltet ihr auf das Penibelste darauf achten, dass diese Finger NIE, und ich meine NIE, eure Vagina berühren. Dieses Brennen ist nicht weiterzuempfehlen. Es war einfach zu scharf, um wahr zu sein.

Nach diesem Treffen gab es keine weiteren Treffen mehr und wir sahen uns nur noch im Kurs und schrieben miteinander. Trotz dieses Debakels hatte ich begonnen ihn zu mögen und ich wollte mehr von ihm als das, was wir hatten. Ich sprach ihn darauf an und er wurde abweisend und meinte, dass er zurzeit nur Spaß wolle und keine Beziehung. Einmal waren wir sogar Essen, aber das war irgendwie ein seltsames und komisches Treffen. Ich würde dieses Treffen nicht als richtiges Date werten. Ich war sehr enttäuscht und dann brach der Kontakt ab. Er kam auch nicht mehr in den Kurs. Ich habe heute meine Mathematikmatura, was er dann machte, weiß ich nicht. Na ja, ich habe es neun Jahre nach unserem letzten Treffen erfahren.

Wenn man sich auf Instagram Storys anschaut, kommen hier und da zwischen den anderen Storys Freundesvorschläge mit Personen, die man vielleicht kennen könnte. Als ich einen dieser Vorschläge bekam, war ich erstaunt, weil mir der Name bekannt vorgekommen war. Es war Grisha. Ich war erstaunt, ich hatte neun Jahre weder was von ihm gehört noch habe ich ihn gesehen, wir waren auch nicht auf Facebook befreundet und seine Nummer hatte ich damals gelöscht. Als Instagram mir Grisha vorschlug, dachte ich, wenn er mir irgendwann wieder als Freund auf Insta vorgeschlagen wird, dann schicke ich ihm eine Abo-Anfrage.

Keine zwei Wochen später tauchte er wieder unter diesen Vorschlägen auf. Ich sagte erneut zu mir selbst, dass, wenn er mir noch ein drittes Mal vorgeschlagen wird, ich ihm eine Anfrage schicke. Ein paar Tage später wurde er mir wieder vorgeschlagen. Ich dachte, ich probiere es und schickte ihm eine Anfrage.

Er nahm sie an und wollte mir ebenfalls folgen. Ich war erstaunt, ich hatte damit überhaupt nicht gerechnet. Schon seltsam, es ist also etwas an dem Sprichwort „Man sieht sich immer zweimal im Leben“ dran. Als ich mit einer

Freundin von mir brunchen war, erzählte ich ihr davon. Sie kannte die „Zu scharf, um wahr zu sein, Geschichte" und sie war erstaunt darüber, dass wir uns wieder gefunden hatten. Das Seltsame kam erst am Abend, als ich um 21:11 eine Nachricht von Grisha bekam. Ich war geschockt, wie schon gesagt, ich hatte neun Jahre lang nichts mehr von ihm gehört und ich wusste, weder was er jetzt beruflich macht noch ob er seine Mathematikmatura geschafft hatte. Ich antwortete ihm und ein paar Stunden später, nachdem ich mein Workout beendet hatte, fragte ich Grisha, ob er nicht vorbeikommen möchte. Er zögerte nicht lange und machte sich auf den Weg zu mir. Gegen halb drei in der Nacht war er bei mir. Ich machte die Wohnungstür auf und da stand er und sah mich mit einem süßen Lächeln an. Er hatte sich kaum verändert, er war noch immer süß, hatte einen Bart und roch schon wieder so verdammt gut.

Wie schon gesagt, mich macht es einfach schwach, wenn Männer gut riechen. Er kam herein und musterte mich von oben bis unten. Vielleicht irritierte es ihn, dass ich ihm im Bademantel die Tür aufgemacht hatte. So viel dazu, es war kein eleganter Bademantel und ich behaupte mal, dass er nicht gerade sexy Eigenschaften an sich hat, aber was ihn aufregend machte, ist wohl, dass sich Grisha sicherlich fragte, was er wohl darunter vorfinden würde. Bestimmt fragte er sich, ob ich normale Unterwäsche darunter anhabe, ob ich nackt darunter bin oder ob ihn darunter noch etwas anderes erwarten würde. Ich machte einen Schritt auf Grisha zu und begann damit ihn zu küssen. Es war irgendwie seltsam ihn wiederzusehen und ihn wieder zu küssen. Aber es war auch total schön. Nach all den Jahren fühlte ich mich noch total zu ihm hingezogen. Ehe ich mich versah, lagen wir auf meiner Couch und hatten sozusagen ein Revival. Es war so heftig, dass er es schaffte mich wund zu vögeln. Glaubt mir, das ist ebenfalls nicht zu empfehlen und war mir ebenfalls sehr peinlich. Anscheinend ist das so etwas wie ein Gesetz, dass jedes Mal, wenn ich Grisha treffe, etwas Peinliches passieren muss.

Nach dem Sex redeten wir lange und wir lachten viel. Auch wenn wir gerade Sex hatten, war es doch etwas seltsam, da wir so lange keinen Kontakt gehabt hatten. Ich bin immer davon ausgegangen, dass er keine Mathematikmatura gemacht hat bzw. gleich alle Kurse abgebrochen hatte. Meiner Meinung nach hat es die Geschichte irgendwie abgerundet, aber dann erzählte er mir was, was mir regelrecht die Sprache verschlagen hatte. Nein, es war nicht die Tatsache, dass er mir erzählt hatte, dass er das Backen für sich entdeckt hatte und er rechtzeitig nach Hause müsse, um sein Brot zu backen bzw. den Starter für sein Brot anzusetzen. Es war die Tatsache, dass er mir erzählt hatte, dass er Medizin studiere und dass er auch noch im letzten Jahr seines Studiums sei.

Falls in euch jetzt die Hoffnung entsteht, dass wir beide nach all der langen Zeit endlich zueinander gefunden haben, muss ich euch leider enttäuschen. Er war noch nicht allzu lange Single und hatte eine sehr lange Beziehung beendet. Er war wieder nur auf der Suche nach Spaß und nicht nach etwas Ernstem.

9

Speeddating

Springen wir wieder zurück in die Zeit nach Grisha und unserem Chillidebakel. Es sind zwei Jahre vergangen, nachdem, wie ich es gerne nenne, Chillidebakel. Ich hatte mich wieder auf meine Lehre und meine Matura konzentriert, welche ich beide mit Erfolg abgeschlossen hatte. In dieser Zeit hatte ich keine Dates, noch habe ich mich mit irgendjemandem getroffen, um Spaß zu haben. Mein Leben bestand zu der Zeit eigentlich nur aus arbeiten gehen, Abendkursen, lernen und schlafen. Langsam beschlich mich das Gefühl, dass ich etwas verpasst haben könnte.

Nachdem ich alles abgeschlossen hatte, wollte ich mal wieder daten bzw. hatte ich die Hoffnung, dass ich endlich zu meinem ersten richtigen Date komme. An der Zeit wäre es gewesen, ich war zu dem Zeitpunkt schon zwanzig und hatte noch nie ein richtiges Date, wie man es aus Filmen kennt und einen Freund hatte ich bis dahin auch noch nie. Als ich mich mit meiner Kollegin, die mit mir im selben Zimmer saß und mit mir immer rauchen ging, darüber redete, begann bei ihr sofort der Brainstormingmodus. Sie überlegte, wie sie mir helfen könnte, damit ich endlich zu einem Date und einem Freund kam. Da wir beide im selben Alter waren, was bei unserem Büro schon beinahe an ein Wunder grenzte, wusste sie zumindest, wie man Jungs kennenlernen kann. Es dauerte nicht lange und sie hatte die zündende Idee, die sie mir sofort nach meinem Telefondienst unterbreitete. Sie schlug vor, dass ich zum Speeddating gehen sollte. Ich war offen für diese Idee. Ich hatte nur große Angst, dass ich allein dorthin gehen müsste und ich wusste nicht, was ich zu sowas anziehen sollte. Kurz gesagt war ich überfordert, ich hatte Angst und ich war mal wieder sehr nervös.

Nachdem ich sehr auf sie eingeredet hatte, versprach sie, dass sie mich zum Speeddating begleitet. Sie hatte mir ebenfalls versprochen, mir bei meiner Kleiderfrage zu helfen. Eine Fashionista werde ich in diesem Leben bestimmt nicht mehr, so viel ist sicher. Also gingen wir nach der Arbeit in ein Einkaufszentrum, welches praktischerweise gleich ums Eck war. Wir gingen zu Mac, wo sie veranlasste, dass mich die Visagistin schminkt. Ihre Intention dahinter war, dass ich endlich erkenne, dass ich hübsch bin.

Dann sind wir shoppen gegangen. Ich bin nicht gerade das, was man als klassische Frau bezeichnen würde. Normalerweise lieben es Frauen shoppen zu gehen, sie kaufen sich neue Klamotten und schicke Schuhe. Ich hingegen hasse Shoppen, ich hasse es so sehr, ich hasse es sogar Lebensmittel einkaufen zu gehen. Liegt vielleicht daran, dass ich sehr groß bin, breite Schultern, große Brüste und große Füße habe. Deswegen finde ich fast nie etwas. Das Einzige, was ich früher gerne gekauft habe, war Nagellack und das in nur jeder erdenklichen Farbe. Vielleicht versteht mich ja die eine oder andere von euch. Ich meine, da sind so viele Leute in den Geschäften, dann muss man schauen, was einem gefällt und dann hoffen, dass es das auch in der passenden Größe gibt. Jede von euch, die keine Kleidergröße 34,36,38 oder 40 hat, versteht, was ich meine. Dann, wenn man Glück hat, gibt es dieses Teil tatsächlich in deiner Größe. Doch dieses Glück vergeht schnell, denn dann muss man in diese kleinen und stinkenden Kabinen, um diese Teile anzuprobieren und dann ist da noch dieses fiese Licht, das wirklich jede Delle deines Körpers sichtbar macht. Man merkt, ich hasse Shoppen wirklich. Aber es war Sommer und ich hatte die Hoffnung, dass ich vielleicht ein schickes Kleid finde. Nach für mich sehr qualvollen zwei Stunden fand ich endlich ein schönes Kleid, welches meiner Figur schmeichelte und mir sogar passte. Zu meiner Überraschung war es auch noch sehr günstig. Ein seltener Fall, dass alle drei Kriterien zutreffen.

Dann fehlten nur noch die Accessoires und ein Besuch beim Friseur. Ich ließ mir die Haare stufig schneiden, damit sie meinem Gesicht schmeicheln und es nicht zu rund wirkt, zumindest wurde mir gesagt, dass wenn ich meine Haare so schneiden lasse, es meinem Gesicht schmeicheln würde. Diese ganze Vorbereitung auf das Speeddating war echt anstrengend und irgendwie sogar nervig. Das Letzte auf der Checkliste war die Anmeldung zu einer dieser Veranstaltungen. Ich machte mich im Internet schlau und entschied mich dann für ein Speeddatingevent, welches laut Google die besten Bewertungen hatte. Ich meldete mich für die Gruppe der Zwanzig-bis Neunundzwanzigjährigen an. Es gab sogar ein Sonderangebot, wenn man mit einer Freundin gemeinsam hingeht. Somit meldete ich nicht nur mich selbst an, sondern auch meine Kollegin. Sie hatte mir angeboten, dass ich an diesen Abend bei ihr und ihrer Mitbewohnerin schlafen konnte. Dieses Angebot nahm ich nur zu gerne an.

Dann war es so weit, der besagte Tag, an dem das Speeddating stattfand, war gekommen. Nach der Arbeit fuhren meine Kollegin und ich zu ihr nach Hause. Wir aßen etwas und sie und ihre Mitbewohnerin gaben mir Flirttipps. Danach begann sie mich zu schminken und wir überlegten, was wir mit meinen Haaren machen.

Nachdem ich also geschminkt war, meine Haare fertig waren, ich das Kleid anhatte und ich mich mit Accessoires geschmückt war, sodass ich mir wie ein Christbaum vorkam, konnte es auch schon losgehen. Als wir auf den Bus warteten, wurde ich immer nervöser und rauchte eine nach der anderen. Meine Kollegin versuchte, mich zu beruhigen, aber so richtig half es nicht. Als wir bei dem Restaurant angekommen waren, wurde mir schlecht. Am liebsten wäre ich umgedreht und wieder nach Hause gefahren, solch große Angst hatte ich und so nervös war ich. Aber meine Kollegin nahm mich an der Hand und zerrte mich regelrecht in dieses Restaurant.

Oh nein, was mache ich hier nur? Wie ist es nur so weit gekommen? Wie waren nochmal die Tipps, die ich bekommen habe? Was mache ich, wenn mir nichts einfällt?

Sehe ich in dem Outfit dämlich aus?

Ob da jemand dabei ist, der mir gefallen könnte? Bekomme ich so die Chance auf ein richtiges Date?

Als wir hineingingen, kam eine Frau auf uns zu, welche, wie sich herausgestellt hatte, die Organisatorin war. Sie klärte uns auf, dass die Männer schon alle da waren und sich versteckt halten und wir uns schon einmal einen Tisch aussuchen könnten. Leider waren wir die Letzten und es waren keine Tische nebeneinander mehr frei.

Habt ihr schon einmal Speeddating ausprobiert? Das Prinzip ist relativ einfach. An diesem Abend waren wir zehn Frauen und zehn Männer. Jede Frau hatte ihren eigenen Tisch. Auf diesem Tisch lag eine Karte, wo man die Nummern der Männer aufschreiben konnte und ankreuzen konnte, ob man ihn oder sie näher kennenlernen will oder nicht und es gab auch noch ein wenig Platz, um sich Notizen zu machen. Man hat ungefähr acht Minuten Zeit, diesen Mann, der vor einem sitzt, ein bisschen kennenzulernen und musste dann entscheiden, ob man mehr von ihm wissen will oder nicht und dies dann auf dieser Karte eintragen. Wenn die acht Minuten vorbei waren, gab es ein Klingeln und die Männer standen auf und wanderten einen Tisch weiter. Das ging so lange, bis sich alle Frauen und Männer gedatet hatten.

Ich saß nun an meinem Tisch und war so nervös, dass ich mir zur Beruhigung einen weißen Spritzer bestellt hatte. Es dauerte nicht lange, bis sich mein Hirn einschaltete und der übliche Mindfuck wieder begann.

Lerne ich jetzt endlich jemanden kennen, der mehr in mir sieht? Lerne ich jemanden kennen, der mich auf mein erstes richtiges Date einlädt? Werde ich den Männern überhaupt gefallen?

Was für Männer werden das wohl sein, die sich hier angemeldet haben? Was mache ich, nur wenn sich herausstellt, dass alle Männer irgendwie seltsam sind oder sogar gruselig? Was mache ich, wenn mir ein Mann richtig gut gefällt und er dann um einiges kleiner als ich ist?

Wie konnte ich mich nur hierzu überreden lassen?

Dann war es so weit und die Organisatorin ließ die Männer aus ihrem Versteck. Es war eine bunt gemischte Truppe, es gab große und kleine Männer. Es gab welche, die ich optisch ansprechend fand und welche, die mir nicht so gefielen. Die Männer kamen auf die Tische der Frauen zu und setzten sich hin. Ich wurde immer nervöser, was soll ich nur mit denen reden und um wie in alles in der Welt soll, ich in weniger als acht Minuten herausfinden, ob ich den Mann wieder sehen will oder nicht. So, es ging also los. Der erste Mann, der mir gegenübersaß, war ein Nerd, er hatte gewisse Ähnlichkeiten mit Sheldon von der Serie „The Big Bang Theory".

Er fragte mich: „Warum bist du hier?“ und ich antwortete daraufhin: „Na ja, nachdem ich mich die letzten Jahre nur auf meine Karriere konzentriert habe, bin ich heute hier, um vielleicht jemanden zu finden.“ Ich wollte witzig sein und fügte dann noch hinzu: „Es wäre toll jemanden zu finden, dann wäre mir am Sonntagnachmittag nicht mehr so langweilig.“ Ich habe gelacht, aber er hat mich auf einmal mit leuchtenden Augen angesehen und meinte: „Ja, geht mir genauso. Ich weiß manchmal nicht, was ich tun soll am Sonntag. Also gehe ich meistens im Park spazieren.“ Ich versuchte erneut witzig zu sein und habe sagte Folgendes: „Ah, ist doch auch schön und sitzt du dann wie Forrest Gump auf einer Parkbank und erzählst jedem, dass das Leben wie eine Pralinenschachtel ist und man nicht weiß, was man bekommt, oder fütterst du einfach nur die Tauben oder Enten?“. Als er dann Folgendes antwortete: „Nein, aber das sind großartige Ideen. Danke dir“, wusste ich, dass ich, wenn er aufgestanden war und den Tisch verlassen hatte, das Feld „NEIN“ nicht nur ankreuzen würde, sondern auch noch fett umrande. Notiz an mich selbst, vielleicht sollte ich nicht mehr versuchen witzig zu sein. Ich habe das Gefühl, dass ich ganz und gar nicht witzig bin.

Dann kam ein Mann, der groß war und auch gut aussah. Ich fand ihn sehr sympathisch. Das Einzige, was mich ein wenig gestört hatte, war die Tatsache, dass er Mathelehrer ist. Ich hatte das Gefühl, dass ich ihm nicht klug genug sei. Zumal bin ich nicht gerade der große Mathefan. Ich bin in der neunten Schulstufe wegen Mathematik sitzen geblieben und musste die Klasse wiederholen. Ich kreuzte bei ihm ein Ja an, aber auf ihn wirkte ich anscheinend nicht so überzeugend.

Nach ein paar weiteren „Dates“ kam jemand, den ich wirklich gut fand. Wir hatten viele gute Gesprächsthemen und lachten viel. Manchmal machten wir uns sogar über unsere vorigen „Dates" an diesem Abend lustig. Die Zeit mit ihm verging wie im Flug. Doch sein Manko war, dass er mir viel zu klein war. Trotz allem kreuzte ich „Ja" an.

An diesem Abend lernte ich sehr viele schräge Vögel kennen. Das Gefühl, dass ich jemanden näher kennenlernen möchte und Ja ankreuzte, kam nicht so oft vor. Was ziemlich erstaunlich war, bei der großen Auswahl. Der Abend neigte sich dem Ende zu und der letzte Mann des Abends setzte sich zu mir. Er war groß, sehr groß, sogar und er hatte breite Schultern und sah wirklich gut aus. Ich wurde sehr nervös, als er sich zu mir gesetzt hatte und ich dachte für einen kurzen Augenblick, dass er vielleicht derjenige ist. Doch dieser Moment war sehr schnell wieder vorbei, als er den Mund aufmachte und zu mir sagte: „Wenn ich ehrlich sein darf, dann habe ich keinen Bock mehr auf das hier. Ich habe jetzt neunmal die gleichen Fragen beantwortet und ich will grad nur noch meine Ruhe." Als er das sagte, hob ich meine Hand, um den Kellner zu mir zu winken, damit ich mir einen weiteren Spritzer bestellen konnte, welchen ich dann genüsslich auf ex trank.

Ein paar Tage später bekam man vom Veranstalter ein Mail mit den Kontaktdaten derjenigen, die ebenfalls „Ja" angekreuzt hatten. Ich hatte zwei Matches, ich nahm meinen ganzen Mut zusammen und schrieb beiden Matches. Einer der beiden Matches war der kleine, aber süße Typ, mit dem ich mich eigentlich blendend verstand, doch ich war eigentlich nur an einer Freundschaft mit ihm interessiert, das wiederum wollte er nicht. Beim zweiten Match hätte ich mir schon was vorstellen können und ich dachte, dass die Nachricht, die ich ihm geschrieben hatte, lustig und interessant war. Wieder falsch gedacht, ich habe bis heute keine Antwort von ihm bekommen.

Auch wenn es ein schräger und wenn man es realistisch betrachtet, erfolgloser Abend war, war es doch eine lustige Erfahrung. An all die Singles, probiert es mal aus. Der Vorteil beim Speeddating ist, dass man sofort weiß, wie der andere ohne hundert Filter aussieht und man wird etwas sicherer, was das Flirten angeht. Man wird zudem mutiger und kommt etwas aus sich heraus. Es war sehr witzig und wer weiß, vielleicht habt ihr ja mehr Erfolg als ich.

10

Wie funktioniert das?

Nachdem das Speeddating ein Schuss in den Ofen war, empfahl mir meine Kollegin, dass ich es einmal mit Tinder versuchen soll. Ich dachte kurz darüber nach und nachdem sie gemeint hatte, dass sie viele kennt, die sich über diese App kennengelernt hatten, lud ich mir zum ersten Mal Tinder auf mein Handy. Der Grundstein für meine Onlinedating-Erfahrungen war gelegt.

Da ich das Buch mit einem Gedicht begonnen habe, war ich so frei, selbst eines zu gestalten, damit ihr euch alle in das Thema einfinden könnt.

Dieses Gedicht wird so richtig mies.
Also seid bitte nicht fies.
Ich bin kein Goethe. Und um dies zu ändern,
würde ich nicht mal küssen eine Zauberkröte.
Es geht hier um ein Märchen,
aber bestimmt nicht um ein sich findendes Pärchen.
Swipe-erella ist sicher nicht ihr richtiger Name,
aber witzig und hübsch ist diese junge Dame.
Auf der Suche nach der wahren Liebe befindet sie sich,
doch wie es aussieht, ist wahrscheinlicher
der jährliche Frauenarztabstrich.
Sie versucht ihr Glück beim Onlinedating,
schon komisch, wie funktioniert das Ding?
Doch schnell hat sie den Bogen heraus,
keine Spur mehr von der grauen Maus.

Kommen wir zurück zu der Geschichte. Ich muss schon sagen, es war eine komplett neue Welt, die sich mir da erschlossen hatte. Ich glaube, ich muss keinem, der das hier liest, erklären, wie Tinder funktioniert, oder? Für diejenigen, für die Onlinedating komplettes Neuland ist, werde ich es euch hier ganz kurz erklären. Man erstellt ein Profil über sich, wo man seinen Namen, vielleicht sogar den richtigen angibt, genauso wie das Alter. Dann kann man noch ein paar Bilder hochladen, vielleicht sogar die eigenen und vielleicht sogar ein paar ohne Filter. Dann verfasst man noch einen kurzen Text über sich oder das, was man auf der App sucht, und schon kann es losgehen. Man kann dann noch seine Suchkriterien einstellen und dann werden einem verschiedene Profile bzw. Leute vorgeschlagen. Mit einem Wischer nach rechts, oder wie es in der Fachsprache heißt, Swipe, signalisiert man, dass man das Profil gut findet und ein Swipe nach links, wenn du es nicht so gut findest. Über den Swipe nach links wird derjenige allerdings nicht informiert. Im Prinzip relativ einfach.

Ich musste lange überlegen, welche Fotos ich von mir hochlade und was ich bei der Selbstbeschreibung hinschreiben soll. Das Dilemma Selbstbeschreibung. Was soll man schon über sich selbst in dieses Feld schreiben? Wenn ich die Wahrheit hätte schreiben sollen, dann wäre dort zu diesem Zeitpunkt Folgendes gestanden: „Mein Selbstwertgefühl und mein Selbstbewusstsein sind im Keller, nachdem ich keinen Erfolg beim Speeddating hatte, versuchte ich mein Glück hier. Ich habe seit zwei Jahren eine sexuelle Durststrecke und hätte gerne mal wieder Sex, möglichst, ohne dass eine Chilischote in die Nähe meiner Vagina kommt und wenn möglich nicht in einem Hochstand, wo man sich Schiefer am Hintern einziehen könnte. Ich will aber auch endlich jemanden kennenlernen, der mir mehr als nur Sex gibt."

Na ja, wenn diese Selbstbeschreibung nicht jeden Mann in die Flucht geschlagen hätte. Wie viele Likes hätte ich wohl mit dieser Selbstbeschreibung bekommen? Ich würde mal behaupten, wenige bis keine. Ich weiß nicht mehr genau, was ich in dieses Feld hineingeschrieben habe, aber es war definitiv nicht die Wahrheit. Es ist echt schwer, immerhin will man ja sympathisch wirken und die Leute oder in meinem Fall die Männer nicht verschrecken. Dann die quälende Frage, welche Fotos man nehmen soll.

Nehme ich welche mit dem tollen Snapchatfilter, bei dem man meine Hautunreinheiten nicht so sieht? Will ich viel von meinem Körper zeigen oder eher weniger? Was, wenn ich ein Bild mit Filter nehme und er dann meint, dass ich gar nicht so wie auf meinen Bildern aussehe?

Na ja, wenn ich eines gelernt habe, dann, dass ein Onlineprofil meistens nie der Wahrheit entspricht. Ich habe mich oft mit Männern getroffen, die überhaupt nicht so ausgesehen haben wie auf ihren Profilbildern. Entweder waren die Bilder extrem alt oder mit vielen Filtern bearbeitet. In Wirklichkeit waren sie dann auf einmal gar nicht mehr so ansehnlich. Interessanterweise gibt es zum Thema „sieht nicht so aus wie auf den Bildern“ ein krasses Gegenteil. Ich hatte ein paar Dates, bei denen ich feststellte, dass der Mann in echt viel besser aussieht als auf den Bildern seines Onlineprofils. Also sollte man sich vom Profilbild keinesfalls blenden lassen.

Da ich selbst 1,83 cm groß bin, ist mir die Körpergröße wichtig. Ja, es hat einen Grund, warum ich Körpergröße schreibe. Denkt nicht so versaut. Ich bevorzuge deswegen Apps, bei denen man die Körpergröße angeben muss, wie etwa Bumble und Facebook-Dating. Selbst was die Körpergröße angeht, kann man sehr enttäuscht werden. Tja, Männer und Größenangaben, das ist eine Sache für sich. Nicht nur, was ihr bestes Stück angeht, schummeln sie ein paar Zentimeter dazu. Nein, auch wenn es um die Körpergröße geht, machen die das.

Ich hatte ein paar Dates, wo die Männer angegeben hatten, dass sie 1,85 cm groß seien und als wir uns dann trafen, waren sie genauso groß wie ich, wenn nicht sogar ein bisschen kleiner. Und da wundern sich die Männer, warum wir Frauen nicht rückwärts einparken können. Kein Wunder, wenn wir ständig eine falsche Größenvermittlung von 20 Zentimetern bekommen.

Was die Selbstbeschreibung der Männer angeht, sind die meistens auch nicht sehr kreativ, also kam ich zu dem Schluss, dass ich mir da auch nicht mehr allzu große Mühe machen werde. Das Witzigste, was ich je bei einer Selbstbeschreibung eines Mannes las, war: „Suche die Nadel im Hoehaufen." Mich hätte es ja brennend interessiert, worauf der aus ist. Ob er nur Spaß will oder tatsächlich nach der großen Liebe auf Facebook-Dating sucht? Witzig wäre es, wenn er nur Spaß will. Nach all den Erfahrungen, die ich gemacht hatte, beschloss ich dann, meine Selbstbeschreibung einfach zu halten.

Als ob sich die tatsächlich jemand durchliest. Somit habe ich mich für folgende Selbstbeschreibung entschieden: „Cornelia, das jeweilige Alter, was ich damals hatte, 1,83 groß, kurvig, einfach, unkompliziert, tätowiert, witzig, direkt und bei der freiwilligen Feuerwehr". Ich finde, es beschreibt mich am besten.

Spoiler-Alarm! Wie ihr euch denken könnt bzw. wenn ihr es schon herausgelesen habt, muss ich euch jetzt sagen, dass ich nach wie vor Single bin.

11

Der Beginn des Onlinedatings

Es dauerte nicht lange, als ich schon mein erstes Match hatte. Ein paar Tage später fand ich heraus, dass große Brüste zu haben manchmal von Vorteil sein kann. Ich schrieb mit meinem ersten Tinder- Match. Und irgendwie hatte der Teil in mir, der Lust auf Sex hatte, den Teil, der unbedingt eine Beziehung wollte, überlistet. Und ich hatte es mit meinen Brüsten geschafft, dass er innerhalb von einer Stunde vor meiner Wohnungstür stand und meine zweijährige Durststrecke beendet hatte. Danach meldete er sich nicht mehr bei mir. So kam es zu meinem ersten One-Night-Stand.

Das hatte mich wieder so sehr hinuntergezogen, dass ich zwei Monate lang nichts mehr von Männern und Swipen wissen wollte. Wie schon erwähnt, waren mein Selbstbewusstsein und mein Selbstwertgefühl nicht vorhanden. Ich genoss die Ruhe, aber ich musste mich aufraffen und mich wieder auf diesen Dating-Wahnsinn einlassen. Von nichts kommt ja schließlich nichts.

Doch das Gefühl, dass ich etwas verpasst haben könnte, wurde größer. Ich weiß nicht, warum, aber ich hatte irgendwie das Gefühl, dass ich die letzten Jahre, in denen es nur um meine Lehre, die Arbeit, die Abendschule und dann um die Ausbildungen in der Arbeit ging, etwas verpasst haben könnte. In der Berufsschule erzählten meine Klassenkameraden/ Arbeitskollegen und mittlerweile gute Freunde immer von ihren Wochenenden. Sie erzählten davon, wie sie auf Partys gegangen waren oder im Kino waren oder etwas anderes Spaßiges getan hatten. Auch wenn wir zusammen Pause machten, erzählten sie, was sie nach der Arbeit alles machen würden. Ich stand immer da und dachte mir nur, wie gern ich das jetzt auch tun würde.

Meine Woche hatte so ausgesehen, dass ich am Montagabend und Dienstagabend Maturakurse hatte. Für Mittwochabend stand Mathenachhilfe am Programm und nein, es war nicht so eine Art von Nachhilfe wie im Kapitel mit Grisha. Es war richtige Nachhilfe. Am Freitagabend hatte ich wieder einen Maturakurs und Samstagsvormittag auch wieder. Meine freien Tage verbrachte ich damit zu lernen oder zu schlafen. Deswegen hatte ich damals das Gefühl, etwas verpasst zu haben. Ich dachte, dass ich mit Tinder das alles nachholen hätte können. Ich kann mich nicht mehr an alle Treffen erinnern, die ich hatte, aber ich versuche euch von allen, die mir einfallen, zu berichten.

Ich beschloss also mutig zu sein und mich auf den ganzen Wahnsinn einzulassen. Was ich dann auch tat. Ich begann wieder zu swipen. Keine Ahnung, was passiert war, aber plötzlich hat sich dieses Onlinedating ganz anders entwickelt, als ich es eigentlich vorgehabt hatte. Und es wurde irgendwie zu einer, wie ich sagen würde, Feldstudie. Wenn ich die folgende Phase in meinem Leben mit einem Wort beschreiben müsste, würde ich mich definitiv für das Wort exzessiv entscheiden.

Ich glaube, jetzt kommt der Teil, bei dem sich viele Folgendes denken werden: „Wie dumm kann man sein? Oh mein Gott, was ist das für eine Schlampe? Warum macht sie das nur?".

Eines der schrägsten Treffen, die ich hatte, war mit einem 1,90 Meter großen Fitnesstrainer. Oder wie meine Freundin sagen würde, Ficknesstrainer. Er hatte schwarzes Haar, schöne blaue Augen, ein cooles Tattoo auf dem rechten Oberarm und er war sehr durchtrainiert. Es war Sommer und ich beschloss das Kleid, welches ich beim Speeddating anhatte, anzuziehen. Mittlerweile gefiel es mir und ich fühlte mich wohl darin. Dieses Kleid besitze ich bis heute noch. Ich war der Meinung, dass es mir vielleicht bei dem Treffen mehr Glück bringen würde als beim Speeddating. Ich fuhr also zu dem vereinbarten Treffpunkt und parkte mein Auto. Ich wartete, dass er mir schrieb, dass er schon da sei. Dann kam eine Nachricht von ihm: „Hey, bin schon da. Würde es dich stören, wenn mein Bruder auch kurz dabei wäre?". Ich habe mir bei der Nachricht nicht viel gedacht und schrieb ihm, dass ich damit kein Problem habe. Aber mit dem, was danach kam, hätte ich nie im Leben gerechnet. Schon als ich am Weg zum Auto war, begann mein Hirn mit dem üblichen Mindfuck.

Puh, er sieht sooo gut aus, wieso hat er bei mir nur nach rechts gewischt? Wieso will er etwas mit mir unternehmen?

Wie wird das Date wohl laufen? Ob er vielleicht derjenige sein wird, der mir mein erstes richtiges Date wie im Film beschert?

Ob er in echt wohl auch so gut aussieht wie auf seinen Bildern im Profil?

Ich stieg aus dem Auto aus und ging zum Treffpunkt. Am Weg dorthin, als ich um die Ecke gebogen war, sah ich zwei große dunkelhaarige Männer stehen. Da wusste ich schon, dass es wohl mein Date mit seinem Bruder sein würde. Ich wusste ja, wie mein Date aussah und ich dachte, dass ich ihn anhand seines Tattoos am Oberarm erkennen würde. Tja, denkt man sich so.

Als ich dort ankam und beide da so stehen sah, war ich sehr verwirrt. Ich hatte festgestellt, dass diese zwei nicht nur

Brüder waren. Nein, sie waren sogar Zwillingsbrüder. Es waren nicht nur Zwillinge, sondern sogar eineiige Zwillinge. Da beide Tanktops trugen, dachte ich, dass ich mein Date anhand des Tattoos am rechten Oberarm erkennen würde. Das Problem war, dass beide nicht nur gleich aussahen, sondern auch ein ähnliches Tattoo an exakt der gleichen Stelle hatten.

Oh nein, was mache ich jetzt nur? Wie peinlich, ich weiß nicht, wer wer ist! Wie komme ich aus der Situation wieder raus? Und wieso zum Teufel müssen, die beiden auch noch ein ähnliches Tattoo an der gleichen Stelle haben? Wäre zu schön gewesen, wenn dieses Treffen ohne irgendwelche Peinlichkeiten vonstattengeht!

Sie sahen mir meine Verwirrung an und begannen zu lachen und klärten mich auf, wer wer ist. Es schien so, als ob sie sich dieses Späßchen öfter erlauben. Für sie war diese Situation lustig, doch für mich war sie peinlich und sehr unangenehm. Wir standen ein paar Minuten einfach so im Freien und unterhielten uns ganz gut. Dann fragte mein Date, ob wir nicht in die Wohnung gehen wollten. Ich war einverstanden, doch dann passierte wieder etwas, was mich sehr verunsicherte und dezent verwirrte. Der Zwillingsbruder meines Dates fühlte sich aus irgendeinem Grund eingeladen und begleitete uns in die Wohnung meines Dates. Nun ja, da saßen wir nun. Ich, der Ficknesstrainer und sein eineiiger Zwilling. Ich weiß, es klingt wie eine schlechte Komödie oder die Trashfortsetzung der Ben-Stiller-Filme. Irgendwie hat es sich auch ein bisschen wie in einem Trashfilm angefühlt. Warum ist sein Bruder überhaupt mitgekommen, wenn er doch weiß, dass der Ficknesstrainer ein Date hat. Das verstehe ich bis heute noch nicht so ganz. Für meinen Mindfuck war es auch nicht gerade förderlich.

Wieso ist sein Bruder noch hier? Was soll das hier werden? Will er nicht mit mir allein sein? Wollen die mich verarschen? Soll das hier überhaupt ein Date sein? Will er mich mit seinem Bruder verkuppeln?

Was mache ich, wenn mir das alles zu unheimlich wird und ich wieder gehen will? Was mache ich hier nur?

Soll das etwa ein Dreier werden?

Wir saßen nun zu dritt auf der Couch. Zwischen uns war so ein großer Abstand, dass sich locker noch fünf weitere Personen dazwischen ausgegangen wären. Ich bekam einen Wodka. Irgendwie hatte ich die Hoffnung, dass ich mich damit beruhige und sich die Situation nicht mehr so seltsam anfühlt. Na ja, was soll ich sagen, es war nur Wodka und kein Antipeinlichkeitszaubertrank, somit blieb das komische Gefühl. Wenigstens nahm mir der Wodka ein wenig meine Nervosität. Nach einer Zeit gingen uns ein wenig die Gesprächsthemen aus und ich sah mich in der Wohnung um und entdeckte die gesammelte Filmreihe von „Eis am Stiel". Ich musste lachen, weil ich die Filme echt großartig finde.

Für alle, die die Filme „Eis am Stiel" nicht kennen, es ist eine Filmreihe aus den Siebzigern. Es ist quasi der israelische Vorgänger von der „American-Pie"-Reihe. In diesen Filmen geht es um die drei Freunde Benny, Johnny und Momo, oder wie ich sie bezeichne, der Hübsche, der Nerdige und der Fette. Sie hatten ihre eigene Masche, um Frauen aufzureißen. Der Hübsche machte die Frauen klar, nachdem das Geschehen war, nahmen die Frauen die drei immer zu sich mit nach Hause. Dort angekommen durfte der Hübsche die Frau als Erstes besteigen und dann war als nächstes der Fette dran. Doch jedes Mal, wenn der Fette gerade dabei war, bei der Frau zu landen, kam der Freund oder der Ehemann der Frau nach Hause. Der Nerdige kam nie zum „Handkuss“. Natürlich passiert in den Filmen noch mehr als das, es ist nur eine sehr grobe Zusammenfassung. Die Filme sind echt toll, aber ich muss euch vorwarnen, wenn ihr vorhabt, diese Filme zu schauen, könnt ihr euch sicher sein, dass ihr wohl die mit Abstand schlechtesten Filmküsse aller Zeiten sehen werdet. Diese Filmküsse sind alles andere als romantisch oder erotisch.

Als ich also diese DVDs sah, begann ich über die Filme zu reden und über die Aufrissmasche der drei Jungs. Diese Taktik funktionierte und wir unterhielten uns länger über diese Filme. Mittlerweile war es in der Wohnung so heiß, dass sich der Ficknesstrainer das Oberteil auszog. Als ich sah, dass er ein knallhartes Sixpack hatte, wurde mir schlecht und ich fühlte mich sofort unwohl. Es sah tatsächlich so aus, als ob jemand seinen Bauch aus einem Stein, mit Hammer und einem Meißel, geschlagen hätte. Er sah aus wie ein junger Gott mit einem Tattoo. Ihr könnt euch natürlich denken, was in meinem Hirn abging.

Ach, du Scheiße! Ist das sein Ernst? Ich weiß, er ist Fitnesstrainer, aber echt jetzt?

Oh Mann, wie soll ich mich vor so jemandem nackt ausziehen?

Will mich jemand wie er überhaupt nackt sehen?

Wieso muss es noch hell sein? Im Dunklen könnte ich meine Rollen eher verstecken.

Und wieso um alles in der Welt ist sein Bruder noch hier??

Dann sagte mein Date, der Ficknesstrainer, wie aus dem Nichts: „Na, wie wäre es, wollen wir nicht einen Dreier machen?“. Ich war perplex und wusste nicht so recht, was ich sagen sollte, ehe ich mich versah, hörte ich mich sagen:

„Ich glaube, zwei Schwänze auf einmal würden mich überfordern." Beide lachten, als sie das hörten. Ich war nur froh, dass ich trotz dieser Frage richtig geantwortet hatte. Denn es stimmte, mich hätten zwei Schwänze auf einmal überfordert. Ich denke mir selbst jetzt noch, dass mich zwei Schwänze auf einmal überfordern würden. Spoileralarm, ja wie ihr dem ganzen entnehmen könnt, hatte ich noch nie einen Dreier mit zwei Männern. Ich habe wirklich Angst, dass sich zwei Schwänze auf einmal überfordern würden. Vor allem, wie soll man sich konzentrieren, ich bin nicht gerade talentiert, was Multitasking oder, wie in diesem Szenario, Multicocking angeht.

Dann schickte mein Date seinen Bruder ins Schlafzimmer, damit wir allein sein konnten. Sein Bruder ging auch in das Schlafzimmer, die Tür jedoch blieb offen. Mein Date rückte immer näher und begann mich zu küssen und auszuziehen. Ich hatte solche Angst, dass er meinen Körper nicht schön finden würde. Neben seinem war der nicht gerade ansehnlich.

Oje, jetzt zieht er mich tatsächlich aus! Wird ihm gefallen, was er sieht?

Warum ist sein Bruder noch hier? Und warum ist die Tür offen?

Wie der Sex mit ihm wohl so ist? Was findet er nur an mir?

Aber der Anblick meines nackten Körpers schien ihn nicht zu stören, im Gegenteil, es schien ihn zu erregen, denn, ohne etwas Bestimmtes zu tun, wurde sein Schwanz steif. Ich ging auf die Knie und begann damit, seinen Schwanz mit meinem Mund zu bearbeiten und irgendwie kam ich mir beobachtet vor. Als er mich an der Hand nahm, aufstand und wollte, dass ich mich hinlege, sah ich aus dem Augenwinkel, dass sein Bruder uns beobachtete.

Das kann nicht wahr sein, hat er uns die ganze Zeit beobachtet?

Scheiße! Wieso ist sein Bruder geblieben? Was soll das hier werden? Erwartete sich sein Bruder jetzt auch was?

Muss ich Angst haben? Was passiert hier? Wieso habe ich mich auf ihn eingelassen, wenn sein Bruder noch hier ist?

Und wieso um alles in der Welt hat sein Bruder uns beobachtet?!

Ich fühlte mich ziemlich unbehaglich und Gott sei Dank war das alles schnell vorbei und ich konnte mich wieder anziehen. Dann kam sein Bruder wieder ins Zimmer und wir setzten uns wieder auf die Couch. Nachdem wir uns kurz unterhalten hatten, stand ich auf und fuhr nach Hause.

Am Weg nach Hause fühlte ich mich so seltsam und ich brauchte dringend jemanden, mit dem ich über diese ganze Geschichte reden hätte können. Am besten auch jemanden, der mich nicht für das, was ich getan hatte, verurteilt und mich als Schlampe bezeichnet. Denn so fühlte ich mich in diesem Moment eh schon.

Wen kann ich nur anrufen? Wer ist um die Zeit noch munter? Ich verstehe nicht, was da passiert ist! Wieso habe ich das nur gemacht? Ich brauche unbedingt jemanden, mit dem ich reden kann.

Oh, ich weiß, wen ich anrufen kann, aber was wird sie sagen und was wird sie von mir halten?

Nach langem Hin und Her entschloss ich mich dazu, meine beste Freundin anzurufen. Ich hatte so große Angst, was sie wohl von dem Ganzen hält oder besser gesagt, was sie von mir halten würde, wenn ich ihr alles erzähle. Die Angst war vollkommen unbegründet, sie hörte mir zu und sagte, dass ich das wohl eher als Abenteuer sehen soll und nicht als ein schräges Dating-Erlebnis. Sie beruhigte mich und das Beste war, sie bezeichnete mich deswegen nie als Schlampe. Aber wenn ich es mir heute durch den Kopf gehen lasse, dann muss ich sagen, dass es sich nach wie vor schräg anfühlt, wenn ich an diese Zeit zurückdenke.

Die Zwillingsbrüder sollten nicht die einzige lustige Erfahrung sein, die ich machen würde.

12

Arschtastisch

Wie man anhand der Überschrift dieses Kapitels erkennen kann, geht es jetzt um die Ärsche. Nein, ich meine nicht, dass die Typen, die ich hier beschreibe, Arschlöcher sind. In jeder dieser Geschichten, die nun folgen, geht es um das Körperteil, den Arsch. Da es jetzt um die Ärsche geht, empfand ich den Namen Arschtastisch als sehr passend. Versteht mich nicht falsch, ich habe einige Bekanntschaften mit Arschlöchern gemacht, aber dieses Kapitel soll lustig und zugleich informativ werden.

Mein nächstes Tindermatch war ein 1,92 Meter großer blonder Student, welcher in einer Wohngemeinschaft in einer wunderschönen Altbauwohnung, gewohnt hatte. Zu der Zeit hatte ich eine Schwäche für Altbauwohnungen. Ich werde ihm den Namen Bowie geben, das bedeutet „der Blonde". Die Erklärung folgt später.

Es war ein schöner und kalter Abend, als ich zu Bowie fuhr. Ich war erstaunt, als ich die Tür aufmachte und ihn sah. Er war sehr, sehr gutaussehend und hatte ein Lächeln, das könnt ihr euch gar nicht vorstellen und seine blonden Haare hatte er auch richtig gut gestylt. Er sah einfach so gut aus. Da ich mittlerweile datingerprobt war, hielt sich die Nervosität in Grenzen, aber als ich ihn sah, wollte ich ihm einfach gefallen. Ich wollte, dass er mich cool findet und witzig. Ich dachte mir, vielleicht ist er derjenige, der mir mein erstes richtiges Date schenken würde und vielleicht war er auch derjenige, der mein erster Freund werden würde.

Wir redeten und lachten ungewöhnlich lange. Ich fühlte mich in seiner Gegenwart sehr wohl und ich hatte gehofft, dass es ihm genauso geht wie mir. Er rückte immer näher zu mir und irgendwann machte er den ersten Schritt und begann mich zu küssen. Es war wunderschön, wie er mich küsste und ich glaube, dass jede Frau es genießen würde, wenn ein sehr gutaussehender Mann sie küsst. Er begann langsam damit, an mir herumzufummeln.

Wow, er kann richtig gut küssen!

Ob er wohl weiter gehen möchte? Sollte ich mich auf ihn einlassen? Sollte ich ihn aufhalten und von ihm ein Date verlangen?

Funktioniert das so? Er sieht gut aus und ein bisschen was im Kopf hat er auch.

Was soll ich nur machen?

Nach ein paar Minuten nahm er mich an der Hand und wir gingen in sein Zimmer. Dort zogen wir uns dann bis auf die Unterwäsche aus und setzte mich auf sein Bett. Ich legte meine Hand auf Bowies Hüfte und zog ihn näher an mich heran, damit ich anfangen konnte, mich um seinen Schwanz zu kümmern.

Hmm gut, ich kann nicht widerstehen. Ich will wissen, ob der Sex vielleicht gut ist. Immerhin macht man mit einem Auto auch vorher eine Probefahrt.

Wie wird er wohl sein? Wie sieht wohl sein Schwanz aus? Ob er damit auch umgehen kann?

Er kam einen Schritt auf mich zu, doch bevor ich seine Boxer-Short herunterziehen konnte, hielt er meine Hände fest, sodass ich sie nicht mehr bewegen konnte. Er schaute mir kurz in die Augen und bevor ich Bowie weiter ausziehen konnte, meinte er, dass er mir etwas zeigen müsste und sagte zu mir: „Wenn ich dir das jetzt zeige, dann lache bitte nicht."

Seltsam, was meint er nur? Was kommt jetzt? Sollte ich Angst haben? Was kann sich unter seinen Boxershorts nur verstecken, dass er sowas zu mir sagt?

Wieso schaffe ich es immer wieder, in komische Situationen zu gelangen? Bin ich sowas wie ein Magnet dafür?

Oh Mann, wieso werde ich auf einmal so nervös?

Bowie atmete tief ein und wieder aus, drehte sich zu Seite. Er stand mit dem Rücken zu mir und zog seine Boxer-Short hinunter. Ehrlich, das, was ich da sah, war total komisch. Nichts und ich meine nichts und niemand hätte mich darauf vorbereiten können. Ich habe mit so einigem gerechnet, aber mit dem, was ich da gesehen habe, hätte ich nie gerechnet, nicht einmal im Entferntesten hätte ich an so etwas gedacht. Hatte er doch tatsächlich ein Smiley-Tattoo auf seiner Arschbacke. Ich versuchte wirklich unter Schmerzen, mir das Lachen zu verkneifen, ich bin nur froh, dass es mir auch halbwegs gelang. Doch das Schwierigste kam erst noch auf mich zu. Er drehte sich nämlich um und ich hatte nun uneingeschränkte Sicht auf seinen Penis. Ich musste mir schnell die Hand vor den Mund halten, weil ich nicht wollte, dass er meinen Grinser sieht. Ich will die Letzte sein, die das Ego und das Selbstbewusstsein eines Mannes zerstört, auch wenn die Männer das sehr oft bei mir gemacht haben. Aber die Kombination aus dem Smiley-Tattoo und seinem Penis war einfach zu viel. Es fiel mir so schwer, nicht loszulachen.

Oh Mann, oder sollte ich lieber „Oje" sagen? Was mache ich jetzt nur? Was soll ich damit anfangen?

Scheiße, ich muss mich zusammenreißen und aufpassen, dass ich nicht anfange zu lachen. Wie wird das jetzt wohl werden? Ich kann nicht einfach aufstehen und gehen, oder?

Das, was ich da sah, war wohl der kleinste Penis, den ich je gesehen hatte. Ich lüge nicht, aber dieser Penis war so groß wie mein kleiner Finger. Mir wurde sofort klar, dass, wenn er mit diesem kleinen Ding in mich eindringen würde, ich nichts spüren würde. Ja, liebe Männer, es kommt tatsächlich auf die Größe an, 12,5 Zentimeter sind optimal, ob MasterCard oder Visa, ist egal. Spaß beiseite, ich bin der Meinung, dass ein optimales Längen- und Breitenverhältnis klar von Vorteil ist. Wie lang und wie breit kann ich nicht sagen, zumal auch jede Frau unterschiedlich ist und auch andere Bedürfnisse hat. Ich überlegte kurz, was ich bzw. wir jetzt machen können, sodass ich auch auf meine Kosten komme und Spaß habe. Dann hatte ich die zündende Idee. Ich sah Bowie in die Augen, begann ihn zu küssen und fragte ihn, ob wir die Stellung 69 ausprobieren können.

Für alle, die nicht wissen, was das ist. Bei dieser Stellung liegt der Mann am Rücken und die Frau kniet über seinem Gesicht, sodass er uneingeschränkten Zugang zu der Vagina und der Klitoris hat und die Frau beugt sich nach vorne und kümmert sich um Schwanz und Eier. Gut, man könnte bei dieser Stellung auch andersrum liegen, aber im Grunde dürfte jetzt klar sein, worum es dabei geht.

Als ich ihm den Vorschlag unterbreitet hatte, hatte er einen fetten Grinser auf dem Gesicht. Wenn ich eines gelernt hatte, dann, dass sich jeder Mann darüber freut, wenn die Frau vorschlägt, dass sie ihm einen blasen will. Als ich noch hinzufügte, dass ich bei ihm gerne Deep throat ausprobieren möchte, strahlte Bowie über das ganze Gesicht.

Tja, viele von euch werden vielleicht wissen, was genau das ist, aber für diejenigen, denen diese Technik völlig unbekannt ist, hier eine kurze Erklärung. Deep throat bedeutet eigentlich nichts anderes, als dass man den Schwanz bis zum Anschlag in den Mund nimmt und dem Mann dann so einen bläst. So gemein das jetzt auch klingen mag, aber bei seiner Schwanzgröße konnte ich mir wenigstens sicher sein, dass, wenn ich bei ihm Deep throat mache, sein Schwanz definitiv nicht meinen Brechreiz auslösen würde. Also kniete ich nun über seinem Gesicht und begann damit seinen Schwanz zu lutschen und er begann mit seiner Zunge meine Klitoris zu erforschen. Leider weiß ich nicht, wie ich das Folgende nett beschreiben oder umschreiben soll, deswegen werde ich es geradeheraus niederschreiben. Damals in diesem einen Moment, als ich das erste Mal eine Zunge an meiner Vagina verspürt hatte, war mir klar, dass es mir nicht gefällt geleckt zu werden. Ich wusste damals nicht, dass Silvan es einfach nicht draufhatte. Aber als ich an diesem Abend geleckt wurde, habe ich am eigenen Leibe erfahren, dass es noch schlimmer geht. Keine Ahnung, was er da gemacht hat, aber es war weder angenehm noch hatte es irgendetwas Erotisches. Gott sei Dank war alles schnell vorbei und wir zogen uns wieder an. Ein paar Tage später bekam ich dann eine Nachricht von ihm: „Ich glaube es ist besser, wenn wir uns nicht mehr sehen." Ich war froh, als ich diese Nachricht las, aber zugleich etwas enttäuscht. Ich begann mir die Frage zu stellen, wieso er mich nicht mehr treffen wollte. Mal ganz davon abgesehen, dass ich mich eh nicht mit ihm treffen wollte, fragte ich mich, was der Grund sei, weswegen er sich nicht mit mir treffen will. Stimmt mit mir etwas nicht?

Ich trauerte ihm nicht lange hinterher. Eines Abends saß ich auf meiner Couch und entspannte mich. Da an diesem Abend nichts Interessantes im Fernsehen lief, begann ich wieder mal zu swipen. So geschah es, dass ich mich eine Stunde später auf den Weg machte. Ich traf mich mit einem süßen, glatzköpfigen Mann. Er war in der Hinsicht süß, weil er mir die ganze Zeit Komplimente machte. Ich weiß, jede Frau, aber auch jeder Mann hört gerne Komplimente. Aber da ihr ja schon wisst, wie unsicher ich war, tat es mir in diesem Moment besonders gut, deswegen fühlte ich mich auch sehr wohl. Abgesehen davon hatte mir bis zu diesem Zeitpunkt kein Mann so viele Komplimente gemacht wie er. Aufgrund seiner Glatze und dadurch, dass mir im Moment kein besserer Name einfällt, taufe ich diesen jungen Mann mal auf den Namen Meister Proper. Ja, in diesem Buch heißt er genauso wie eine Werbefigur eines Putzmittels.

Wie soll ich es sagen, aber es dauerte nicht lange, bis wir schon mitten im Vorspiel waren und in Meister Propers Schlafzimmer weiterwanderten. Dort angekommen, erklärte er mir, wie sehr er nicht auf anal stehe. Ich wusste zwar, was es war, hatte es aber zu diesem Zeitpunkt noch nicht ausprobiert. Ganz getreu dem Motto „Na ja, warum eigentlich nicht" stellte ich mich dieser Situation und zugleich auch Herausforderung. Nachdem ich ihm signalisiert hatte, dass ich es gerne ausprobieren würde, stand er auf und holte etwas. In der einen Hand hatte er Gleitgel, das kannte ich schon bzw. wusste ich, was das ist. Und in der anderen Hand hatte er einen Analplug. Ich hatte keine Ahnung, was das war und ich hatte erst recht keine Ahnung, wie so etwas aussieht oder wie man es verwendet. Na gut, man kann sich denken, dass man damit nicht allzu viele Möglichkeiten hat, vor allem, wenn man bedenkt, dass er am Arsch verwendet wird und Plug das englische Wort für Stöpsel ist. Für alle, die nicht wissen, was ein Analplug ist, könnt ihr euch jetzt zusammenreimen, wobei es darum geht.

Ich hoffe, dass alle, die dieses Buch lesen, wissen, was Analsex ist. Kurz beschrieben ist es Sex, nur wird der Penis nicht in die Vagina eingeführt, sondern in das Arschloch.

Da es sich bei unseren Arschlöchern um keine Ferraris handelt, sollte man vielleicht nicht die Strategie von null auf hundert in vier Sekunden anwenden. Es ist nicht empfehlenswert und tut extrem weh, es sei denn, man steht auf Schmerzen. Für alle, die auf schmerzhaften Sex stehen, viel Spaß und lasst es krachen. Damit Analsex angenehm sein kann, bedarf es einer gewissen Vorbereitung.

Dafür wurden diese sogenannten Plugs erschaffen, welche eine Dehnung des Arschlochs bezwecken. So und mit viel Gleitgel könnte Analsex angenehm sein und sogar erotisch. Na ja, letzteres ist Ansichtssache. Analsex ist genauso wie Marzipan, entweder man liebt es oder man hasst es.

Da dieser Mann schon geübt war, wusste er, dass gute Vorbereitung das halbe Leben oder verdammt guter Sex sind. Er klärte mich darüber auf, wozu ein Plug da ist und was er jetzt damit machen würde. Ich war bzw. bin nach wie vor erstaunt, dass er sich die Zeit genommen hatte, um mir das alles zu erklären. Meiner Erfahrung nach hatten sich die Männer bei mir nie die Zeit genommen, um mir zu erklären, was sie machen, sie taten es einfach. Dann ging es schon ans Eingemachte und ich befand mich nackt auf allen vieren am Boden seines Schlafzimmers. Ich kam mir dezent dämlich vor, als ich so da kniete. Hatte ein wenig das Gefühl, dass ich sowas wie eine Probandin für ein Wissenschaftsprojekt sei. Meister Proper grinste nur und ging um mich herum und sagte: „Entspann dich, Süße."

Hmmm, ein bisschen Angst habe ich schon. Witzig ist er schon, wie um alles in der Welt soll ich mich entspannen, wenn ich nicht mal weiß, was da jetzt auf mich zukommt. Wie das wohl sein wird und wie sich das wohl anfühlt.

Was mache ich, wenn es mir nicht gefällt?

Ach du Scheiße, worauf habe ich mich da nur eingelassen?!

Ich versuchte, ruhig und entspannt zu bleiben, aber so richtig gelang es mir nicht. Meister Proper kniete sich neben mich hin, er berührte sanft mein Gesicht, drehte es zu ihm und fuhr mit seinem Daumen über meine Lippen. Dann gab er mir einen sanften und intensiven Kuss. Seine Hand streichelte langsam über meine Wange, dann hinunter zu meinen Brüsten. Dann nahm er den Plug und streifte damit über meinen Rücken bis zu meinem Hintern. Er begann langsam damit, mir den Plug in mein Arschloch einzuführen. Dieser Teil war noch angenehm. Zwar etwas seltsam, aber es hatte durchaus etwas Angenehmes. Doch als er dann den Plug entfernte und richtigen Analsex mit mir haben wollte, wurde die ganze Geschichte sehr unangenehm. Um es kurz zu machen, brach ich die Geschichte ab, da es sehr weh tat. Vielleicht lag es auch daran, dass sein Schwanz zu dick für mein Arschloch war. Nach einer kurzen gemeinsamen Dusche und noch ein paar Komplimenten seinerseits zog ich mich an und fuhr wieder nach Hause. Es war auf jeden Fall eine interessante und schräge Erfahrung. Doch es blieb nicht meine einzige arschtastische Begegnung beim Daten.

Kommen wir zu einer neuen Geschichte. Ich war in der Arbeit und mir war ein wenig langweilig, das kam zu der Zeit öfters vor. Deswegen zog ich mir eine Serie nach der anderen hinein, aber auch nur, weil es keine Arbeit für mich gab. Nachdem ich ein paar Serien durchgehabt hatte, wollte ich mal schauen, was es auf Tinder so Neues gab, also nahm ich mein Handy zur Hand und swipte wild drauflos. Ich musste nicht lange warten, bis ich ein Match mit einem Justizvollzugsbeamten hatte, welcher frisch getrennt war. Anhand dessen, dass er im öffentlichen Dienst arbeitet, hätten böse Zungen durchaus behaupten können, dass bei ihm durchaus eine Anal-Fixiertheit vorhanden sein könnte. Ich werde ihm den Namen Arlo geben, was „der Erste" bedeutet. Warum? Das erfahrt ihr später in der Geschichte.

Nachdem Arlo und ich den Smalltalk erfolgreich hinter uns gebracht hatten, fragte ich ihn nach seinen sexuellen Vorlieben. Manch eine denkt jetzt, wieso tat sie das? So wird er dich nie auf ein richtiges Date einladen! Nun ja, liebe Freunde, wenn ich eines gelernt habe, dann, dass Männer, die frisch aus Beziehungen sind, immer nur Spaß wollen. Sie wollen nicht direkt in die nächste Beziehung schlittern. Zumindest haben es meine Erfahrungswerte gezeigt. Also, wozu sollte ich ein Date verlangen und dann enttäuscht werden, so konnte ich wenigstens ein bisschen Spaß für mich herausholen. Na ja, auch nur, wenn der Sex gut ist.

Als es um die sexuellen Vorlieben ging, dauerte es nicht lange, bis die ersten Arschthemen auf den Tisch kamen. Arlo hatte mir geschrieben, dass er auf Analsex stehe, welch Überraschung, und sogar auf Rimming. Ich muss gestehen, letzteres musste ich tatsächlich googeln, da ich es nicht gekannt hatte.

Meine Google-Recherche ergab, dass Rimming bedeutet, jemanden im wahrsten Sinne des Wortes am Arsch zu lecken und genüsslich zu versuchen, das Arschloch mit seiner Zunge zu bearbeiten. Besonders appetitlich ist es nicht gerade, zumindest war das mein erster Gedanke dazu. Den Reiz daran verstehe ich auch nicht so wirklich, aber man sollte ja schließlich offen sein für Experimente.

Nachdem ich also erfahren hatte, was das genau war, fragte ich nach, ob Arlo selbst gerne am Arsch geleckt werden möchte oder ob er das gerne bei anderen macht, also in unserem Fall dann bei mir. Schließlich möchte ich vorher gerne alles über die Rahmenbedingungen unseres Treffens erfahren. Ich bin gerne auf alles Mögliche vorbereitet. Er schrieb nur, dass er für beides offen wäre.

Da eine gewisse Sympathie da war, ja selbst, nachdem er geschrieben hatte, dass er es gerne hätte, dass ich ihn am Arsch lecke, beschlossen wir, dass ich ihn direkt, nachdem ich Feierabend gemacht hatte, zu ihm fahren würde. Wie versprochen fuhr ich zu Arlo und er war sogar so spendabel, dass er mir einen Parkschein fürs Auto zahlte. Oben angekommen dauerte es nicht lange, bis wir anfingen uns zu küssen.

Ich gebe zu, dass es durchaus möglich ist, dass ich begonnen habe ihn zu küssen. Aber Arlo hat so gut ausgesehen, er war groß, leicht trainiert, hatte einen tollen Dreitagebart und eine Brille. Da konnte ich mich einfach nicht mehr halten. Er lotste mich quer durch die Wohnung in das Schlafzimmer und das ohne, dass er aufgehört hatte mich zu küssen. Dort angekommen, begannen wir uns auszuziehen und schon konnte die Party, oh sorry, meinte der Sex starten. Der Sex mit ihm war einfach echt gut, besser als das, was ich vorher hatte. Es war echt toll. Nachdem der Sex vorbei war, bat Arlo mich damit zu beginnen, ihm den Arsch zu lecken. Als ich erfahren hatte, dass er auf das steht, sagte ich, dass ich es ausprobieren würde, aber nur unter der Bedingung, dass er vorher duschen war und dafür sorgt, dass alles sauber und frisch sei. Hatte so schon Hemmungen, was das angeht, und ich hatte die Hoffnung, dass ein sauberes Arschloch die Sache leichter machen würde.

Da ich gerne gut vorbereitet bin und ich wissen wollte, wie das genau funktioniert, hatte ich mir Pornos angesehen. Nach der visuellen Hilfestellung, die sich bei mir eingeprägt hatte, war ich motiviert und legte los. Das ist wohl eines der Bilder, die ich nie wieder aus meinem Kopf bekommen werde. Das Bild davon, wie Arlo auf dem Rücken vor mir lag und seine Beine weit gespreizt in die Luft hält und diese mit seinen Händen festhält. Ein Anblick für Götter oder so.

Ich kann nicht glauben, dass ich gesagt habe, dass ich das wirklich mache. Wieso mache ich das? Ich hoffe, ich kann mich noch an alles von den Pornos erinnern. Na ja, wie schwer kann das schon sein, ist ja schließlich nur ein kleines Loch. Viel mehr als mit der Zunge drumherum kreisen muss ich ja nicht machen oder war da noch eine spezielle Technik, die mir da gerade entfallen ist?

Scheiße, ich hoffe, er pupst mir nicht ins Gesicht, wenn ich da unten zugange bin.

Ok, ganz ruhig, Conny, du schaffst das, was soll schon schiefgehen?

Laut seinem Feedback dürfte es ihm gefallen haben, was ich da unten bei seinem Arschloch fabriziert habe. Auch wenn es sauber war, ging ich nachher ins Bad, um mir den Mund auszuspülen. Nur um auf Nummer sicher zu gehen.

Kommen wir zu der Erklärung, wieso dieser Mann hier Arlo heißt, was „der Erste" bedeutet. Nun ja, er war der erste und bis jetzt einzige Typ, dem ich je das Arschloch geleckt habe. Es war eine Erfahrung wert, Empfehlung kann ich keine geben, da muss jeder von euch selber durch, aber an eurer Stelle würde ich sagen. probiert es einfach mal aus. Arlo war richtig süß, sympathisch und ich fand seinen Dialekt einfach sehr cool.

Wir redeten noch ein bisschen geredet und knutschten auch etwas, so lange, bis ich gehen musste. Er nahm mich an der Hand und begleitete mich zum Lift, was ich total süß fand. Vor allem, wenn man bedenkt, dass der Lift gleich Visavis von seiner Wohnungstür war. Ja, na ja, das war das erste und letzte Mal, dass ich ihn gesehen habe. Irgendwie schade, wenn ich genauer darüber nachdenke.

Nach unserem Treffen tauschten wir noch ein paar Nachrichten über WhatsApp und dann begann er mich zu ghosten, bis er mich schließlich blockierte. Aber dazu später mehr, das Thema Ghosten wird nämlich in einem eigenen Kapitel behandelt.

Nun ja, das waren sie nun, meine Arscherfahrungen. Manche waren arschtastisch und manche irgendwie seltsam.

13

Never ever fuck the company!!!

Nachdem ich endlich meine Matura hatte, wechselte ich das Team und den Standort. Dort angekommen, stellte ich fest, dass dieser neue Job sehr Männer dominiert war. Ich muss aber sagen, dass es nur alte Männer waren und da ich keinen Daddy-Komplex habe bzw. noch nicht, man weiß ja nie, was noch so passiert, waren die nicht wirklich etwas für mich. Die Jüngeren waren alle auf Schulungen, die länger dauerten und es sollte nicht mehr allzu lange dauern, bis ich diese auch kennenlernen würde. Die ersten Monate im neuen Team waren sehr ruhig und unspektakulär.

Bei der Weihnachtsfeier war es dann so weit und ich lernte dann auch die jüngeren Männer des Standortes kennen. Ich saß mit einem Haufen Männer im Raucherzimmer. Sie waren alle schon sehr betrunken und wie man annehmen kann, wurden die Gesprächsthemen immer schmutziger. Wen wundert es, wenn betrunkene Männer eines gut können, dann ist es über Gott, die Welt und Sex zu diskutieren. Die Themen wurden immer pikanter, auch wenn es mir schwerfiel, hielt ich mich zurück. Ich war schließlich die neue, junge und unschuldige Kollegin. Zumindest dachten die Kollegen das, deswegen konnte ich in Ruhe die Lage checken. Nun ja, es fiel ein schmutziger Witz nach dem anderen, bis einer der älteren männlichen Kollegen, welcher mit mir zur gleichen Zeit zu der neuen Abteilung gekommen war und ich schon vom anderen Standort kannte, schockiert meinte: „Also wirklich, wir haben hier eine Dame am Tisch sitzen, da kann man doch nicht solche Themen besprechen!“. Ich zuckte nur mit den Achseln und da ich nicht auf den Mund gefallen bin, sagte ich: „Geh, macht euch nichts draus. Ich bin da nicht so. Ach, übrigens, wie steht ihr zu Facesitting?“.

Na ja, mehr hat es nicht gebraucht. Alle schauten mich total geschockt an und wussten nicht, was sie darauf sagen sollten. So schnell bin ich mein liebes, nettes und unschuldiges Image noch nie losgeworden. Alle waren geschockt und schauten mich mit offenen Mündern an, bis auf einen der jungen und gutaussehenden Kollegen, welcher neben mir auf einem Bürostuhl mit Rollen saß. Als er das hörte, rollte er seinen Stuhl ganz nah zu mir, sah mich von der Seite an und musterte mich von oben bis unten und sagte: „Also, jetzt wirst du richtig interessant.“ Den Namen für diesen jungen Herren werde ich etwas später in der Geschichte preisgeben.

Ein paar Tage später schrieb er mich auf Skype for Business an und wir begannen zu chatten. Wir schrieben über Verschiedenes und irgendwann fragte er mich, ob ich privat auch Skype habe und wir so schreiben könnten.

Hmmm, kommt mir schon ein bisschen komisch vor. Wieso will er über Skype schreiben? Wieso will er nicht meine Nummer?

Ich frage mich, ob das überhaupt eine gute Idee ist.

Sehr seltsam, das Ganze.

Also legte ich mir ein Skype-Profil an und wir begannen dort zu schreiben und später wechselten wir dann auf Videochats. Das Videochatten war wieder eine neue Erfahrung, die ich erleben durfte. Wir sahen uns dabei im Endeffekt gegenseitig zu, wie wir uns selbst befriedigen. Später wollte er noch mit anderen cammen, was ich natürlich auch ausprobierte. Aber das alles fällt meiner Meinung nach schon in die Kategorie Sexting und für Sexting habe ich ein eigenes Kapitel geplant, also gibt es auch hierzu später mehr Informationen.

Es vergingen ein paar Monate und der junge Kollege, mit dem ich regelmäßig gechattet hatte, kam von seiner Ausbildung wieder zurück an den Standort. Eines Tages hatten sein Team und mein Team einen langen gemeinsamen Außendienst. Als wir wieder im Büro ankamen, setzten sich einige Kollegen im dritten Stock auf ein Feierabendbierchen zusammen. Ich sagte meinen Kollegen, dass ich müde sei und nur noch nach Hause will. Wie ihr euch denken könnt, hatte ich mir schon vorher mit dem jungen Kollegen etwas ausgemacht. Der Plan war, dass wir uns im zweiten Stock im Raucherzimmer treffen. Ich arbeitete dort und kannte mich im Stock bestens aus und ich kannte meine Kollegen gut, deswegen wusste ich, dass so lange das Bier oben nicht ausgeht, keiner herunterkommen würde. Den Plan hatte ich nur ohne eine andere Kollegin aus meinem Team gemacht. Sie wollte unbedingt noch mit mir eine rauchen gehen. Ich versuchte, ohne dass es die Kollegin merkt, eine Nachricht an den Kollegen zu schreiben, dass die Luft noch nicht rein sei. Doch leider hatte er die Nachricht nicht rechtzeitig gelesen. Auf einmal stand sie im Zimmer.

Ich hoffe sehr, dass sie nicht merkt, was wir eigentlich vorhaben. Wie lange will sie denn noch hier sitzen bleiben? Sie wollte doch nur eine Zigarette rauchen, bald gehen mir die Argumente aus und dann wird es komisch.

Nachdem dann endlich meine Kollegin verschwunden war, konnten wir ungestört reden. Er saß wieder neben mir. Irgendwann ist er oder war ich es, egal, wir sind auf die mega-tolle Idee gekommen, dass es lustig sei, solange wir im Raucherzimmer sitzen, einen Porno anzuschauen. Im Nachhinein betrachtet war das keine so schlaue Idee.

Wie zu erwarten war, machte ihn das total an. Zumindest hatte ich mir das anhand seiner Beule in der Hose zusammengereimt. So eine Beule entsteht schließlich nicht einfach so. Er begann damit, mich zu berühren und zu streicheln. Irgendwann stoppte er den Porno, welchen wir uns auf seinem Handy angeschaut hatten, und er schaute mich an und fragte: „Komm, lass uns auf die Frauentoilette gehen.“ Ja, ich muss euch recht geben, es gibt romantischere Orte, aber abgesehen davon war nichts an dieser Situation romantisch. Nicht mal dieses „Verhältnis“ war romantisch. Das war mir aber von Anfang an klar, ich hatte mir nie etwas von ihm erwartet oder erhofft. Genug davon, kommen wir zurück zur Geschichte.

Wirklich hinterfragt habe ich seine Aufforderung nicht und folgte ihm auf die Toilette. Da standen wir nun in einem verdammt kleinen Raum. Ich drehte mich um, klappte den Toilettendeckel hinunter und setzte mich hin. Er sah mich an und sagte: „Pack ihn aus und nimm ihn in den Mund.“ Bevor ich seinen Schwanz in den Mund nahm, meinte er noch, dass er versuchen würde einen Freund von ihm via Videochat dazuzuschalten. Das klappte aber aufgrund des schlechten Empfanges nicht. Also begann ich damit, ihm einen zu blasen. Dies ist jetzt der perfekte Zeitpunkt, um zu erwähnen, dass ich ihm den Namen Mr. Blowjob gegeben habe, obwohl Diva glaube ich besser passen würde.

Nach den ganzen Treffen, die ich hatte, hatte ich schon einiges gelernt und ich gebe zu, dass ich mir Pornos zum Thema Blowjob anschaute, um zu schauen, wie es die „Profis“ machen. Es gefiel ihm sehr. Gesagt hat er es mir nicht, aber ich konnte ihn nach nicht allzu langer Zeit zum Abspritzen bringen, also nahm ich an, dass es ihm gefallen hatte. Als wir fertig waren, packte er sein bestes Stück wieder ein und wir verließen das Büro. Er begleitete mich zu meinem Auto und dort rauchten wir noch eine. „Zärtlichkeiten“ wie diese auf der Toilette tauschten wir nach diesem Abend keine mehr aus. Wir chatteten zwar hier und da noch, aber das war es auch schon. Aber selbst unser Gechatte hielt nicht mehr lange an.

Eines Tages schrieb mir meine Kollegin aus dem vorigen Team, mit der ich beim Speeddating war. Sie fragte mich, was es Neues gibt und ob ich wieder neue Sexstorys hätte. Ich vertraute ihr, also erzählte ich ihr von dem intensiven Arbeitstreffen auf der Toilette. Ich bat sie, es niemandem weiterzusagen, ich flehte sie regelrecht an. Ich frage mich bis heute, wie ich ihr nur vertrauen konnte. So wie es aussieht, habe ich ein Talent dafür, den falschen Leuten zu vertrauen.

Ein paar Monate später kam mir zu Ohren, dass diese besagte Kollegin, von der ich dachte, dass ich ihr vertrauen kann und wir Freunde sein, diese vertrauliche Geschichte von mir und Mr. Blowjob überall herumerzählt hatte. Als ich sie darauf angesprochen hatte, artete es in einen Riesenstreit aus. Seitdem sprach ich nie wieder mit ihr. Es tat mir sehr weh, es ist nie leicht, wenn man feststellt, dass die Person, mit der man befreundet ist, einem so in den Rücken fällt. Das brachte schmerzliche Erinnerungen zurück ans Tageslicht und ich fühlte mich schlagartig wieder so wie damals, als ich fünfzehn war und herauskam, dass meine Freundin Kimberly Chantal von mir und ihrem Freund Silvan erzählt hatte.

Das Schlimme kam erst, Mr. Blowjob hatte davon erfahren und war verständlicherweise stinksauer. Das Telefonat mit ihm war qualvoll und extrem lang. Als es vorbei war, rauchte ich drei Zigaretten, bis ich mich halbwegs wieder beruhigt hatte und nach Hause fahren konnte. Was ich da noch nicht wusste, war, dass jedes weitere berufliche Aufeinandertreffen mit ihm anstrengend und mühsam werden würde.

Wie um alles in der Welt konnte mir so etwas schon wieder passieren? Wieso bin ich schon wieder die Böse, wenn ich doch nichts gemacht habe?

Mein einziger Fehler war es doch, dass ich mal wieder der falschen Person vertraut hatte!

Ist meine Menschenkenntnis wirklich so schlecht?

Nachdem die Geschichte publik geworden war, war eine meiner bis heute Lieblingskolleginnen stinksauer auf mich und sie schrie mich regelrecht an und meinte: „Ich bin enttäuscht. Wie konntest du nur? Habe ich dir nicht gesagt, dass du mit keinem Kollegen etwas anfangen sollst? Never ever fuck the company! Und habe ich dir nicht gesagt, dass, wenn du schon etwas mit einem Kollegen anfängst, du wenigstens schauen sollst, dass du dich hochvögelst? Und was machst du? Du bläst dich runter! Das gibt's ja nicht." Keine Sorge, wir haben uns schnell wieder vertragen und die Aussage, dass ich mich runter geblasen hätte, brachte mich zum Lachen.

Mr. Blowjob war sehr nachtragend. Na ja, eigentlich ist er eine Zimtzicke mit krasseren Stimmungsschwankungen als eine schwangere Frau und eine Frau, die an PMS leidet, zusammen. Wegen seiner Stimmungsschwankungen würde ich ja schon fast sagen, dass Diva wirklich besser passen würde. Auf jeden Fall gab er jedes Mal, wenn irgendetwas über ihn im Büro erzählt worden war, mir die

Schuld und ging mich an. Er grüßte mich ebenfalls nicht mehr, wenn wir uns beim Rauchen sahen oder wir uns am Flur trafen. Wenn wir zusammen beim Außendienst eingeteilt worden waren, schwieg er mich nur an. Dann gab es eine Zeit, wo sich alles beruhigt hatte und er sich in meiner Gegenwart professionell verhielt. Ich dachte, dass er mir endlich verziehen hatte.

Wieder getäuscht! Im Jahr 2022 hatte ich ein gesundheitliches Hoppala, dazu werde ich in einem anderen Buch mehr sagen. Dieses Hoppala führte dazu, dass ich 23 Wochen im Krankenstand war, in der Zeit habe ich mich sehr verändert. Ich bin stärker geworden und mutiger. Als ich nach dieser langen Zeit wieder ins Büro kam, dauerte es sage und schreibe eine Woche, bis ich wieder krank wurde und eine Woche lang von zu Hause aus arbeiten musste. Als die Woche endlich um war, freute ich mich schon aufs Büro. Ja, ich habe es gesagt, ich habe mich auf das Büro gefreut, aber nach 23 Wochen im Krankenstand freut man sich, wenn man unter Leuten ist und man wieder etwas tun kann. Auf jeden Fall ging ich gut gelaunt ins Büro. Ich saß seelenruhig in meinem Zimmer und aß mein Frühstück, bis auf einmal eine neue Kollegin, mit der ich gerade einmal zwei Sätze gewechselt hatte, in mein Zimmer kam. Eigentlich hätte ich mir da schon denken können, dass dieses Gespräch keinen guten Verlauf nimmt.

Sie fragte mich, ob sie mich etwas fragen könnte, ich willigte ein. Dann schaute sie mich an und sagte: „Hast du ein Problem mit mir?". Ich verneinte diese Frage sofort und fragte sie, wie sie darauf kommt. Darauf sagte sie: „Ok, nur verstehe ich nicht ganz, wieso du dann so einen Blödsinn über mich erzählst."

Was zur Hölle passiert hier gerade?

Wie kommt sie nur auf diese kranke Idee! Wie kommt sie auf das? Wer hat ihr diesen Scheiß nur eingepflanzt?

Bin ich hier im falschen Film? Wo sind die versteckten Kameras?

Ich kenne sie nicht, wieso sollte ich Scheiße über sie erzählen? Warum sollte ich über irgendjemanden Scheiße erzählen?

Ich sah sie an und sagte: „Wie bitte?! Ich kenne dich nicht einmal, abgesehen davon, dass ich so etwas nie machen würde. Wer hat dir das erzählt? Bzw. was soll ich gesagt haben?“ Nach langem Hin und Her und nachdem sie mir endlich geglaubt hatte, dass ich so etwas nicht machen würde, erzählte sie mir eine Geschichte, von der ich nicht wusste, ob ich darüber lachen, weinen oder einfach nur wütend sein sollte.

Hatte sie mir doch tatsächlich erzählt, dass mein Kollege Mr. Blowjob ihr erzählt hatte, dass ihm erzählt worden war, dass ich sie gefragt hatte, ob wir zusammen eine rauchen gehen. Und sie dann abgelehnt hatte und meinte, dass sie lieber mit Mr. Blowjob gehen würde. Dann soll ich angeblich noch hinzugefügt haben, dass sie in ihn verliebt sei. Als ich diese lächerliche Geschichte hörte, war ich außer mir vor Wut. Ich erklärte, dass ich nie so einen Scheiß verzapfen würde und ich abgesehen davon seit meinem Hoppala Nichtraucherin war und diese Geschichte somit überhaupt keinen Sinn ergibt. Sie glaubte mir, Gott sei Dank.

Mich ärgerte es dermaßen geärgert und machte mich wütend, dass ich Mr. Blowjob schrieb. Er schrieb mir nur: „Du solltest aufhören, immer so einen Scheiß über mich zu erzählen!“. Langsam bekam ich das Gefühl, dass er eine psychische Störung hat und in einem Paralleluniversum lebt. Ich hielt es einfach nicht mehr aus und ging zu ihm hoch und wollte ihn zur Rede stellen.

Oben angekommen versuchte ich ihm zu erklären, dass ich diesen Scheiß nicht gemacht hatte. Ich erklärte ihm, dass ich seit zwei Wochen wieder im Dienst sei und eine Woche davon im Homeoffice verbracht habe und somit keine Möglichkeit hatte, abgesehen davon, dass ich so etwas nicht machen würde. Wie ihr euch denken könnt, glaubte er mir nicht. Nicht nur das, er meinte noch, dass er diese Geschichte von zwei Quellen unabhängig voneinander gehört hatte. Er sagte außerdem noch, dass diese Quellen glaubwürdig seien und er ihnen vertraue.

In diesem Moment wurde mir klar, dass er mir nie glauben würde und ich einen Tanz aufführen hätte können und ich wäre noch immer der Idiot in dieser Geschichte gewesen. Am liebsten hätte ich ihm gesagt, dass seine Quellen scheiße sind. Ich versuchte noch herauszufinden, wer seine Quellen sind, aber er wollte es mir nicht verraten. Ich kam mir einfach nur verarscht vor. Zwei Wochen nach diesem Vorfall beschloss ich zu kündigen, ich hielt es nicht mehr aus. Mr. Blowjob war nur einer von vielen Gründen, aber er war definitiv einer der Gründe, die den Ausschlag für diesen Schritt gaben. Das Ganze war mir definitiv eine Lehre. Ich habe gelernt, dass ich nie wieder etwas mit einem Kollegen anfangen möchte und ich habe, gelernt, dass ich nie wieder einen Mann daten will, der so schlimme Stimmungsschwankungen hat. So eine Person kann auf Dauer nur megaanstrengend sein. Wer würde sich dann um meine Stimmungsschwankungen kümmern, wenn man ständig mit denen des Typen, mit dem man was hat oder schlimmer, mit dem man mal was hatte, beschäftigt ist. Seitdem stelle ich mir die Frage, ob ich auch Stimmungsschwankungen habe und wenn ja, wie heftig diese sind.

14

Zwei an einem Tag

Jetzt kommt ein Abschnitt, der etwas bedenklich ist. Es war irgendwie nicht beabsichtigt, dass es so weit kommt, aber irgendwie ist es passiert. Obwohl ich gestehen muss, für mich selber ist es nicht bedenklich, für andere wird es das vielleicht sein. Aber ich habe euch ja vorgewarnt, schließlich ist das hier eine ungenierte und unzensierte Datingbiografie.

Es war Freitag und ich war im Homeoffice und bereitete mich auf eine Prüfung für die Arbeit vor. Es wurde Mittag und ich hatte Hunger und damit meine ich nicht Hunger auf Essen, sondern Hunger auf Sex. Kennt ihr das auch? Bitte sagt, ihr kennt so etwas auch. Irgendwie musste ich meinen Hunger stillen. Also ging ich meine Kontakte im Telefon durch und schaute, welche meiner bereits vorhandenen Matches ich wohl anschreiben könnte. Die Wahl fiel auf einen, der ein wenig kleiner war als ich, blondes Haar hatte, gerne klettern geht und eine Schwäche dafür hatte, sich beim Sex zu filmen und den Frauen dabei eine Augenbinde umzulegen. Ich glaube, ich werde ihm, in der Ermangelung einer kreativen Alternative, einfach den Namen Mountain geben. Warum? Na ja, er klettert gerne.

Ich habe mir Mountain quasi, wie Essen für meine Mittagspause nach Hause bestellt. Ist vielleicht nicht gerade Ladylike, aber ich hatte Lust, die ich befriedigen wollte und ich wusste, dass er es bringen würde. Abgesehen davon machen es Männer ja auch so, also wieso können wir Frauen das nicht auch tun, ohne dass es komisch wird?

Als Mountain zu mir kam, begannen wir gleich damit, uns zu küssen. Dann verband er mir die Augen und wir hatten guten und versauten Sex. Danach ging er wieder. Es war schnell, es war einfach, es war unkompliziert und ich war entspannt und konnte mich wieder aufs Lernen konzentrieren. Im Großen und Ganzen war es eine gelungene Mittagspause.

Am Abend fuhr ich in die Stadt, in der eine Freundin von mir ihren Geburtstag feiern wollte. Wir trafen uns am Bahnhof und fuhren mit einem Teil ihrer Freunde in eine Cocktailbar. Ich kannte niemanden, aber da ich ein geselliger Mensch war, fiel es mir nicht schwer, mit den anderen ins Gespräch zu kommen. Ich war gut gelaunt und ich übertrieb es vielleicht ein bisschen mit dem Alkohol. Nachdem alle schon einen gewissen Pegel erreicht hatten, gingen wir los und fuhren in einen Club. Ich war das erste Mal in diesem Club. Dort trafen wir dann auf weitere Personen, die zum Freundeskreis meiner Freundin gehörten, kurz gesagt, unsere Gruppe wurde immer größer. An viel kann ich mich nicht mehr erinnern, aber woran ich mich erinnern konnte, war, dass ich mit einem blonden Typen den Club verlassen hatte. Ich glaube, ich nenne ihn hier Indica. Ein paar von euch wird dieser Name bekannt vorkommen, das könnte auch daran liegen, dass es der Name von einer bekannten Cannabissorte ist. Warum er diesen Namen bekommt, erfahrt ihr gleich.

Ich hatte es anscheinend wirklich übertrieben mit dem Alkohol, denn an viel kann ich mich nicht mehr erinnern. Obwohl, an etwas kann ich mich doch erinnern, an etwas, was dezent peinlich ist. Als wir bei ihm zu Hause waren, gingen wir zusammen ins Bad, keine Ahnung, warum wir da zusammen rein waren, aber kurz nachdem wir dort rein gegangen waren, ließ er mich kurz allein. Ich hatte wirklich sehr viel Alkohol getrunken und dann war da eine Toilette. Leider konnte man das Bad nicht abschließen, also nutzte ich die Chance und setzte mich auf die Toilette und ließ es laufen. So wie ich „losgelassen" hatte, ging die Tür auf und Indica kam hinein. Wir sahen uns an und begannen sofort zu lachen. An mehr kann ich mich nicht mehr erinnern.

Am nächsten Tag wachte ich auf und schaute mich um, ich war scheinbar in einem Keller, in dem es nach Gras roch. Als ich mich näher umgeschaut hatte, hatte ich auch den Grund dafür gefunden. Neben dem Bett stand eine Reihe von Bongs. Ich war etwas verwirrt und kannte mich nicht aus, was passiert war. Dann drehte ich mich um und da lag Indica und dann fiel mir wieder ein, wo wir uns getroffen hatten, und die Klogeschichte fiel mir auch ein. Da der Sex nicht so besonders war, werde ich nicht näher darauf eingehen, abgesehen davon kann ich mich nicht mehr an viel erinnern.

Ich war also betrunken mit einem Typen nach Hause gefahren, der in irgendeinem kleinen Dorf weit weg von dem Club wohnt, wo wir gefeiert hatten. Mein Auto stand in der Nähe von dem Club und ich hatte keine Ahnung, wie ich wieder zu meinem Auto gelangen sollte. Ich musste warten, bis Indica munter geworden war. Er war eigentlich total sympathisch und nett. Nachdem er munter geworden war, bat er mir an, mich zu meinem Auto zu bringen. Also fuhren wir los und am Weg dorthin lud er mich sogar auf ein Essen ein. Gut, es war nur Essen von McDonalds und ja, wir waren nur beim McDrive, aber trotzdem, er hatte mich auf ein Essen eingeladen. Bis zu diesem Zeitpunkt hatte mich noch kein Junge oder Mann zum Essen eingeladen.

Getroffen habe ich ihn, nachdem er mich zu meinem Auto gebracht hatte, nicht mehr. Das war das einzige Mal, dass ich in diesem besagten Club war und es war definitiv das erste und letzte Mal, dass ich mir beim Fortgehen jemanden aufgerissen hatte. Ach ja, und es stimmt, was man sagt, manchmal kann man sich Leute tatsächlich schön trinken.

15

Hallo, Parship!

Nach sehr vielen Dates, die ich durch Tinder und Lovoo hatte, begann ich nachzudenken. Nach all der Zeit, die vergangen war, hatte ich noch immer kein richtiges erstes Date und noch immer keinen Freund. Ich bekam immer Nachrichten, in denen stand: „Willst du Fi(lmgu)cken?". Wie man sich denken kann, hat man nicht viel von dem Film gesehen. Auch wenn es bei anderen funktioniert hatte, dass sie über diese Apps jemanden gefunden hatten, so hatte es für mich eben nicht funktioniert. Ich musste also etwas unternehmen und in meinem Datingverhalten ändern. Also recherchierte ich, Speeddating kam für mich damals nicht infrage. Eine Fernsehwerbung brachte mich auf den Einfall. Es war eine Werbung von Parship. Keine halbe Stunde, nachdem ich diese Werbung gesehen hatte, registrierte ich mich auf Parship und begann damit, mein Profil anzulegen und diesen Persönlichkeitstest zu machen. Ich hatte die Hoffnung, dass, wenn Leute für Onlinedating zahlen müssen, es doch seriöser sein müsste. Na ja, ganz so war es dann doch nicht. Auch auf dieser Seite gab es sehr fragwürdige Profile.

Es gab Profile von alten Männern, die sich selbst als Sugardaddys bezeichnet hatten und ein junges hübsches Mädchen suchten. Dann gab es noch die Workaholics, die mit ihrer Arbeit verheiratet waren. Sie waren eigentlich auch in einer festen Beziehung, aber sie waren auf der Suche nach einer „Freundin", die bereitsteht, wenn sie mal wieder in die Stadt kommen würden, ohne, dass deren Freundinnen und Ehefrauen etwas davon erfahren sollten. Die meisten von denen kamen aus Deutschland. Nach einem Monat auf dieser Seite lernte ich einen zehn Jahre älteren Cinematographen kennen. Aufgrund seines Berufes werde ich ihm den Namen Spielberg geben, benannt nach dem berühmten Filmregisseur. Beide haben eine große Leidenschaft für Filme und das Filme machen.

Spielberg war größer als ich, hatte eine Brille und war sehr nett und sympathisch. Bei unserem ersten Treffen kochte er für mich. Gut, es waren Wraps, aber dennoch hatte er sich die Mühe gemacht. Wir hatten ein paar Dates, bei denen wir auch Sex hatten. Wir redeten und lachten viel. Langsam hatte ich begonnen, ihn zu mögen. Bei unserem letzten Date war er sehr abweisend und gereizt.

Zwei Tage danach schrieb Spielberg: „Ich habe dich gern, aber mehr auch nicht. Danke, dass ich dich vögeln durfte."

Was? Was ist passiert? Was habe ich falsch gemacht? Wieso hat er mir das nicht schon früher gesagt?

Liegt es an mir? Wieso hat er mich nur ausgenutzt?!

Ich war geschockt und verletzt, ich hatte wirklich begonnen Spielberg zu mögen und ich hatte gehofft, dass vielleicht mehr daraus wird. Dem war aber nicht so. Ich war am Boden und dachte, dass es an mir liegt.

16

Der Bodybuilder und eine Überraschung

Wie das mit dem Bodybuilder entstand, ist eigentlich eine witzige Geschichte. Er hatte mir eine Freundschaftsanfrage auf Facebook geschickt, und ich nahm sie an. Nachdem ich mehrere Fotos von ihm im Fitnessstudio gesehen hatte, konnte ich es mir nicht mehr verkneifen.

Also schrieb ich ihm in einer privaten Nachricht: „Stimmt es eigentlich, was man über Männer, die Bodybuilding betreiben, sagt?". Er antwortete umgehend: „Was genau meinst du?". Ich schriebe ihm zurück: „Na ja, man sagt, dass die Männer, die Bodybuilding machen, damit etwas kompensieren wollen. Um es direkt zu sagen, es heißt, dass diese Männer einen kleinen Schwanz haben." Er schickte lauter tränenlachende Emojis zurück und schickte direkt noch eine zweite Nachricht hinten nach: „Wenn du willst, kann ich es dir ja beweisen." So kam es, dass er zu mir gekommen ist. Ich glaube, ich gebe ihm den Namen Bodybuilder, einen passenderen Namen würde ich sowieso nicht finden.

Der Bodybuilder war sehr groß und außerordentlich muskulös. Es war schon fast unnatürlich, wie er aussah, es hatte tatsächlich so ausgesehen, als ob ihm Beine aus den Schultern wachsen würden. Außerdem redete der Bodybuilder die ganze Zeit davon, dass er vorhatte, mittels Vermögensberatung Millionär zu werden. Charakterlich hatte er etwas und er brachte mich zum Lachen. Bei unserem ersten Treffen hatten wir Sex auf meiner Couch. Als wir auf der Couch so richtig zur Sache kamen, gab es auf einmal ein knacksendes Geräusch und die Couch bewegte sich. Später stellte sich heraus, dass wir an diesem Tag den Rahmen der Couch gebrochen hatten. Es war einfach nur komisch, war ja klar, dass wieder mal mir etwas Komisches und Peinliches passieren musste.

Warum ich vom Bodybuilder erzähle, hat folgenden Grund. Eine Woche, nachdem Spielberg mir seine total liebe und nette Nachricht geschrieben hatte, traf ich mich wieder mit dem Bodybuilder. Wir hatten wieder Sex und nachdem wir unmittelbar danach nebeneinander gelegen hatten, fingen wir an zu reden. Das war etwas ungewöhnlich, dass der Bodybuilder und ich nach dem Sex nackt dalagen und so richtigen Deep Talk betrieben. Er fragte, warum ich mich so lange nicht gemeldet hatte, und ich erzählte ihm alles über Spielberg.

Danach war meine verzweifelte Stimmung wieder zurück und ich sagte: „Ich weiß nicht. Vielleicht bin ich einfach keine Frau zum Verlieben. Der Bodybuilder sah mich an und verneinte meine Aussage und sagte: „Nein, das ist nicht wahr. Glaube, mir, irgendwann wird einer kommen und der wird sich in dich verlieben." Manchmal waren die Männer, die ich traf, sehr nett und lieb und sympathisch, so wie der Bodybuilder. Dies war auch das letzte von unseren Treffen. Mittlerweile hat er eine Frau und eine süße Tochter.

Nach dem Reinfall mit Spielberg und nachdem sich die letzten Monate nichts auf Parship ergeben hatte, hatte ich die Nase voll von Parship und ich war kurz davor, mein Profil zu löschen. Genau in dem Moment, als ich auf den Button „Profil löschen" drücken wollte, leuchtete auf einmal das Zeichen auf, dass ich ein neues Match hatte. Ich war neugierig und schaute mir sein Profil an. Wir hatten eine 85%ige Übereinstimmung, er war zwei Meter groß und blond. Es waren drei Argumente, die mich sehr neugierig gemacht hatten. Ich werde ihm den Namen Maximus geben, was der Größte bedeutet. Nun ja, der Größte war er nicht, aber er war zwei Meter groß, also passt der Name irgendwie.

Es war Samstagvormittag und wir hatten begonnen zu schreiben. Wir haben uns so weit gut verstanden und tauschten schnell die Handynummern aus, sodass wir über WhatsApp weiter kommunizieren konnten.

Maximus war witzig und charmant, das war erfrischend und angenehm. Ich kannte sowas nicht. Er schrieb mir, dass er mit seinem Vater an einem See war und sie dort segelten. Da er fast keinen Akku mehr hatte, passierte etwas, womit ich überhaupt nicht gerechnet hatte. Ich war mehr als nur überrascht, als ich die folgende Nachricht gelesen hatte: „Hey, mein Akku ist gleich leer, deswegen frage ich mal direkt. Willst du heute Abend mit mir essen gehen?". Ich konnte es nicht glauben. Da war endlich der Moment, auf den ich so lange gewartet hatte. Ich war aufgeregt und nervös. Ich schrieb ihm natürlich sofort: „Sehr gerne. Wo und wann magst du dich treffen?". Maximus schrieb mir, dass er mich um halb acht bei einem italienischen Restaurant ein paar Ortschaften weiter treffen würde und dann war auch schon sein Akku leer.

Ich kann es nicht glauben, hat er mich wirklich gefragt, ob ich mit ihm essen gehe.

Der Wahnsinn, endlich bekomme ich mein erstes richtiges Date.

Wie wird er wohl sein? Wie sieht er wohl in echt aus? Oh bitte, lass ihn genauso aussehen wie auf den Bildern.

Aber was mache ich, wenn wir keine Gesprächsthemen finden? Wie verhält man sich eigentlich auf einem richtigen Date?

Was soll ich denn nur machen?

Und was soll ich nur anziehen?

Ich war so nervös. Ich überlegte den restlichen Tag, was ich anziehen und wie ich mich schminken soll. Ich hatte keine Ahnung, was da auf mich zukommt, immerhin war das mein erstes richtiges Date und ich war schon zweiundzwanzig. Irgendwie hat mich die Situation auch dezent überfordert. Ich konnte es kaum noch erwarten und ausgerechnet jetzt verging die Zeit überhaupt nicht. Ich fuhr überpünktlich von zu Hause weg, damit ich ja rechtzeitig beim Restaurant ankommen würde.

Ich fuhr auf den Parkplatz des Restaurants und als ich abbog, hätte ich fast einen Mann angefahren, weil ich so nervös war. Ich ging zum Restaurant und hielt Ausschau nach dem zwei Meter großen, blonden und süßen Maximus. Ich wurde immer nervöser, ich war so nervös, dass mir schon schlecht war. Als ich die Eingangstür des Restaurants sah und sah, wer vor der Tür stand, blieb ich kurz geschockt stehen. Es war Maximus, er sah gut aus und dann bemerkte ich, dass er derjenige gewesen war, den ich fast über den Haufen gefahren hätte. Das hat ja schon einmal gut angefangen.

Oh Mann, oh Mann, oh Mann, oh Mann! Verdammt, bin ich nervös. Ich glaube, ich werde keinen Bissen herunterbekommen.

Ob er mich wohl hübsch finden wird? Ob er mich wohl zum Lachen bringen wird?

Ich frage mich, wieso ein Date im wahren Leben abläuft. Ob es wohl so ähnlich ist wie in den Filmen, die ich gesehen habe?

Die Begrüßung sah so aus, dass er mir einen Kuss auf die rechte Wange und einen Kuss auf die linke Wange gab. Dann passierte etwas, was mir noch nie passiert war, er hielt mir doch tatsächlich die Tür auf. Ich war beeindruckt. Das Restaurant, welches er sich ausgesucht hatte, war sehr schön. Es war wie in einem Film, es gab Kronleuchter, die glitzerten und funkelnd von der Decke hingen. Es gab sogar einen Klavierspieler, der in einer angenehmen Lautstärke spielte. Als wir zu unserem Tisch gekommen waren, kam mein Date dem Kellner zuvor und rückte mir den Stuhl zurecht. Das beeindruckte mich noch mehr. Ich konnte noch immer nicht fassen, dass ich endlich das Date bekommen hatte, von dem ich schon immer geträumt hatte. Wir saßen da, aßen unsere Pasta und tranken guten Rotwein. Wir redeten viel und lachten noch mehr. Ich wollte so sehr, dass ich ihm gefalle und er mich witzig findet. Die Nervosität verflog Gott sei Dank schnell und ich fühlte mich in seiner Gegenwart sehr wohl. Irgendwann kam der Kellner und bat uns zu zahlen. Nach einer kurzen Diskussion zahlte Maximus alles.

Ich kann nicht glauben, endlich habe ich ein richtiges und filmreifes Date. Und dann auch noch mit einem süßen, witzigen und tollen Mann. Ob er mich zum Abschied küssen wird? Ob ihm das Date genauso gut gefällt wie mir?

Ich hoffe, das endet nicht so wie mit Spielberg. Ich wünschte, dieser Abend würde niemals enden.

Habe ich einen Kaugummi in meiner Tasche?

Dann gingen wir nach draußen und auf dem Weg hinaus hielt Maximus mir wieder die Tür auf. Dann sah er mich an und sagte: „Ich werde dich nach Hause bringen. Du hast zu viel Alkohol getrunken und ich kann es nicht verantworten, wenn du noch mit dem Auto fährst.“ Ich lächelte ihn an und verstand sofort, worauf er wirklich hinauswollte. Aber ich sagte nichts, da Maximus der erste Mann war, der mir mein erstes richtiges Date gegeben hatte. Ich war es ihm wert, dass er mit mir richtig ausgeht. Ich war ihm also nicht peinlich. Nur so fürs Protokoll, ich habe im Restaurant gerade mal ein Glas Rotwein getrunken.

Bei seinem Auto hielt er mir wieder die Tür auf und wir fuhren in Richtung Stadt, also genau in die andere Richtung von dort, wo ich gewohnt habe. Ich hatte kurz Angst, bis er mich aufgeklärt hatte, dass wir in seine Wohnung fahren.

Als wir in seine Wohnung kamen, bemerkte ich, dass sie nicht nur schön war, sondern auch, dass er sehr ordentlich war. Bei seiner Küche war ein kleiner Barbereich, wo zwei hohe Stühle standen. Er bat mich, dass ich mich dahin setzen sollte und gab mir dann ein Glas Whisky. Wir redeten über alles und dann erzählte Maximus mir, dass er eine Vasektomie hatte und somit keine Kinder mehr zeugen konnte, aber er Sperma habe einfrieren lassen. Zugegeben, es ist ein sehr komisches und auch unromantisches Thema für ein erstes Date, aber ich hatte schon schrägere Unterhaltungen. Ich habe es nicht näher hinterfragt und meinte dazu nur: „Das ist toll. Ich habe sowieso mit dem Gedanken gespielt zu studieren und so müssen wir wenigstens nicht aufpassen." Nach einer gefühlt stundenlangen Unterhaltung begann ich mich innerlich zu fragen, warum er nicht den nächsten Schritt macht. Dann ging es los und mein üblicher Mindfuck hatte begonnen.

Warum hat er mich mit zu sich genommen?

Wieso küsst er mich nicht endlich? Gefalle ich ihm doch nicht? Wieso bin ich hier? Wann macht er endlich den ersten Schritt?

Soll ich den ersten Schritt machen?

Langsam wird es sehr seltsam. Habe ich Mundgeruch? Wann küsst er mich endlich?

Irgendwie dürfte Maximus meinen innerlichen Kampf mitbekommen haben, denn er fragte mich, ob ich vielleicht frische Luft schnappen wollen würde. Ich dachte, dass er mir seinen Balkon zeigen wollte, aber dann fügte er hinzu, dass er mir etwas Cooles zeigen wolle. Wir verließen seine Wohnung in Richtung Lift, im Lift drückte er eine Zahlenkombination und wir fuhren hinauf. Als wir ausgestiegen waren, bemerkte ich, dass wir auf der Dachterrasse des Hauses angekommen waren. Von dort oben war der Blick einfach unglaublich. Man konnte über die ganze Stadt schauen und es war eine sternenklare Nacht. Es war so schön, am liebsten wäre ich auf dieser Dachterrasse eingezogen. Sprich, ich hätte mir ein Zelt gekauft und hätte dort gecampt, so schön war der Blick. Ich war einfach hin und weg und als ich mir den Blick von der anderen Seite anschauen wollte, stand Maximus auf einmal neben mir. Ich lief also „zärtlich" in ihn hinein, aber das schien ihn nicht zu stören. Er nahm seine Hand und fuhr mit ihr über meine rechte Wange, dann strich er mein langes braunes Haar hinter meine Ohren. Gerade, als ich etwas sagen wollte, begann er mich zu küssen. Es war der perfekte Augenblick und definitiv der perfekte Ort. Ich spürte, dass ich auf einmal total entspannt wurde und mich fallen ließ. Ich genoss es. Er war ein Gentleman und er war derjenige, dem ich es wert war, um mir ein richtiges Date, wie man es in Filmen sah, zu geben.

Wie ihr euch sicher denken könnt, gingen wir dann zurück in seine Wohnung und hatten Sex. Er dauerte nicht lange, da er schon etwas länger Single war, aber es hatte mich nicht gestört. Wir kuschelten und ich schlief in seinen Armen ein. Es war eine wunderschöne Nacht, und ich kann mich an alles erinnern. Ich fühlte mich geborgen und sicher in seinen Armen. Dieses Gefühl hatte ich noch nie bei einem Mann. Gut, ich hatte auch noch nie wirklich mit einem Mann gekuschelt.

Ich kann nicht glauben, dass mir das passiert.

Ist er vielleicht der eine? Ist er mein Prinz? I

ch fühle mich wohl in seiner Gegenwart. So etwas habe ich noch nie erlebt. Noch nie habe ich mich bei einem Mann so wohlgefühlt.

Am nächsten Tag brachte er mich zu meinem Auto und wir vereinbarten, dass ich montags nach der Arbeit wieder zu ihm kommen würde, um ihm etwas zu kochen. Ich gab ihm noch einen Abschiedskuss. Ich musste mich leider beeilen, da für diesen Tag ein Mittagessen mit meiner kleinen Schwester und meinem Vater geplant war. Ich fuhr also los und kam ein paar Minuten nach meinem Vater zu Hause an. Da sich meine Wohnung im Keller meines Elternhauses befand, wusste meine Mutter, dass ich diese Nacht woanders verbracht hatte. Ich habe ihr dummerweise erzählt, dass ich ein Date habe, und das hat sie meinem Vater auch erzählt, als er auf mich gewartet hatte.

Ihr könnt euch ja denken, was meine Eltern für Fragen gestellt haben. Wer ist er? Was macht er? Wie heißt er? Wie alt ist er? Ich wurde von meinen Eltern verhört. Und es wurde immer schlimmer, vor allem, nachdem ich begonnen hatte, mich immer öfter mit ihm zu treffen.

17

Happy ever after?

Ich war so glücklich und löschte alle meine Profile. Ich genoss die Zeit zu zweit mit Maximus. Es blieb nicht nur bei diesem perfekten Date. Einmal waren wir bei einem Mexikaner essen und ein anderes Mal im Kino. Es stellte sich heraus, dass wir unglaublich gerne ins Kino gingen. Als „The Greatest Showman" herauskam, wollte ich den Film unbedingt anschauen. Irgendwie hatte ich es geschafft zu vermeiden, dass er sich den Trailer von dem Film ansieht. Als wir im Kino waren und der erste Song lief, schaute er mich an, grinste und fragte: „Singen die jetzt die ganze Zeit?". Ich verkniff mir das Lachen, aber ich muss sagen, dass er den ganzen Film anschaute und sich danach nicht beschwerte, weil ich ihn in diesen Film geschleppt hatte. Es fühlte sich tatsächlich an wie eine Beziehung, ich war jeden zweiten Tag bei ihm in der Wohnung und kochte für ihn. Er konnte nicht kochen und in seinem Kühlschrank befanden sich immer nur Naturjoghurt, Schinken, Käse, Philadelphia, Liptauer und manchmal sogar ein Innocent-Saft und Sushi vom Vortag. Warum ich das so penibel aufzähle, hat einen Grund, aber die Erklärung kommt später.

Die erste Zeit mit ihm war einfach wundervoll. Ich kochte gerne für ihn. Mir geht es heute noch so, dass ich es toll finde, für andere zu kochen und ich es hasse, wenn ich für mich alleine kochen muss. Der Sex mit ihm war sehr angenehm und ich hatte nicht wirklich etwas, worüber ich mich beschweren konnte. Manchmal hatte er einfach nur ein blödes Timing, was gewisse Meldungen angeht. Als wir mal Sex hatten und ich kurz davor war zu kommen, sagte ich: „Oh mein Gott, ich komme." Er lachte und sagte darauf: „Du, Maximus reicht vollkommen." Ich begann so heftig zu lachen, dass wir den Sex abbrechen mussten.

Eine Zeit lang fühlte sich alles perfekt an und ich hatte das Gefühl, endlich angekommen zu sein. Ich konnte mich Maximus gegenüber öffnen und einfach ich selbst sein. Doch es dauerte nicht lange, bis die ersten Probleme auftauchten. Eines Abends hatte ich wieder mal diesen besonderen Hunger. Ich und meine Freundinnen waren an diesem Abend im Kino und hatten uns den dritten Teil von „Fifty Shades of Grey" angeschaut. Ich war wirklich geil und sogar justiert (justiert = der Zustand, in dem meine Vagina, meine Beine und meine Achseln glattrasiert waren). Ich erinnerte mich, dass meine beste Freundin mir ein interessantes Geburtstagsgeschenk von Amorelie bestellt hatte, bei dem Geschenk waren schwarze und seidene Augenbinden dabei, mit denen man auch die Hände fesseln konnte. Ich erinnerte mich ebenfalls daran, dass dieses Geschenk bei Maximus in der Wohnung war. Netterweise brachte mich meine beste Freundin zu ihm. Ich ging rauf in seine Wohnung und ging sofort ins Bad. Währenddessen räumte Maximus gerade den Geschirrspüler aus. Als ich aus dem Badezimmer kam, hatte ich nur noch einen schwarzen Spitzenslip an. In meiner rechten Hand hatte ich diese schwarzen seidenen Augenbinden. Ich ließ diese Dinger über seine Schulter streifen. Er drehte sich um, dann musterte er mich von oben bis unten, grinste mich an und fragte, was ich vorhatte. Ich sah ihn an und meinte daraufhin: „Na ja, ich dachte, du solltest mal wieder deine Segelknoten üben." Er musterte mich nochmals von oben bis unten und antwortete dann: „Ich knote heute fix nichts mehr. Ich gehe schlafen. Gute Nacht. „." Dann ließ er mich einfach stehen und ging schlafen. Das war nicht so das berauschende Gefühl.

Im Großen und Ganzen fühlte ich mich in seiner Gegenwart wohl und wollte den nächsten Schritt wagen. Ich wollte, dass er meine beste Freundin und ihre andere beste Freundin kennenlernt. Er dachte am Anfang, dass es sich bei dem Treffen um einen reinen Mädelsabend handelt und ich klärte ihn dann auf, dass es sich hierbei um ein erstes Kennenlernen handelt. Nach einer etwas längeren Diskussion raufte er sich zusammen und kam mit. Da hätte ich es schon merken müssen.

Wir waren die meiste Zeit nur zu zweit, und hier und da, wenn ich ihn überreden konnte, unternahmen wir etwas mit meiner besten Freundin. Ansonsten waren wir nur bei ihm und ich sah ihm die meiste Zeit beim Zocken zu. Er liebte es zu zocken, so wie er nach der Arbeit zu Hause war, setzte er sich zum PC oder drehte seine Playstation auf. Nur der Ruf der Natur oder der Geruch von Essen konnte ihn von den beiden Sachen wegbringen. Wenn er einmal zockte, bekam er es nicht einmal mit, dass ich komplett nackt war, wenn ich ihm ein Glas Wasser hinstellte. Glaubt mir, ich habe das mehrmals probiert.

An einem Wochenende hatten wir gutes Wetter und deswegen fuhren wir zum Segeln an den See. Dort angekommen, stellte er mir, nach bereits vier Monaten Beziehung, endlich seinen besten Freund und dessen Freundin vor. Es gab nur eine Sache, die mich daran gewaltig störte. Es lag an der Art, wie er mich den beiden vorstellte, er sagte: „Conny, das sind mein bester Freund und seine Freundin. Ihr beiden, darf ich vorstellen, das ist Conny, eine Bekannte von mir."

Wie bitte? Bekannte? Ich dachte, wir sind seit vier Monaten ein Paar? Was soll das? Warum macht er sowas? Hält er mich wirklich nur für eine Bekannte?

Eine Bekannte, die er flachlegen kann und die für ihn kocht?

Habe ich mich wirklich so in ihm getäuscht? Ich dachte, wir sind zusammen.
Wie blöd kann man sein?

Der Nachmittag war trotzdem angenehm. Ich versuchte mir nicht anmerken zu lassen, wie sehr mich das verletzt hatte. Meine rosarote Brille bekam an diesem Tag einen Sprung. Nach und nach merkte ich, dass er kein Interesse daran hatte, Zeit mit meinen Freunden zu verbringen und da er selbst mit zwei Familien aufgewachsen war, hatte er kein Interesse an einer dritten Familie. Das hatte er mir mal während einer Diskussion gesagt. Ich bin mit drei Familien aufgewachsen und hatte trotzdem Interesse an seiner Familie, aber er nicht an meiner? Ich ging auf jede Familienfeier, die in der Zeit, als wir zusammen waren, veranstaltet wurde, allein hin. Dank meiner Mutter wussten natürlich alle davon und ich konnte mir immer wieder dieselben Fragen anhören. Wo ist dein Freund? Wann lernen wir ihn endlich kennen? Wieso ist er heute nicht mitgekommen? Sollen wir ihm ein Stück Kuchen einpacken? Schon seltsam, dass er nicht mitkommt, oder sind wir dir etwa peinlich? Selbst auf die Hochzeit von guten Freunden von mir ließ er mich allein hingehen, weil er lieber zu Hause bleiben und zocken wollte. Zu allem Überfluss fing ich auf dieser Hochzeit sogar den Brautstrauß. Ich war so perplex, als ich dieses Ding fing, dass mir partout mein Name nicht einfallen wollte. Und dann kam auch noch die Frage, ob es einen Mann dazu gibt. In diesem Augenblick wäre ich am liebsten im Boden versunken. Es ist eine Sache, als Single bei einer Hochzeit zu sein und dann auch noch an einem Tisch mit lauter Paaren zu sitzen. Versteht mich nicht falsch, diese Situation ist scheiße, das weiß ich aus Erfahrung. Aber noch beschissener ist es, wenn man eigentlich in einer Beziehung ist und dann auf einer Hochzeit ist und an einem Tisch voller verliebter Paare sitzt, während dein Freund lieber zu Hause geblieben ist, um Videospiele zu spielen. Es war irgendwie enttäuschend und erniedrigend. Nicht nur, dass meine rosarote Brille, welche bereits einen Sprung hatte, zu bröckeln begann, nein, sie zerbrach. Diese ganze Situation belastete mich so sehr, dass es mir langsam, aber sicher auf den Magen schlug und ich einfach nicht mehr konnte. Kurz kam in mir Hoffnung auf, als er zugesagt hatte, mit mir, meinen Schwestern und deren Freunden ins Kino zu gehen und einen Tag nachher stellte er mir seine Mutter vor. Zu diesem Zeitpunkt waren wir schon zehn Monate zusammen. Doch es dauerte nicht lange und er verfiel wieder in seine alten Muster. Ich versuchte hier und da, es anzusprechen. Ich wollte, dass er weiß, dass es mich stört, wenn er vergisst, dass wir etwas geplant hatten bzw. geplant war, dass ich zu ihm komme. Das lag wahrscheinlich daran, dass er ein bisschen zu viel Gras rauchte. Ich sagte Maximus auch, dass es mich störte, dass er nie zu mir kam und er nichts mit meiner Familie und meinen Freunden zu tun haben wollte. Ich erwähnte ebenfalls, dass es mir langsam total auf den Magen schlägt. Jedes Mal, wenn ich versuchte, es anzusprechen, wirkte Maximus total genervt und sagte dann nur: „Ich bin, so wie ich bin und wenn es dir nicht passt, kannst du ja gehen."

Nach elf Monaten Beziehung konnte ich nicht mehr und ging am Montagabend nach einer Firmenfeier zu ihm. Ich hatte mir vorgenommen, mit ihm zu reden, ich wollte, dass wir einen Kompromiss finden, mit dem wir beide leben hätten können. Ich setzte mich also neben ihn auf die Couch. Er war gerade dabei, sein neuestes Zockerzubehör auszupacken und trank nebenbei ein Bier. Ich setzte mich also neben ihn hin und sagte: „Ich kann so nicht weiter machen." Noch bevor ich irgendetwas sagen konnte, stand er auf, trank sein Bier aus und sagte: „Soll ich dir beim Packen helfen?".

Wie bitte? Hat er mich gerade ernsthaft gefragt, ob er mir beim Packen helfen soll? Was soll das? Bedeute ich ihm so wenig? Ist ihm die ganze Zeit, die wir miteinander verbracht haben, nichts wert?

Wieso will er mir kein bisschen entgegenkommen? Hat er überhaupt irgendwann mal irgendwas für mich empfunden?

Wieso tut er mir das an? War ich wirklich so blind?

Ich war geschockt, anscheinend war ich ihm wirklich nichts wert, genauso wie die gemeinsamen elf Monate nichts für ihn wert waren. Ich verneinte seine Frage und begann meine Sachen zusammenzusuchen. Als wir bei der Wohnungstür standen und ich ihm gerade seinen Wohnungsschlüssel zurückgeben wollte, fragte ich ihn: „Kannst du mich bitte nochmal umarmen?". Er schaute mich an und antwortete: „Wieso? Glaubst du leicht, dass es dann besser wird?". Ich verneinte es und sammelte alle meine Taschen zusammen. Als er die sah, bot er an, mich mit seinem Auto zu meinem Auto zu führen, welches weiter weg in einer Tiefgarage geparkt war. Am Weg dorthin wechselten wir nur ein paar Worte. Ich musste mich stark zusammenreißen, als ich ihm sagte: „Ich wollte dich nicht verlieren.", und er dann darauf sagte: „Du hast mich nicht verloren." Ich verstand nicht, was er damit sagen wollte, immerhin hatte er gerade mit mir Schluss gemacht, also was soll das jetzt. Ich hatte ihn in dem Moment verloren, als er mich fragte, ob er mir beim Packen helfen soll.

Beim oberirdischen Eingang der Tiefgarage angekommen, stieg ich aus seinem Auto aus und als er weg war, setzte ich mich auf eine Parkbank, die neben dem Eingang war.

Mir schossen die Tränen in die Augen und ich rauchte mehrere Zigaretten, bis ich mich stark genug fühlte, um mit dem Auto nach Hause zu fahren. Ich war am Boden zerstört und dieser Tag bzw. diese Situation machte mich nur fertig. Für mich war dieser Tag schrecklich, für andere war dieser Tag ein Freudentag.

Alle waren froh, als sie hörten, dass wir uns getrennt hatten. Wobei ich noch immer nicht verstanden hatte, was genau da passiert war. Im Nachhinein muss ich sagen, dass ich unser Trennungsgespräch witzig finde, in der Situation war es nicht witzig, aber jetzt schon. Da ich kurz vor meiner Trennung meine langen braunen Haare abgeschnitten hatte und ich nicht noch kürzere Haare wollte, beschloss ich, mir ein paar Piercings im Ohr stechen zu lassen. Da dies nicht den gewünschten Effekt hatte, beschloss ich, der Freiwilligen Feuerwehr bei mir im Ort beizutreten. Das wiederum half mir sehr, ich muss aber auch sagen, dass mich meine Kameraden schon Jahre lang versucht hatten zu überreden beizutreten.

Eine Woche nach unserer Trennung wollte Maximus mit mir reden. Da ich sowieso etwas in seiner Wohnung vergessen hatte, fuhr ich zu ihm nach Hause. Er machte mir die Tür auf und ich sah, wie fertig er war. Er sah ganz anders aus als an dem Abend, als er sich von mir getrennt hatte. Maximus sah müde aus und seine Augen waren rot und geschwollen. Wir saßen in seiner Küche und er trank Whiskey, als er zu mir sagte: „Du fehlst mir, ich weiß, dass ich nie wieder so eine Frau wie dich finden werde. Ich wollte dir an meinem Geburtstag sagen, dass ich dich liebe. Ich will dich wieder zurückhaben. Bitte gib mir eine Chance, ich werde mich ändern."

18
Aufgewärmt schmeckt nur Gulasch gut!

Ich glaube, ihr wisst anhand der Kapitelüberschrift schon, worum es in dem folgenden Kapitel geht. Es waren ein paar Monate nach der Trennung von Maximus und mir vergangen, und aus irgendeinem Grund, der mir bis heute nicht ganz klar ist, hatten wir wieder begonnen miteinander zu schreiben. Es dauerte nicht lange, bis wir auch wieder begonnen uns zu treffen. Die Treffen waren schön und unkompliziert. Ich erzählte nur meiner besten Freundin davon. Ich versuchte, alles locker auf mich zukommen zu lassen. Es war so schön wie damals, als meine rosarote Brille noch keinen Sprung hatte und einwandfrei funktioniert hatte. Ich versuchte, es zu genießen.

Eines Tages war ich wieder einmal bei ihm, und ich wollte mir einen Saft aus dem Kühlschrank nehmen. Ich machte die Kühlschranktür auf und sah etwas, was sich normalerweise nicht darin befinden würde. Wenn ihr euch noch erinnern könnt, waren in seinem Kühlschrank immer Naturjoghurt, Schinken, Käse, Philadelphia, Liptauer und manchmal sogar ein Innocent-Saft. Ich war sehr lange mit ihm zusammen, deswegen wusste ich einfach, was er einkauft. Er lebte von diesen Lebensmitteln und Lieferando. Ich machte also die Tür auf und sah Erdbeeren. Ich fand es sehr komisch, aber viel dachte ich mir dabei nicht und sagte: „Ah, war deine Mama wieder mal da? Wie geht's ihr?". Er antwortete sofort: „Nein, Marcia war zum Brunchen da." Ich taufe sie Marcia, weil es die Geliebte bedeutet. Erklärung folgt sogleich.

Auch wenn ich ihn in diesem Moment nicht sehen konnte, hörte ich, dass er diesen Satz bereits bereut hatte. Als ich die Kühlschranktür schloss, sah ich, dass er sich mit der Hand auf den Kopf geschlagen hatte. Ich war geschockt und wusste nicht, was ich jetzt machen sollte. Ich sah ihn an und fragte: „Marcia? Wer ist sie? Und bitte sag mir, dass du zumindest ein Kondom verwendet hast?“. Er sagte darauf nur: „Wir haben ja keine Beziehung, also bin ich auf Tinder und nein, ich verwende kein Kondom bei Marcia. Du bist doch sicherlich auch wieder auf den Apps unterwegs, oder?“.

Das kann doch nicht sein Ernst sein!

Ja, es war was Lockeres, aber ich dachte, er will mich wieder zurück! Wieso macht er das?

Er will mich doch verarschen? Und dann verwendet der Idiot kein Kondom, was soll das? Ist er wirklich so leichtgläubig?

Ich war so wütend, dass ich lauter wurde und sagte: „Bist du verrückt, wieso verwendest du kein Kondom bei ihr? Ich habe keine Lust, wegen irgendeiner Dahergelaufenen eine Geschlechtskrankheit zu bekommen. Nein, ich bin auf keinen Apps mehr, ich habe alles gelöscht, als wir zum ersten Mal zusammengekommen sind.“ Die einzige Information, die sein Hirn in diesem Augenblick wahrgenommen hatte, bezog sich auf das Thema Verhütung, denn er sagte darauf: „Du hast ja keine Ahnung, wie prüde Marcia ist. Ich musste sie dreimal auf ein Date einladen, bevor ich mit ihr schlafen konnte, also kannst du beruhigt sein. Sie ist nicht so wie du.“ Der letzte Teil seines Satzes hatte mich sehr getroffen und sprachlos gemacht und es hatte mir außerdem gezeigt, was er wohl wirklich über mich dachte. Ich sah ihn ein paar Minuten lang an und sagte dann: „Weißt du was, ich habe keine Lust darauf, entweder sie oder ich.

Ich werde jetzt nach Hause fahren und dann kannst du darüber nachdenken und eine Entscheidung treffen."

Eine Woche später fuhr er mit seinem Vater in einen Segelurlaub. Am Tag, bevor er wegflog, trafen wir uns noch einmal. Ich hatte eigentlich die Hoffnung, dass er bereits eine Entscheidung getroffen hatte. Aber dem war nicht so und nein, ich hatte bei diesem Treffen keinen Sex mit Maximus. Sein Urlaub sollte zwei Wochen dauern und nach einer Woche rief er an. Maximus erzählte mir, wie sein Urlaub war und was sie nicht alles gesehen und unternommen hatten. Da ich schon etwas ungeduldig war, fragte ich ihn: „Hattest du schon Zeit nachzudenken?". Er antwortete: „Nein, noch nicht. Das ist alles nicht so einfach." Ich sagte darauf: „Ich finde schon, dass es einfach ist. Du musst einfach überlegen, wer von uns beiden dir wichtiger ist." Nach einer kurzen Pause sagte er: „Du bist mir wichtig, Conny, deswegen habe ich dich ja als erstes angerufen."

Hat er diesen Satz jetzt wirklich gebracht? Er hat mich als erstes angerufen? Was soll das? Warum habe ich ihm das Ultimatum gestellt? Will ich ihn überhaupt noch haben, nach allem, was war?

Wäre die Beziehung dann anders als die erste, die wir hatten?

Wie wird er sich wohl entscheiden?

Ich sagte zu Maximus, dass ich ihm das nicht ganz glaube und er genauso gut Marcia erzählt haben könnte, dass er sie als erstes angerufen hatte. Ich legte dann auf und beschloss, mich nicht mehr bei ihm zu melden. Zwei Wochen danach meldete er sich und sagte mir, dass er sich für Marcia entschieden hatte und er mit mir befreundet, sein wolle. Irgendwie war ich sehr erleichtert, als er mir das gesagt hatte. Ich hatte innerlich schon lange mit ihm abgeschlossen und ich wusste, dass er mir nie das geben kann, was ich will und brauche. Ich hatte in der Zeit, als er auf Urlaub war, sehr viel über unsere Beziehung nachgedacht. Beziehungen sollten immer aus einem Gleichgewicht des Gebens und Nehmens bestehen und das auf beiden Seiten. Bei uns war es so, dass ich immer gegeben und er immer genommen hatte. Des Weiteren, war mir aufgefallen, dass wir diese Beziehung aus den falschen Gründen eingegangen waren. Ich war in diese Beziehung gegangen, weil ich unbedingt mal eine Beziehung haben wollte. Ich war Anfang zwanzig und ich dachte mir, dass es an der Zeit wäre. Er wiederum hatte mich wahrscheinlich glauben lassen, dass es eine Beziehung ist, damit er seine Ruhe hat und er weiterhin von mir bekocht wurde und seine Wohnung geswiffert wurde und er mich vögeln konnte. Im Endeffekt könnte man sagen, dass ich sowas wie eine bessere Hausangestellte mit extra Leistungen war. Als ich weiter nachdachte, war ich froh über seine Entscheidung und dann kam mir meine Oma in den Sinn, die immer sagte: „Aufgewärmt schmeckt nur ein Gulasch gut." Ich würde mal sagen, dass dieses Sprichwort eindeutig wahr ist. Mehr ist dem Ganzen nichts mehr hinzuzufügen.

Mittlerweile weiß ich, dass Marcia und Maximus seit ein paar Jahren ein Paar sind. Anscheinend sind sie glücklich und leben zusammen. Er hat Marcia sogar seiner Mutter vorgestellt. Woher ich das weiß? Maximus und ich hatten Kontakt, ich erzählte ihm von dem Buch und so kamen wir ins Gespräch. Keine Sorge, wir haben nichts miteinander angefangen, ist nicht ganz mein Stil. In dem Gespräch erzählte er mir außerdem, dass Marcia von dem allen nichts gewusst hat. Sie wusste nicht, dass ich zu der Zeit, wo sie etwas mit Maximus angefangen hat, auch noch aktuell war. Schon komisch, ich glaube, dass sie ihm von Anfang an mehr bedeutet hat. Ich glaube, dass er sich für Marcia entschieden hätte, auch wenn ich ihm kein Ultimatum gestellt hätte.

19
Was willst du mir sagen?

Die erste Zeit nach meiner „Beziehung“ wollte ich bewusst für mich allein sein. Mir wurde klar, wie sehr mir das Zusammensein mit diesem Mann zugesetzt hatte, sowohl psychisch als auch physisch. Ich wollte diese Zeit nutzen, um mich selbst zu kümmern, damit ich mit allem abschließen konnte. Ich wollte mir einfach sicher sein, dass ich auch allein sein kann und nicht zu einer dieser Individuen werde, die ohne Partner aufgeschmissen sind und von einer Beziehung in die nächste gehen. Ich bin mit einem solchen Individuum aufgewachsen, es war mein Vater. Ich kenne meinen Vater nicht als Single, nach der Scheidung stolperte er von einer Beziehung in die nächste. Ich wollte nicht genauso handeln wie er, also blieb ich allein. Versteht mich nicht falsch, ich nehme es meinem Vater nicht übel, dass er so gehandelt hat, er brauchte einfach jemanden, damit er die schweren Zeiten in seinem Leben durchstehen konnte. Mittlerweile verstehe ich mich super mit meinem Vater und er hat jemanden ganz besonderen gefunden. Sie ist einfach toll, sie hat ihm geholfen alles zu verarbeiten und sie hat ihm geholfen, damit er innerlich zur Ruhe kommt. Also beschloss ich mir die Zeit zu nehmen und alles zu verarbeiten. Durch die freiwillige Feuerwehr hatte ich immer etwas zu tun und immer viel Spaß. In dieser Zeit hatte ich keine Apps auf meinem Handy, da ich kein Interesse am Daten hatte und die Lust auf „One night stands“ war nicht vorhanden. Ich fing langsam an, mich zu erholen.

Ich hatte Geburtstag und eine sehr gute Freundin und ihr Mann hatten mir einen Städtetrip geschenkt. Ein Freund vom Mann meiner Freundin war dort zu einem Event eingeladen, wo er geehrt wurde und er durfte noch ein paar Leute einladen. Ich werde ihm den Namen Celestino geben, was der Himmlische bedeutet. Bevor ihr jetzt auf falsche Gedanken kommt, nein, er bekommt nicht den Namen, weil er mein Traummann ist, der vom Himmel gefallen ist. Er bekommt den Namen, weil er beruflich mit Flugzeugen zu tun hat und Flugzeuge bringen einen dem Himmel näher, also finde ich den Namen sehr passend.

Wir teilten uns zusammen eine Wohnung, welche wir über die Plattform Airbnb gebucht hatten. Am Abend, nachdem wir auf dem Event gewesen waren, gingen wir noch in eine Bar. Celestino war gut gelaunt und setzte sich neben mich. Wir saßen beim Tresen und er fragte mich: „Darf ich dich auf ein Bier einladen?". Ich fand diese Frage sehr seltsam, da kurz, bevor er gefragt hatte, der Barkeeper mitgeteilt hatte, dass es Freibier gäbe.

Trotzdem hätte jede normale Frau seine Frage mit Ja beantwortet, selbst, nachdem sie die Information gehabt hätte, dass das Bier gratis sei. Aber ich bin definitiv nicht normal, so wie es scheint. Ich sagte stattdessen Folgendes: „Danke, aber dir ist klar, dass das Bier gratis ist?". Celestino lachte und dann fragte er: „Ich habe gehört, du bist Single. Wie lange bist du schon allein?". Nicht gerade die Frage, die jemand ohne Partner gerne hört und ebenso ungern beantwortet. Ich sagte ihm daraufhin, dass ich schon eineinhalb Jahre Single sei. Er sah mich verwundert an und dann fragte er: „Das ist aber ganz schön lange. Warum bist du schon so lange allein?". Diese Frage kam mir ziemlich seltsam vor. Auch hier hätte jede normale Frau etwas gesagt wie, „Ich habe mich auf meine Arbeit konzentriert", oder „Ich habe eine sehr zeitintensive Ausbildung gemacht", oder „Ich wollte die Zeit für mich allein haben".

Irgendetwas in diese Richtung hätte eine normale Frau auf diese Frage geantwortet.

Aber wie wir mittlerweile schon alle wissen, bin ich alles andere als normal. Deswegen antwortete ich Folgendes mit einem gelangweilten Gesicht: „Ich wollte nicht so werden wie mein Papa." Ungelogen, ich habe wirklich diesen Satz gesagt. Wie ihr euch sicher denken könnt, schaute Celestino mich sehr verwundert an und fragte nach, wie ich das genau meine. Ich erklärte ihm genau das Gleiche wie euch vorhin. Ich sagte Celestino dann nach der Erklärung, wieso ich meinen Vater ins Spiel gebracht hatte, etwas, was ich vielleicht am Anfang hätte erwähnen sollen. Statt des Satzes, den ich stattdessen gesagt hatte. Ich sagte, dass ich bewusst allein sein hatte wollen. Celestino fragte mich regelrecht über alles aus. Ich hatte aber Kopfschmerzen und war müde, deswegen freute ich mich, als meine Freundin meinte, dass sie und ihr Mann wieder in die Unterkunft gehen würden. Ich sprang auf und wollte los. Celestino meinte, dass ich noch bleiben könnte, aber ich sagte ihm, dass ich Kopfschmerzen habe und lieber schlafen gehen wolle.

Eine Woche später traf ich mich mit Freundinnen. Wir waren am Weg zu einer Bar, um uns einen wohlverdienten Spritzer zu gönnen. Unter diesen Freundinnen war auch die eine Freundin, mit der ich auf diesem Städtetrip war. Am Weg zu dieser Bar fragte sie mich: „Sag, was hast du mit Celestino angestellt?". Ich war überrascht und wusste nicht, was sie meinte, was ich ihr dann auch sagte. Sie antwortete dann: „Er hat meinem Mann erzählt, dass er mit dir geflirtet hat und du total kalt und abweisend zu ihm warst. Mein Mann meinte noch zu mir, dass er Celestino noch nie so offensiv flirten gesehen hatte." Ich blieb stehen und schaute sie mit aufgerissenen Augen an. Meine Freundinnen blieben auch stehen und fragten: „Conny, was hast du? Ist alles in Ordnung?". Ich nickte und sagte dann: „Wie, er hat mit mir geflirtet? Echt jetzt? Oh, nein, ich wusste das nicht." Meine Freundinnen schauten mich entsetzt an und begannen zu lachen. Dann erzählte ich ihnen von unserer Unterhaltung in der Bar. Sie bekamen einen Lachanfall, als sie den Teil hörten, in dem ich meinen Vater erwähnt hatte. Ich dachte mir, dass ich es beim nächsten Mal sicher merken würde, wenn ein Mann mit mir flirtet.

Es vergingen wieder ein paar Monate und es war Dezember. Die jährliche Firmenweihnachtsfeier im Büro stand an. Die Feier war eigentlich sehr unspektakulär und es gab wie immer Grüppchen, die sich gebildet hatten. Als ich mir etwas zu trinken holen wollte, traf ich auf einen Kollegen, der bei der IT war. Wir hatten nicht oft etwas miteinander zu tun, da er in einem anderen Stockwerk arbeitete. Wir begannen, uns nett zu unterhalten. Ich glaube, dass ich ihm einfach den Namen IT geben werde, ich glaube, dass Warum erklärt sich von selbst. Es dauerte nicht lange, bis wir eine Gemeinsamkeit entdeckten. Wir standen beide total auf Filme, also redeten wir den restlichen Abend darüber. Wir hatten beide eine Schwäche für ältere Filme. Ein paar Tage später begannen wir über Skype for Business zu schreiben. Es war angenehm und Freunde auf der Arbeit zu haben ist immer eine gute Idee. Nach Weihnachten wechselten wir auf WhatsApp, es war schön, mit ihm zu schreiben. IT war auch definitiv einfacher in der Handhabung als Mr. Blowjob. Bis ich folgende Nachricht bekam: „Sag, wann magst du denn mal einen Filmabend machen? Du kannst zu mir kommen und ich mache dir dann eine Pizza." Ich war geschockt und war mir nicht sicher, was diese Nachricht bedeuten würde.

Wie meinte er das? Ist das ein Date? Oder ein freundschaftliches Treffen?

Bin ich wirklich so blöd und merke nicht, wenn man mit mir flirtet?

Was soll ich nur tun? Ich will nicht, dass es wieder genauso endet wie mit Mr. Blowjob.

Will ich das überhaupt? Will ich ihn überhaupt?

Da mir mein Mindfuck nicht weitergeholfen hatte, ging ich zu einer Kollegin. Ich wusste, dass sie nie ein Wort darüber verlieren würde bzw. hatte ich es gehofft. Also fragte ich sie, ob IT mit mir flirten würde. Sie las sich die Nachricht durch und meinte dann: „Oh ja und wie er mit dir flirtet. Oh, wie cool wäre das, wenn ihr zwei zusammenkommen würdet. Dann könnten wir Doppeldates machen, mein Verlobter und IT verstehen sich nämlich total gut. Er ist wirklich ein Mann fürs Leben." Das alles waren mehr Informationen als ich wollte und die mein Hirn verarbeiten konnte. Ich war sehr verwirrt, da es mir schon wieder passiert war. Ich hatte schon wieder nicht kapiert, dass ein Mann mit mir geflirtet hatte.

Ich überlegte lange, aber nach allem, was ich mit Mr. Blowjob durchgemacht hatte, wollte ich es nicht riskieren. Also sagte ich IT, dass ich der Meinung war, dass es keine gute Idee wäre. Er respektierte meine Entscheidung.

Mir wurde klar, dass ich es anscheinend nicht verstehe, wenn Männer mit mir flirten. Ich wusste aber nicht so recht, wie ich das ändern sollte. Bis heute frage ich mich, ob es ein Fehler war, IT abzuweisen.

20

Mehr als ein Klassentreffen

Da ich unfähig war zu flirten und mir klar wurde, dass ich so nie im echten Leben jemanden finden würde, beschloss ich, mir wieder eine Dating-App herunterzuladen. Ich swipte vor mich hin, bis ich auf einmal jemanden gesehen hatte, der mir bekannt vorkam. Nein, es war keiner, mit dem ich schon einmal ein Date hatte. Es war jemand, mit dem ich im Gymnasium in derselben Klasse gewesen war. Ich hatte ihn süß gefunden. Zugegeben, damals in der Schule dachte ich immer, dass er mich für zu unintelligent gehalten hatte, und wir waren in sehr unterschiedlichen Cliquen. Ich swipte nach rechts und ich konnte nicht glauben, was als Nächstes auf meinem Bildschirm erschien. Mein Bildschirm leuchtete auf und zeigte an, dass wir ein Match waren.

Ich taufe ihn auf den Namen Justus, was der Gerechte bedeutet. Der Name passt zu ihm, da er Polizist ist und nebenbei Rechtswissenschaften studiert. Aber was soll man jemandem schreiben, den man schon zehn Jahre lang nicht mehr gesehen hatte und damals nicht viel mit ihm geredet hat? Nach langem Überlegen entschied ich mich für: „Na, wie geht's? Schon lange nicht mehr gesehen." Es dauerte nicht lange, bis ich eine Antwort von ihm bekam.

Ein paar Tage später kam Justus zu mir in die Wohnung. Nachdem wir kurz geredet hatten, begannen wir auch schon damit uns zu küssen. Dann zogen wir uns aus und hatten Sex. Ich saß auf ihm und gab mein Bestes, an diesem Abend war ich froh, dass ich früher reiten war. Der Sex war gut und nachdem er gekommen war, ging ich von ihm runter und legte mich neben ihn auf die Couch. Sowie ich von Justus runter war, wurde dieses Treffen etwas seltsam. Er fing an zu reden, was ja an sich nicht so schlecht ist. So weiß man schließlich, dass sie noch am Leben sind. Das Problem war eher das, was er gesagt hatte. Wir lagen also nackt nebeneinander, unmittelbar nach dem Sex, als Justus anfing von einer anderen Frau zu reden. Er schwärmte regelrecht von ihr und man sah in seinen Augen ein Funkeln. Als ich ihn fragte, ob er in sie verliebt war, schaute er mich an und sagte: „Ja, eigentlich wäre ich gerne mit ihr zusammen, aber das wird wohl nie was. Ich weiß, ich sollte dir das nicht erzählen." Er hatte nicht unrecht, Justus hätte mir das nicht erzählen sollen. Jede andere Frau hätte ihn wahrscheinlich vor die Tür gesetzt und sich nie wieder bei ihm gemeldet. Ich blieb neben ihm sitzen und hörte ihm zu, als er wieder anfing von ihr zu reden.

Sicher, ich kam mir dezent blöd, immerhin lag ich noch immer nackt neben ihm. Aber irgendwie schaltete sich mein Kopf in diesem Moment aus und mein Helfersyndrom schaltete sich ein. Schräge Kombination, ich weiß, aber so war es. Ich fragte ihn, warum es mit ihr nichts werden würde, und schlug ihm verschiedene Sachen vor, was er nicht probieren könnte, um bei ihr zu landen. Justus war nicht gerade empfänglich für meine Vorschläge, aber das lag wahrscheinlich daran, dass er sehr pessimistisch veranlagt war. Woher ich weiß, dass er sehr pessimistisch war, na ja, unser nacktes Gespräch auf meiner Couch ging weiter. Er erzählte mir, dass er sehr depressiv war und das langsam Auswirkungen auf seine Arbeit hatte. Justus tat mir leid und ich hätte ihm sehr gerne geholfen, weil er ein süßer und toller Mensch war. Aber das konnte ich nicht. Was mich sehr fasziniert hatte, war, dass Justus so ehrlich und direkt war. Eigenschaften, die man heute nur noch selten findet. Ich war erstaunt darüber, dass, obwohl wir uns acht

Jahre lang nicht gesehen hatten und früher eigentlich nie miteinander geredet haben, er so offen mir gegenüber war und das auch noch, als wir komplett nackt nebeneinander lagen.

Irgendwann ging er und ich dachte nach, was ich jetzt tun sollte. Ich entschied mich dazu, Justus nicht mehr zu schreiben, weil ich dachte, dass er sowieso kein Interesse an weiteren Treffen hatte und er ja nach wie vor in eine andere Frau verliebt war. Er meldete sich bei mir auch nicht mehr.

Zwei Jahre später war ich auf der Dating-App Bumble unterwegs und sah gerade nach, wer mir aller ein Like gegeben hatte. Da sah ich das Profil von Justus und war überrascht. Da ich seine Nummer noch hatte, schrieb ich ihm auf WhatsApp: „Hast du meine Nummer nicht mehr gespeichert? Ich habe gesehen, dass du mir auf Bumble ein Like gesendet hast." Keine Viertelstunde später hatte er mir geantwortet: „Oh ja, hab sie noch. Ehrlich gesagt hätte ich nicht gedacht, dass du darauf reagierst." Ich schrieb daraufhin: „Haha, wieso? War ich leicht so ungut oder schlecht im Bett?". Er schickte lachende Emojis zurück und meinte, dass er geglaubt hatte, dass ich nichts mehr von ihm wissen wollte wegen dem, was damals gewesen war. Es war witzig wieder mit Justus zu schreiben und eines Abends kam er wieder vorbei. Wir hatten, wie ihr euch alle denken könnt, wieder Sex. Es war wirklich gut und danach redeten wir wieder. Dieses Mal aber hatten wir Unterwäsche an und wir redeten über unsere Schulzeit und was damals alles gut und schlecht war. Ich war auf jeden Fall sehr überrascht, als ich hörte, dass er mich in der Schule interessant gefunden hatte. Denn das kam damals bei mir so gar nicht an. Wir haben nach wie vor Kontakt und er schafft es, mich immer wieder neu zu motivieren, als es z. B. darum ging, bei der Jobsuche nicht aufzugeben oder als ich eine komische Unterhaltung mit meiner kleinen Schwester hatte. Mal sehen, ob es weitere Treffen geben wird.

Ein paar Wochen später machte ich auf Tinder, die nächste interessante Entdeckung. Es war jemand, mit dem ich in der Volksschule gewesen war. Als ich sein Profil sah, wusste ich sofort, wer er war, und ich musste sagen, dass er echt gut aussah. Er war ein bisschen kleiner als ich, hatte braune Haare und einen Bart. Er hatte etwas an sich, was ich nicht genau in Worte fassen kann. Deswegen werde ich ihm den Namen Jamil geben, das bedeutet Schönheit. Der Name passt irgendwie zu ihm, ich finde ihn sehr gutaussehend.

Hier war ich ebenfalls überrascht, als ich sah, dass wir ein Match waren. Nun ja, was schreibt man jemandem, den man schon über 15 Jahre lang weder gesehen noch mit ihm geredet hat? Ich entschied mich mal wieder für: „Wie geht's? Ich glaube, wir kennen uns." Wir begannen miteinander zu schreiben. Irgendwann schrieb Jamil mir spätabends, ob ich Zeit und Lust hätte, er hätte nämlich gleich Feierabend und könnte vorbeikommen. Er arbeitete am Flughafen und ich wohne keine zehn Minuten mit dem Auto entfernt davon. Er kam vorbei und ich hatte unter meinem Bademantel ein schickes Negligé versteckt.

Ich muss die Geschichte hier kurz unterbrechen und auf das Thema Reizwäsche eingehen. Ich habe eine Freundin, die sagt, dass sie Reizwäsche nicht leiden kann, was ich persönlich gar nicht nachvollziehen kann. Ich finde Reizwäsche genial und ich liebe sie. Wenn man die richtige Reizwäsche anhat und diese deinem Körper schmeichelt und Stellen ein wenig versteckt, die man nicht so schön findet, dann habt ihr die ultimative Reizwäsche gefunden. Ich habe ein paar solcher Teile und ich muss sagen, wenn ich diese anhabe, fühle ich mich wohl, sexy und unwiderstehlich. Das strahlt man dann natürlich auch aus und die Männer lieben es ebenso, weil es schön zum Anschauen ist und sie so vielleicht mehr Spaß am Auspacken haben.

Genug von der Reizwäsche und zurück zur Geschichte oder wie ich es nennen würde, zum Volksschulklassentreffen. Jamil kam also vorbei und wir saßen auf der Couch und schmusten, als ich plötzlich hörte, dass meine Waschmaschine fertig war. Jede Person, die selbst ihre Wäsche wascht, weiß, dass man die Wäsche sofort aufhängen sollte, da sie sonst anfängt zu stinken. Ja, es gibt Leute, die ihre Wäsche nicht selber waschen. Mein Nachbar zum Beispiel, er bringt seine Wäsche zu seiner Mutter, welche dann die Wäsche gewaschen und gebügelt wieder zu ihm bringt. Laut eigenen Angaben hat er nicht einmal eine Waschmaschine. Ich muss jedes Mal lachen, wenn ich beide mit den Wäschekörben ins Haus hinein- und hinausgehen sehe.

Da Jamil nicht gerade so aussah, als würde er sich mit Haushaltsführung, geschweige denn Wäschewaschen auskennen, sagte ich ihm, dass ich schnell meine Wäsche aufhängen müsste. Er nickte und sagte dann: „Kein Problem. Ich müsste sowieso duschen, darf ich deine Dusche benutzen?“. Ich war kurz geschockt, da mir sowas wirklich noch nie passiert war. Ich musste grinsen und gab mein Einverständnis, dass er meine Dusche benutzen dürfte. Das war auch das erste Mal, dass ich darüber nachgedacht hatte, mir kleine Bitchpakete für meine Sexdates zusammenzustellen. Ihr wisst schon so ein kleines Duschgel, wie es sie bei der Kasse beim DM oder BIPA gibt, vielleicht noch eine Zahnbürste und Zahnpasta und um das Ganze abzurunden, ein Kondom. Bis jetzt habe ich sie nicht, aber ich denke weiter darüber nach. Falls dieses Buch ein Erfolg wird, wüsste ich auf jeden Fall, dass ich solche Bitchpakete als Werbeprodukt anbieten werde.

Jamil stand also unter der Dusche und seifte sich mit meinem Kokosduschbad ein, und ich stand nicht weit entfernt und hängte meine Wäsche auf. Irgendwie war das schon eine sehr witzige Situation. Aber gut, man muss sich eben gewissen Situationen anpassen. Als ich fertig war damit, die Wäsche aufzuhängen und Jamil frisch geduscht war, gingen wir wieder ins Wohnzimmer. Er hatte sich das grüne Handtuch, welches ich ihm gegeben hatte, um die Hüfte gewickelt. Ich setzte mich auf die Couch, befreite ihn von dem Handtuch und begann mich mit seinem Schwanz zu spielen. Kurz darauf hatten wir Sex. Auch er hatte eine Schwäche dafür, dass beim Sex die Frau oben ist. Ich muss sagen, dass ich den Sex als sehr gut bezeichnen würde, sonst hätte ich mich zwei Jahre später nicht noch einmal mit ihm getroffen.

Zwei Jahre später kam ich durch Zufall wieder mit Jamil in Kontakt. Als ich nach einem längeren Rehaaufenthalt wieder zurückgekommen war, kam er vorbei. Der Sex war gut und eigentlich war es zwischen uns immer so, dass wir nicht viel redeten und uns den Smalltalk für später aufhoben. Meistens ging er, ohne viel zu sagen und so war es mir auch am liebsten. Doch aus irgendeinem Grund kamen wir an diesem Abend nach dem Sex auf das Thema Alter und Sternzeichen. Wir standen in meinem Eingangsbereich und ich erwähnte, dass ich Waage bin und er wurde auf einmal sehr gesprächig, er sagte: „Ich bin auch Waage. Jedes Mal, wenn ich einer Frau erzähle, dass ich Waage bin, sind die immer total begeistert und sagen, wie toll Waagenmänner nicht sind und dass sie tolle Partner seien." Er redete immer weiter. Ich dachte mir nur, dass ich müde sei und endlich duschen und schlafen will und dass er anscheinend nicht versteht, dass diese Frauen mit ihm flirten wollen. Jamil redete immer weiter und dann fragte ich mich, warum er mir das eigentlich erzählt. Ich wollte doch nur, dass er geht, immerhin war er ja schon fast zur Tür raus. Irgendwann ging er und ich konnte endlich duschen und schlafen gehen.

Ein paar Monate später schrieb ich Jamil wieder und fragte ihn nach einem Treffen. Zu dieser Zeit war die Filmreihe „365 Days" ein großes Thema. Ich schaute mir die Filme an. Ich muss sagen, dass ich die quasi nicht logische Handlung bedenklich finde, zumal in diesen Filmen das Stockholmsyndrom mehr oder weniger verherrlicht wird. Aber die eine oder andere Sexszene fand ich sehr interessant und ich fragte mich, wie es wohl ist, das auszuprobieren. Ich wusste ja, dass Jamil sexuell aufgeschlossen war. Also erzählte ich ihm von dieser einen Szene, in der die Frau vor dem Mann masturbiert und der Mann dabei nichts machen durfte. Er war sofort interessiert.

Eines Abends schrieb ich Jamil, ob er nicht vorbeikommen wolle. Er meinte, dass er früh aufstehen müsste und lieber früh schlafen gehen wolle. Da sagte ich ihm, dass, wenn wir uns beeilen und wir gut sind, es nicht lange dauert. Abgesehen davon wohnt er ja im Nachbarort. Mehr brauchte es nicht, um ihn zu überzeugen. Jamil kam also vorbei und wir gingen direkt in mein Schlafzimmer. Wir schmusten, er konnte bzw. kann wirklich sehr gut küssen. Dann fragte er mich: „Und wo ist dein Spielzeug?". Ich holte also meinen Vibrator und dann ging es auch schon los. Wir änderten diese Filmszene, von der ich vorher geschrieben habe, etwas ab. Ich lag auf dem Rücken und er begann damit, mich mit dem Vibrator zu verwöhnen, ich hatte ihm den Tipp gegeben, dass ich am besten komme, wenn er mit dem Vibrator meine Klitoris stimuliert. Das machte er und es fühlte sich sooo gut an, dann unterbrach er und kniete sich neben mich hin. Er begann wieder damit, meine Vagina und meine Klitoris mit dem Vibrator zu bearbeiten und ich begann damit, ihm einen zu blasen. Nachdem ich gekommen war, wechselten wir zum normalen Sex. Ich lag noch immer auf dem Rücken und er besorgte es mir hart. Zusätzlich zum Sex hatte ich noch immer den Vibrator in der Hand und stimulierte damit meine Klitoris. Der Orgasmus bzw. die Orgasmen waren göttlich. Dieses Treffen war kurz, intensiv und heftig.

Ein weiteres Treffen ist auf jeden Fall geplant.

21

Chroniken eines Manikers

Die nächste Geschichte begann mit einem Swipe nach rechts auf der Dating-App Bumble. Bumble funktioniert eigentlich, wie jede andere Dating-App auch, nur mit dem Unterschied, dass eine Frau bei einem Match den ersten Schritt machen muss und dafür vierundzwanzig Stunden Zeit hat, daraufhin hat der Mann vierundzwanzig Stunden Zeit zu antworten. Da ich mit diesem Match nach wie vor Kontakt habe, suchten wir gemeinsam einen Namen aus. Den Titel für dieses Kapitel gab er vor. Wir entschieden uns für Lian, was der Krieger bedeutet. Später werdet ihr erkennen, warum dieser Name so passend ist.

Lian ist 1,85 Zentimeter groß, er spielt gerne Fußball in einem Verein und steht total auf Rap und Hip-Hop. Eines Tages möchte er selbst Musik machen. Lians Swipeverhalten sah so aus, dass er einfach immer nach rechts wischte und wenn es ein Match gab, sortierte er die Damen aus, die nicht in sein übliches Beuteschema passten. Er stand auf blonde, kleine und zierliche Frauen. Ich bin weder klein noch zierlich. Ich bin also überhaupt nicht in sein Beuteschema gefallen. Unter normalen Umständen hätte er auch mein Match aufgelöst. Der einzige Grund, warum er das nicht getan hatte, war der, dass ich genauso wie Lian auf den Rapper Alligatoah stand. Seiner Meinung nach ist Alligatoah der größte Künstler der Postmoderne. Falls ihr Deutschrap mögt, kann ich euch nur empfehlen, einmal das Lied „Du bist schön“ von Alligatoah im Fitnessstudio zu hören und dabei die Leute zu beobachten. Ich konnte mich vor lauter Lachen nicht mehr halten.

Wir begannen also zu schreiben und natürlich begannen wir mit dem üblichen Smalltalk, unter den auch die Frage fällt, was man so beruflich macht. Es stellte sich heraus, dass er in derselben Firma beschäftigt war wie ich, nur arbeitete er an einem anderen Standort. Dann war es für ihn klar, dass wir keinen Sex haben werden, da er genauso wie ich schlechte Erfahrungen gemacht hatte, wenn es darum geht, etwas mit Kollegen anzufangen. Auch wenn es sich dabei nur um Spaß gehandelt hätte. Da wir uns aber gut verstanden, schrieben wir weiter miteinander.

Eines Tages erzählte ich Lian, dass ich gekündigt hatte und einem Treffen nichts mehr im Wege stehe, da wir keine Kollegen mehr sind. Nach ein paar Tagen schrieb er mir an einem Mittwochabend, ob ich etwas vorhätte. Ich war etwas überrascht, dass er mir geschrieben hatte, da ich kurz vorher in seiner Story auf Instagram gesehen hatte, dass er auf dem großen Oktoberfest in der Stadt war. Ich schrieb ihm, dass ich mich noch justieren müsste. Also sprang ich unter die Dusche und machte mich fertig.

Kurz bevor ich losfuhr, bat mich Lian noch, etwas zum Trinken mitzunehmen. Da ich keinen Alkohol mehr zu Hause hatte, blieb mir nichts anderes übrig als zur Tankstelle zu fahren oder zu einem Weinautomaten. Ein Weinbauer bei mir im Ort hatte einen Automaten mit Wein und fertig gemischten Spritzern, also fuhr ich dort hin und nahm zwei kleine Spritzer mit. Nachdem ich endlich einen Parkplatz gefunden hatte, ging ich zu dem Haus, wo Lian wohnte. Ich wartete kurz vor seiner Wohnungstür und dann ging die Tür plötzlich auf. Ich war überrascht, im echten Leben sah er besser aus als auf den Bildern.

Wir gingen in seine Wohnung und setzten uns auf seine Couch. Dann sagte er: „Tut mir leid, dass die Wohnung nicht aufgeräumt ist.“, ich antwortete: „Kein Problem, meine Wohnung sieht auch meistens sehr chaotisch aus.“ Lian drehte Musik auf, an diesem Abend hörte ich das erste Mal das Lied „Monet“ von Alligatoah und Sido. Wir lehnten uns zurück, tranken etwas und redeten über alles Mögliche. Es dauerte nicht lange, bis er begann, mich zu küssen. Kurz bevor er mich küsste, sagte er zu mir: „Du riechst so unglaublich gut.“ Lian konnte wirklich gut küssen. Dann unterbrach er unser Geschmuse und tat etwas, was mich damals etwas beunruhigte. Er nahm seine schwarze Geldbörse, die auf dem Tisch lag. Aus dieser Geldbörse nahm er ein kleines durchsichtiges Päckchen raus, das ein weißes Pulver beinhaltete. Dann streute er dieses weiße Pulver auf den Tisch und bearbeitete dieses mit seiner E-Card. Mich beunruhigte es irgendwie sehr zu sehen, wie sich jemand eine Line Koks vorbereitet. Ich kannte das nicht und hatte es noch nie gesehen. Mit den Worten „Papa braucht jetzt eine Line“ zog er sich die Line rein. Danach trank er etwas und rauchte sich eine Zigarette an. Ich verstand nicht bzw. verstehe bis heute nicht, wie sich ein Mann als Papa bezeichnen kann. Ich konnte mich nicht entscheiden, was mich mehr beunruhigt, die Tatsache, dass er kokst oder sich selbst als Papa bezeichnet.

Sein Ernst? Hat er sich gerade wirklich als Papa bezeichnet?

Das bewirkt genau das Gegenteil von dem, was er wohl beabsichtigt hatte. Ich habe keinen Vaterkomplex, also, was soll das?

Irgendwie ist es ekelhaft, wenn er sich so bezeichnet. Was soll ich jetzt machen?

Trotz allem blieb ich sitzen und nachdem Lian die Zigarette fertig geraucht hatte, begannen wir wieder zu schmusen und dann fragte er mich, ob ich ihm einen blasen könnte. Ich begann damit und wie es scheint, verzauberten ihn meine Blaskünste. So sehr, dass er zu mir sagte: „Auch wenn das jetzt gemein klingt, aber ich will dich jetzt ficken." So kam es dazu, dass ich am Rücken auf seiner Couch lag und er mich wirklich hart rannahm. Er würgte mich leicht, na ja zumindest dachte ich, dass es leicht war. Danach wechselten wir wieder zu Oralverkehr und ich bearbeitete seinen Schwanz weiterhin mit meinem Mund. Solange, bis mein Kiefer extrem weh tat und ich nicht mehr konnte. Keine Ahnung, warum ich ihn nicht dazu bringen konnte, dass er abspritzt. Zumal ich mir sicher war, dass es Lian gefiel, schließlich hatte er mich die ganze Zeit als krank bezeichnet und in seinem Sprachgebrauch bedeutet das Wort krank anscheinend gut. Woher ich das weiß? Na ja, ich habe ihn gefragt. Trotzdem bin ich nach wie vor irritiert, wenn mich jemand als krank bezeichnet.

Witzigerweise sagte er immer wieder zu mir, dass ich mich nicht in ihn verlieben soll. Keine Ahnung, warum er das tat. Nachdem es schon drei Uhr in der Früh war und ich am nächsten Tag wieder in die Arbeit musste, beschloss ich nach Hause zu fahren. Als ich mich in seinem Bad fertig machte, sah ich, dass ich an meinem Hals auf jeder Seite zwei massive blaue Flecken hatte, die man nur mit Müh und Not bedecken konnte.

Nun ja, das war also die Geschichte von Lian. Später bekam ich über Instagram mit, dass er psychische Probleme hat und er einen langen Kampf antrat, um wieder gesund zu werden. Er kämpft nach wie vor, aber er gibt nicht auf. Deswegen passt der Name Lian hier sehr gut, da er ja, wie ich schon am Anfang erwähnt hatte, der Krieger bedeutet. Da ich, wie schon erwähnt, nach wie vor Kontakt zu ihm habe und er immer wieder Texte postet, dachte ich, dass es eine witzige Idee wäre, wenn ich ihn bitte, einen Text zu schreiben. Einen Text darüber, wie er unser Treffen empfunden oder in Erinnerung hatte. Er war damit einverstanden. Da dies die einzige Form eines Ergusses ist, über den ich mich von ihm freuen konnte, möchte ich ihn hier mit euch teilen.

Normaler Mittwochabend eines Manikers

Wiener Wiesen mit paar coolen Jungs von der Mannschaft. Danach bekomm ich einen Booty Call, als wäre sie eine Groupie Hoe & wart, bis sie antanzt, war ein Werktag & nicht samstags. Sie bringt was zum Trinken mit, ich hatte was anderes auf dem Tisch & nicht aufgeräumt, dafür entschuldigte ich mich. Kuss, danach lutscht sie meinen Dick, bis ihr Kiefer schlapp macht, sie hats noch nicht einmal geschafft, dass ich komme, dafür wird sie gewürgt & angespuckt, wenn ich sie fick. Erniedrigung ist ihre oder meine Befriedigung und sitzt der tiefe Grund nicht im Selbstwertmangel, die Frage kann sich jeder selber fragen. Am nächsten Tag dann die Bilder vom Hals, versuch die Male zu überschminken oder überdecken mit Schals.

Die Beurteilung seines Werkes überlasse ich euch.

Cirka 8 Monate später trafen wir uns wieder. Erstaunlicherweise redeten wir viel und an diesem Abend zeigte er mir eine andere Seite von sich. Eine liebe, witzige und charmante Seite, die ich bis dahin nicht kennen gelernt kannte. Einen Blowjob gab es auch, dieses Mal kam er aber. Wenigstens einer von uns an diesem Abend.

22
Mr. Grey, bist du das?

Die nächste Geschichte fand im Sommer 2022 statt und begann auf der Dating-App Tinder. Dort fand ich einen Lehrer. Ich gebe ihm den Namen Luzifer. Luzifer bedeutet eigentlich der Lichtbringer und wird in der Bibel als Bezeichnung für den „Morgenstern" verwendet. Aber im normalen Sprachgebrauch verwenden wir diesen Namen als Namen für den Teufel oder verbinden ihn mit diesem. Warum ich ausgerechnet diesen Namen ausgewählt habe? Liegt vielleicht daran, dass dieser Lehrer sich sehr zum Satanismus hingezogen fühlt. Das wusste ich anfangs nicht.

Wir hatten nicht lange miteinander geschrieben, da hatte Luzifer mich schon zum Abendessen zu sich eingeladen. Ich war äußerst überrascht, die meisten, wenn nicht sogar 99 % aller Männer, mit denen ich schrieb, können nicht kochen und wenn man sie fragt, ob sie es können, bekommt man die Antwort: „Nein, aber ich kann gut bestellen.". Als ich den folgenden Menüplan für den Abend gehört hatte, war ich mehr als nur beeindruckt. Er hatte vorgeschlagen, in Pernot flambierte Garnelen mit einer Hummerbuttersauce und als Nachspeise ein Rosé-Champagnergelee mit einem flüssigen Kern aus Waldbeercoulis zu machen. Ich wäre schon total aus dem Häuschen gewesen, wenn er gesagt hätte, dass er Toast macht oder einen strammen Max, aber mit so einem Menü hätte ich nie gerechnet. Ich war sprachlos und ich war gespannt, was für ein Mann das wohl sein würde und vor allem fragte ich mich, wie groß er wohl sein würde, das konnte er mir nicht so genau beantworten. Oder wollte er mir einfach nicht sagen.

Dann war es so weit und es kam der besagte Abend unseres Dates. Ich fuhr mit meinem Auto zu ihm, der Vorteil war, dass er einen Besucherparkplatz hatte und ich keine Zeit für die Parkplatzsuche einplanen musste, Da es sehr heiß war, beschloss ich, ein leichtes schwarzes Sommerkleid anzuziehen, auf dem Blumen aufgedruckt waren. Als ich die Wohnung betrat, wurde mir bewusst, warum er mir nicht gesagt hatte, wie groß er war. Er war einen Kopf kleiner als ich, aber ich dachte, wieso nicht, wäre ja unhöflich gewesen gleich wieder zu gehen, nur weil er kleiner war als ich.

Ich ging also in die Wohnung und setzte mich gleich zum bereits gedeckten Tisch. Ich hatte den perfekten Blick auf die Insel, auf der sich auch der Herd befand. Dann begann Luzifer auch schon damit, alles herzurichten. Er drehte den Herd auf und dann begann er damit, die Garnelen anzubraten. Dann kam der mit Abstand coolste Teil, er flambierte die Garnelen. Es war total cool, ihn so zu sehen. Ich kam mir vor wie in meiner eigenen privaten Kochshow, na ja eher, als wäre es die Kochshow von Luzifer. Das Essen war sehr gut und ich war nach wie vor beeindruckt. Dann tranken wir ein Glas Wein auf seinem Balkon und redeten über Gott und die Welt. Als mein Glas leer war, gingen wir wieder hinein, Luzifer füllte mein Glas auf und wir setzten uns auf die Couch. Wir redeten kurz und dann begann er auch schon damit mich zu küssen. Wir schmusten und ich fühlte mich sehr wohl, dann passierte etwas, wo ich mir das Lachen verkneifen musste. Wir waren also ganz entspannt am Schmusen, als Luzifer aufhörte und mich dann fragte: „So, du hast die Wahl, entweder gehen wir jetzt in mein Schlafzimmer und machen Liebe oder wir gehen in mein Spielzimmer."

Ernsthaft? Hat er das gerade wirklich gesagt? Hat er tatsächlich ein Zitat aus dem Film „50 Shades of Grey" gebracht?

Glaubt er jetzt, dass er cool und unwiderstehlich ist?
Wie wohl dieses Spielzimmer aussieht?
Was würde er dann dort machen? Und was ist der Unterschied zum Liebe machen?

Als er das gesagt hatte, fragte ich: „Darf ich mir das Spielzimmer mal anschauen?". Ich war neugierig. Ich wollte unbedingt wissen, wie es in diesem Zimmer aussieht, kurz fragte ich mich auch, ob es wohl genauso aussieht wie das Spielzimmer in dem Film. Ich wollte wissen, was für Spielzeug er hat. Er nahm mich daraufhin an der Hand und brachte mich zum Spielzimmer, welches sich dann als Gäste- und Spielzimmer und Büro entpuppte. Es stand ein Schreibtisch beim Fenster und in der anderen Ecke ein kleines Bett. Neben dem Bett stand eine große Kommode. Ich dürfte ziemlich verwirrt ausgesehen haben, denn dann ging er zur Kommode und öffnete eine der Laden. Darin befanden sich Vibratoren, Dildos, Armfesseln, Beinfesseln, Nippelklemmen, Peitschen und noch vieles mehr. Ich war sehr erstaunt und ein wenig überfordert mit der Menge der Spielzeuge.

Luzifer fragte mich: „Was willst du machen? Wenn wir hierbleiben, kann ich dir garantieren, dass, wenn du mir sagst, dass dir etwas nicht gefällt, ich sofort damit aufhören werde." Ich ließ mir das alles kurz durch den Kopf gehen und dachte mir dann: „Na ja, warum eigentlich nicht. Wer weiß, wann ich wieder die Möglichkeit habe, in die BDSM-Szene zu schnuppern bzw. auf jemanden zu treffen, der so gut ausgestattet ist, was das Spielzeug angeht."

Gut, ich muss zugeben, dass ich schon einmal die Möglichkeit hatte, in die BDSM-Szene zu schnuppern. Ich war 18 Jahre alt und wollte unbedingt in die große Stadt ziehen.

Da ich Lehrling im öffentlichen Dienst war, verdiente ich nicht viel und ich dachte, dass es am besten wäre, wenn ich in eine Wohngemeinschaft ziehe. Gesagt, getan. Um meine Chancen zu erhöhen, beschloss ich, ein Onlineinserat zu schalten. Auf dieses Inserat meldete sich dann eine BDSM-Wohngemeinschaft. Dies war nicht die einzige Rückmeldung, die ich auf das Inserat bekam. Ich hatte die Wahl, entweder zahle ich 200 Euro oder ich füge mich als Bäuerin oder Sklavin in das Spiel mit ein und wohne gratis dort. Ich wurde sogar vorgewarnt, dass, wenn ich mich für die Rolle der Bäuerin entscheide, ich darauf eingestellt sein müsste, dass die andere Bäuerin sehr eifersüchtig sein würde. Ich glaube, das wäre ein witziges Zusammenleben gewesen. Alleine nur zu bedenken, wie das wäre, wenn man sich für die erste Version entschieden hätte, bringt mich zum Lächeln. Aber dann fragte ich mich, wie es wohl gewesen wäre, wenn meine Mutter zu Besuch gekommen wäre. Dazu muss man sagen, dass meine Mutter zu dieser besagten Zeit jeden Sonntag in der Kirche war. Jetzt stellen wir uns vor, sie kommt mich nach der Kirche in der BDSM-Wohngemeinschaft besuchen. Dann macht einer meiner Mitbewohner mit einer Lederhaube die Tür auf und erklärt meiner Mutter, dass ich am Andreaskreuz hänge, welches im Wohnzimmer ist. Diese Vorstellung brachte mich dann dazu, dieses Angebot auszuschlagen. Mich würde aber trotzdem interessieren, wie meine Mutter wohl darauf reagiert hätte.

Zurück zum besagten Abend. Ich zuckte mit den Schultern und sagte dann zu Luzifer: „Ok, lass es uns ausprobieren." Ich war sehr unsicher, ob mir das überhaupt gefallen würde. Aber ich versuchte, mich auf dieses Spiel einzulassen. Ich setzte mich auf dieses kleine Bett und Luzifer begann damit, mir die Augen zu verbinden. Danach fesselte er meine Hände und dann sagte er: „So, jetzt knie dich auf das Bett und stütze dich mit deinen Händen ab." Ich tat, was er sagte und als ich mich auf dem Bett auf Knien und Händen abstützte, fesselte er meine Beine. Es war seltsam, dass ich nichts sehen konnte und ich war sehr beunruhigt darüber, was wohl als Nächstes auf mich zukommen würde. Ich hörte nur, wie er zu der Kommode ging und nach irgendetwas suchte.

Dann zuckte ich zusammen, als ich etwas auf meinem Rücken spürte. Luzifer ließ es zuerst zwischen meinen Schultern streifen und arbeitete sich dann langsam mit diesem Ding meinen Rücken entlang bis zu meinem Hintern. Dann verspürte ich einen leichten Schlag. Dieser Schmerz war nicht normal. Es hatte zwar weh getan, aber es war auch angenehm. Ich kann gar nicht genau beschreiben, was in mir vorging, ich war nervös, aufgeregt, erregt und mein Hunger nach mehr war geweckt.

Bei jedem neuen Spielzeug, welches er an mir ausprobierte, zuckte ich im ersten Moment zusammen und die Lust nach mehr stieg an. Es war sehr aufregend, die unterschiedlichen Peitschen, Gerten und Paddel zu spüren. Besonders aufregend war es, als er mir die Tittenklemmen oder wie ich sie nenne, Nippelklemmen, anlegte. Dieses Gefühl war sehr intensiv. Ich kann nicht sagen, ob es schmerzhaft oder angenehm war. Wenn es so etwas wie einen angenehmen Schmerz gibt, dann war es definitiv so. Ich wusste nicht, wie mir geschah, es fühlte sich so unwirklich an, aber vielleicht lag es auch daran, dass meine Augen verbunden waren und ich nichts sehen konnte. Ich merkte, wie ich immer feuchter und geiler wurde, aber Luzifer war noch nicht fertig mit mir.

Nachdem er diverse Spielzeuge an mir ausprobiert hatte, löste er die Fesseln an meinen Händen und meinen Füßen.

Die Augen waren nach wie vor verbunden, dann sagte er zu mir: „Leg dich auf den Rücken und zeig mir, wie sehr du es brauchst". Er drückte mir einen Vibrator in die Hand und legte sich zu mir. Ich begann damit mich mit dem Vibrator zu spielen und mich damit noch geiler zu machen, als ich eh schon war. Während ich mich mit dem Vibrator selbst befriedigte und damit meinen Kitzler bearbeitete, nahm er mir die Augenbinde ab und sagte: „Schau mich an und wehe, du machst die Augen zu." Dieser Moment war fast noch intensiver als die Prozedur, wo er gefühlt sein ganzes Spielzeug an mir ausprobiert hatte. Vielleicht lag es auch daran, dass ich mit ihm etwas sehr Intimes geteilt hatte.

Jetzt fragt ihr euch sicher, wie kann etwas noch intimer sein, als wenn man mit jemandem Sex hat. Ich bin der Meinung, dass Sex mit einem selbst noch intimer ist, weil man sich da sehr öffnet und fallen lässt.

Nachdem ich gekommen war, nahm er mich an der Hand und wir gingen in sein Schlafzimmer. Der Vibrator kam natürlich mit. Wir hatten die ganze Nacht Sex und so etwas wie mit ihm hatte ich noch nie erlebt und auch noch nie gefühlt. Als ich am nächsten Tag in der Früh nach Hause fuhr, hatte ich total weiche Knie und meine Beine zitterten die ganze Zeit. Also eines kann ich sagen, wenn eure Beine nach dem Sex zittern oder eure Knie weich sind, dann hattet ihr definitiv richtig geilen und versauten Sex.

Eigentlich hätte ich da ahnen können, dass er Satanist ist. Es war teuflisch, wie er jede kleine, noch so versaute Fantasie aus mir herauskitzelte. Es war unheimlich, dass er meinen Körper wie ein Buch lesen konnte und genau wusste, welche Knöpfe er bei mir drücken muss. Ist irgendwie unheimlich, wenn man bedenkt, dass wir uns nicht gekannt hatten.

Hier eine kleine Liste, welche Sachen an diesem Abend benutzt worden waren:

- Gleitgel
- Riemenpeitsche
- Bullenpeitsche
- Spekulum
- Augenbinde
- Ohrenstöpsel
- Vibrator
- Paddel
- Gerten
- Stöcke
- Wartenbergrad
- Dildo
- Fesseln (Hände und Beine)
- Spreizstange
- Tittenklemmen
- Knebel

Ich kann euch diese Dinge bei richtiger Anwendung nur empfehlen, und mit dem richtigen Gegenspieler kann das sehr viel Spaß machen. Auch wenn Luzifer optisch nicht so mein Fall und auch kleiner war als ich, fuhr ich noch des Öfteren zu ihm.

23

Sind Drei tatsächlich zu viel?

Für diese Geschichte hatte es mich wieder zu Luzifer verschlagen. Da ich anscheinend ein sehr offener Mensch bin, der gerne etwas Neues ausprobiert, hatte mich Luzifer gefragt, ob ich nicht Interesse an einem Dreier habe. Wenn ihr euch noch erinnern könnt, hatte ich ja einmal fast einen Dreier mit eineiigen Zwillingen, aber damals war ich nicht bereit dazu. Die Frage war, ob ich es jetzt sei. War ich bereit für einen Dreier?

Ich hatte immer so meine Bedenken, was Dreier angeht. Bei zwei Männern hatte ich die Angst, dass mir zwei Schwänze auf einmal zu viel sind und ich damit nicht zurechtkommen würde. Bei einer zweiten Frau hatte ich die Angst, dass sich der Mann nach einer Zeit nur noch auf sie konzentriert und ich dann in die Rolle der Zuschauerin gedrängt werde. Ich war also, was das angeht, sehr unentschlossen. Innerlich wusste ich, dass ich es aber gerne einmal ausprobieren würde. Nach einer längeren Überlegung und dem üblichen Mindfuck beschloss ich zuzusagen. Luzifer hatte versprochen, dass ich mich, wenn ich mich in irgendeiner Form unwohl fühlen würde, er sofort abbrechen würde.

Auch für diesen Abend gab es ein kulinarisches Highlight. Witzigerweise hatte Luzifer beschlossen, dasselbe Menü zu kochen wie bei unserem ersten Date. Es gab also flambierte Garnelen in einer Hummerbuttersauce und Nudeln und als Nachspeise Rose-Champagnergelee mit einem flüssigen Kern aus Waldbeercoulis. Ich war unsicher, ob ich an diesem Abend überhaupt etwas hinunterbekommen würde vor lauter Nervosität. Je näher der Abend des Treffens kam, desto nervöser wurde ich. Immer wieder stellte ich mir dieselben Fragen.

Wie wird das wohl? Wie funktioniert das nur? Soll ich das wirklich machen?

Wie wird die andere Frau so sein? Findet sie mich dann überhaupt attraktiv? Werde ich sie attraktiv finden?

Wenn nicht, wie geht's dann weiter? Wird es mich auch nicht überfordern? Bin ich bereit, eine andere Frau zu berühren?

Bin ich bereit, eine andere Frau sexuell zu befriedigen?

Ich saß in meinem Auto und ich war also wieder mal am Weg zu Luzifer. Ich versuchte, mit lauter Musik den Mindfuck, der in meinem Kopf herrschte, zu übertönen. Als ich in die Gasse einbog, in der die Wohnung von Luzifer war, wurde ich so nervös. Ich war aufgeregt und wusste nicht, was auf mich zukommt und ob ich es wirklich durchziehen soll. Aber ich nahm meinen Mut zusammen und läutete an der Tür.

Luzifer begrüßte mich im Vorraum und half mir mit meiner Jacke. Er sagte, dass er gleich das Essen vorbereiten würde und ich dachte nur, dass ich eigentlich keinen Hunger hatte. Essen vor dem Sex ist sowieso so eine Sache, wenn man mich fragt. Isst man zu viel, so kann es passieren, dass man einen aufgeblähten Bauch hat und sich unwohl fühlt und in so einem Zustand hat man keine Lust auf Sex. Als ich mich auf den Weg ins Wohnzimmer machte wurde ich immer nervöser, da ich wusste, dass ich gleich auf die andere Frau treffen würde oder wie ich sie jetzt nennen werde, die Bettgenossin.

Wir sind um die Ecke gebogen und da stand sie, die Bettgenossin. Sie war klein und ebenfalls kurvig. Sie hatte auch ein paar Tattoos. Wir setzten uns an den Tisch und begannen mit einem Glas Wein. Dann fragte ich die beiden: Wo bzw. wie sie sich kennengelernt haben? Diese Frage hatte ich mir schon gestellt, als Luzifer den Dreier vorgeschlagen hatte. Luzifer antwortete: „Ich habe die Bettgenossin über das Erotikforum kennengelernt und das ist schon ein paar Jahre her. Seit dem treffen wir uns ab und an." Bei zwei anscheinend so aufgeschlossenen Persönlichkeiten hätte ich mir denken können, dass sie sich über ein spezielles Forum kennengelernt haben.

Luzifer begann damit, das Essen vorzubereiten und ich unterhielt mich ein wenig mit der Bettgenossin. Sie erzählte mir, dass sie in einem Krankenhaus als Pflegehelferin arbeitete. Es dauerte nicht lange, bis sich Luzifer mit dem fertigen Essen zu uns gesellte. Es war irgendwie seltsam für mich, so dazusitzen und einen auf locker zu machen, wenn ich wusste, dass dieser Abend noch eine andere Wendung nehmen wird.

Nach dem Essen verließ die Bettgenossin kurz den Raum und Luzifer stellte sich hinter mich und drückte sanft meinen Kopf nach hinten, damit er mich küssen konnte. Dann sagte er zu mir: „Wir zwei werden uns jetzt als Erstes in das Schlafzimmer begeben und dann starten wir langsam, damit du dich auch wirklich wohlfühlst."

Daraufhin gingen wir zwei ins Schlafzimmer und zogen uns aus. Auf einem Tisch neben dem Bett lagen alle Spielzeuge, die Luzifer und ich jemals ausprobiert hatten und die mir auch gefallen hatten. Wir legten uns auf das Bett und schmusten ein wenig, anscheinend hatte er gesehen, wie nervös ich war. Er fragte mich: „Willst du vielleicht die Augenbinde haben?". Ich nickte und dachte, dass es die Sache definitiv einfacher macht, wenn ich nichts sehe. Er legte mir also die Augenbinde um und gab mir einen Kuss und dann holte er die Bettgenossin dazu. Sie hatte sich bereits im Wohnzimmer ausgezogen. Als sie hereinkam, sagte sie voller Bewunderung: „Was für ein Körper!“. Ich war es nicht gewohnt, dass Leute so über meinen Körper reden, geschweige denn über meinen nackten Körper. Aber auf das, was nach dieser Aussage auf mich zukam, mit dem hatte ich auch nie gerechnet. Luzifer und die Bettgenossin fielen regelrecht über mich her und begannen sofort damit, mich zu streicheln und auf den Mund zu küssen. Dann beschäftigten sie sich mit meinen Brüsten und meiner Vagina. Es war aufregend, zumal ich nicht sehen konnte, wer was macht.

Nach einer Zeit nahm Luzifer mir die Augenbinde ab, weil er mir in die Augen sehen wollte. Dann zog er sich ein Kondom über und begann mich zu vögeln. Während er mich vögelte, sagte er zur Bettgenossin, dass sie mit ihren Fingern meinen Kitzler stimulieren soll, was sie dann auch tat. Ich wusste nicht, wie mir geschah und mir war unklar, ob das wirklich passiert. Diese ganze Situation war einfach so surreal. Allein schon die Tatsache, dass ich einen Orgasmus nach dem anderen hatte, erschien mir ziemlich unwirklich. Wir probierten verschiedene Sachen und unterschiedliche Konstellationen aus.

Für mich war es interessant zu sehen, wie Luzifer es der Bettgenossin besorgte und ich sie mittels des Vibrators zusätzlich stimulierte. Dann kümmerten sich beide wieder um mich, bis ich zu einem gewissen Punkt kam.

Luzifer fragte mich: „Was willst du machen?“. Ich lag da und konnte keinen klaren Gedanken mehr fassen, ich war total fertig, wollte aber mehr, also sagte ich: „Macht mit mir, was ihr wollt.“ Luzifer hatte auf einmal ein teuflisches breites Grinsen in seinem Gesicht. Er sah die Bettgenossin an und sagte: „Sie hat gesagt, wir sollen mit ihr machen, was wir wollen. Also geh zu dem Tisch mit den Spielzeugen und mach mit ihr, was du willst." Sie ließ sich nicht zweimal bitten und ging zu dem Tisch. Es dauerte ein paar Minuten, bis sie mit mehreren Sachen wieder zurückkam, unter anderem löste der Vibrator in ihrer Hand in mir große Freude aus. Zuerst verband mir die Bettgenossin die Augen, dann begann sie damit meine Beine an der Spreizstange zu befestigen und meine Arme zu fesseln, damit sie uneingeschränkten Zugang zu meinem Körper hatte und ich nicht in Versuchung komme, meine Beine zusammenzudrücken. Als ich gefesselt war, begann sie damit, die verschiedenen Peitschen sanft an mir auszuprobieren. Zuerst wurde ich auf die Seite gedreht und ich bekam sanfte Schläge auf den Hintern, danach wurde ich umgedreht und sie tastete mittels der Peitsche meinen Körper ab. Sie war anscheinend im siebten Himmel, den sie sagte: „Meiner sadistischen Seite macht das viel zu großen Spaß."

Es dauerte nicht lange, bis sich beide wieder über mich hermachten. An diesem Abend verstand ich, warum die Franzosen zum Orgasmus „Kleiner Tod" sagen. Meine Nippel und mein Kitzler waren extrem überreizt und meine Knie fühlten sich an wie Wackelpudding. Ich hatte nach zehn Orgasmen aufgehört zu zählen. Alles war so überreizt, dass ich schwören könnte, dass ich unter der Dusche noch einen Orgasmus hatte. Dieser ganze Abend war einfach nur heftig und ich kann bis zum heutigen Tag nicht realisieren, was da genau passiert ist.

24

Sexting und interessante Vorlieben

Wenn man auf Dating-Apps unterwegs ist, trifft man sehr interessante Männer. Abgesehen davon kann man auf Apps immer etwas dazulernen. Insbesondere, wenn es um interessante Vorlieben geht. Eine Zeit schrieb ich mit einem Mann, der untenrum nicht gerade gut bestückt war. Und ihn machte es extrem an, wenn ich ihm schrieb, dass er nicht glauben braucht, dass er mit seinem kleinen Würstchen bei mir landen kann. Je frecher ich wurde, desto härter wurde sein kleiner Schwanz. Aber auch die Vorstellung, dass sein Freund mich mit der Fleischpeitsche vögelt und er dabei zusieht, machte ihn sehr an.

Dann traf ich auf jemanden, der in seiner Selbstbeschreibung schrieb: „... auf der Suche nach einer Beziehung, in der du deine Freiheiten behältst, ...“. Ich konnte anfangs damit gar nichts anfangen. Glücklicherweise waren wir ein Match und ich konnte nachfragen. Keine Ahnung warum, aber dieser Satz ging mir nicht mehr aus dem Kopf. Als ich ihn fragte, was er damit genau meint, schrieb er mir: „Ich bin auf der Suche nach einer Frau, die mir das geben kann, was ich brauche. Ich bin nämlich ein Cuckhold.“. Ich behaupte mal von mir, dass ich ein alter Hase bin, was Onlinedating angeht, aber ein Cuckhold war mir bis jetzt auch noch nie untergekommen.

Für die von euch, die nicht wissen, was ein Cuckhold ist: Ein Cuckhold ist in der BDSM-Szene ein verbreiteter Begriff. Damit ist ein Mann gemeint, der sich in einer festen Partnerschaft oder Liebesbeziehung befindet und den es erregt zu sehen, wie seine Partnerin mit einem anderen Mann Sex hat. Dabei kann es sein, dass der Mann voyeuristische, masochistische und/oder devotes Verhalten bevorzugt. Ein Cuckhold kann natürlich nicht nur ein Mann sein, sondern auch eine Frau, nur nennt es sich dann Cuckquean.

Macht euch nichts daraus, ich musste es auch recherchieren. Nach einer kurzen Google-Recherche hatte ich nun herausgefunden, was ein Cuckhold ist. Die Frage war nur, könnte ich mir eine Beziehung mit jemandem vorstellen, der darauf steht, dass ich fremdgehe und er dabei zusieht? Würde ich damit klarkommen und wie würde das genau funktionieren?

Natürlich dürfen, wenn es um interessante Vorlieben geht, die Arschfetischisten, Fußfetischisten und BDSM-Freaks nicht fehlen. Da ich den Arschfetischisten schon das Kapitel „Arschtastisch" und den BDSM-Freaks das Kapitel „Mr. Grey bist du das?" gewidmet habe, gehen wir in diesem Kapitel weiter zum Thema Sexting.

Jeder, der schon einmal eine Dating-App auf seinem Handy hatte, wird wissen, was mit Sexting gemeint ist. Besonders spannend finde ich, dass ich, während ich dieses Kapitel schreibe, eine Art Sexting nebenbei betreibe und zwei Männer ein klein wenig provoziere. Wir alle kennen doch diesen einen Moment, wenn wir gerade angefangen haben, mit einem Match zu schreiben und das Gespräch plötzlich in eine bestimmte Richtung geht. Manchmal tasten sich die Männer ja langsam heran, aber manchmal kommt es auch vor, dass die Männer etwas praktizieren, was ich gerne den „Überraschungspenis" nenne.

Mit dem „Überraschungspenis" meine ich, wenn aus dem Nichts ein Foto kommt, und zwar ein Schwanzfoto. Am besten finde ich ja immer die Frage, die in 90 % der Fälle unter diesem Foto steht: „Gefällt er dir?“, oder „Wie findest du ihn?“. Ich finde ja das Foto weniger störend, was mich dabei eher stört, sind die Fragen, die darunter stehen. Warum machen Männer das? Glauben sie wirklich, dass ein Penis unwiderstehlich ist? Was glauben die Männer, was wir uns denken, wenn wir das lesen oder besser gesagt, was für eine Antwort erhoffen sie sich von uns? Na ja, vielleicht erhoffen sie sich eine Antwort wie „Oh mein Gott, das ist das Schönste, was ich je gesehen habe. Der ist so schön, dass ich ihn sofort in den Mund nehmen muss, um ihn entsprechend zu würdigen.“ Oder so etwas wie: „Wow, der ist sooo groß. Ich bin schon ganz feucht, wenn ich ihn sehe.“ Wenn das so ist, dann können die Männer lange auf so eine Antwort warten. Um ehrlich zu sein, finde ich Penisse nicht gerade ästhetisch. Obwohl ich vor kurzem bemerkt habe, dass es auch durchaus wirklich hässliche Penisse gibt. Hätte nie gedacht, dass ich einmal so etwas von mir gebe.

Wenn man dann den Überraschungspenis und die peinliche Frage darunter überwunden hat, dann befindet man sich offiziell im Sexting-Modus. Sexting gibt es in den unterschiedlichsten Formen oder besser gesagt kann man es in den unterschiedlichsten Formen fabrizieren und/oder genießen. Immerhin soll es ja auch im besten Fall Spaß machen. Man kann z. B. über Skype cammen, sexy Fotos austauschen, über WhatsApp oder was ich am liebsten mache, Fotos und Videos über Snapchat austauschen. Der Vorteil hierbei ist, dass die Bilder und Videos gelöscht werden und nicht in deiner Galerie auftauchen. So kann man natürlich auch nicht Gefahr laufen, darauf zu vergessen, die ganzen Kunstwerke wieder zu löschen. Ich muss aber gestehen, dass ich vor kurzem die neue WhatsApp-Funktion des nur „einmal Anschauens“ für mich entdeckt habe, auch hier werden die Bilder weder in der eigenen noch in der Galerie des Gegenspielers gespeichert. Was ein klarer Vorteil ist.

Was haben wir nur vor Snapchat und WhatsApp gemacht? Ach ja, ich erinnere mich, da wurden die Bilder über die Dating-Apps ausgetauscht. Ich muss gestehen, dass mir das Sexting am Anfang ziemlich gegen den Strich gegangen und ich nie wirklich darauf eingestiegen war. Da spielte ich dann immer so lange mit, bis mir diese komischen Nachrichten und der ganze Schwanzspam (Bilder und Videos) auf die Nerven gingen. Dann löschte ich die App und genoss es, dass auf meinem Handy nur noch normale Nachrichten waren. Es war schön, einmal nicht aufzuwachen und lauter komische Nachrichten auf dem Handy zu haben, geschweige denn die ganzen Schwanzbilder und Wichsvideos. Erst später merkte ich, dass Sexting auch Spaß machen und mit dem richtigen Gegenspieler sehr erregend sein kann. Sexting ist wie jede andere Vorliebe natürlich Geschmackssache, aber ich würde sagen, dass sich das Ausprobieren unter den richtigen Umständen durchaus lohnen kann.

25
Ghosting & Blockieren

Das Gegenteil vom Schwanzspam ist natürlich das Ghosting und das Blockieren. Ich glaube, Ghosting kennt jeder von uns. Für die unter euch, die nicht wissen, was Ghosting ist, hier eine Erklärung: Man stelle sich vor, dass man mit einem Match schreibt und man sich wunderbar versteht und dann auf einmal kommt keine Nachricht mehr. Deine Nachrichten werden gelesen, aber er reagiert nicht mehr darauf. Ja, genau das ist Ghosting. Da sind wir alle schon mal durch, oder?

Hier ein Beispiel, ich hatte auf Bumble ein Match mit einem jungen Mann, der gerne trainieren geht. Ich werde ihm den Namen Bundeslandler geben, den Grund dafür erkläre ich euch später. Er war eigentlich total süß und wir verstanden uns gut. Ich hätte mich auch mit ihm getroffen, wenn ich nicht gerade mit Freundinnen für ein Wochenende auf einer Städtereise gewesen wäre.

Wir begannen über Snapchat zu schreiben und Bilder und Videos auszutauschen. Kurz fragte ich mich, ob sich daraus nicht mehr entwickeln könnte. Doch dann wurde die Kommunikation einseitig. Und als ich dann auf Snapchat schaute, bemerkte ich, dass neben seinem Namen kein Kamerasymbol mehr war, sondern ein x. Nach einer kleinen Recherche sah ich, dass der Bundeslandler mich auf Snapchat als Freund entfernt hatte. Selbst unser Match auf Bumble hatte er aufgelöst. Ich war sehr überrascht, da er noch gemeint hatte, dass er sehr direkt und ehrlich sei. Dieses Verhalten allerdings hatte rein gar nichts damit zu tun. Das schrieb ich ihm dann auch über Snapchat. Ich habe mich anfangs sehr darüber geärgert, ich mag es einfach nicht, wenn Leute von sich sagen, dass sie ehrlich und direkt sind und dann so etwas machen.

Nach zwei Wochen hatte ich damit abgeschlossen und ich wusste, dass ich mit ihm nichts mehr zu tun haben wollte. Da leuchtete auf einmal mein Handy auf und da stand, dass der Bundeslandler mich auf Snapchat wieder als Freund hinzugefügt hatte und kurz darauf zeigte es mir an, dass ich eine Nachricht von ihm bekommen habe. Ich las die Nachricht und wollte von ihm wissen, warum er mich blockiert hatte, daraufhin meinte er, dass ihm das Schreiben auf Snapchat zu viel geworden sei. Es dauerte nur einen Tag, bis er mich wieder entfernt hatte. Nach ein paar Tagen hatte er mich wieder hinzugefügt, da erklärte er mir dann, dass ich ihm zu viel wäre. Ich dachte, er meint meinen Charakter. Später erfuhr ich, als er mich mal wieder blockiert und wieder hinzugefügt hatte, dass er damit eigentlich meinen Körper gemeint hatte.

Ich wunderte mich, ich war ehrlich und habe in meinem Profil angegeben, dass ich kurvig sei. Später erzählte der Bundeslandler mir, dass er auf dünne blonde Frauen stehe, die falsche Brüste und aufgespritzte Lippen haben. Dann schickte er mir ein Bild von einer Frau, die all diese Kriterien erfüllt und mit der er schon einmal etwas hatte. Ich schaute mir das Bild an. Dann schrieb ich ihm, dass ich diese Kriterien nicht erfülle, dass ich ihm viel Spaß mit der Dame wünsche und er doch lieber sie flachlegen solle. Dann blockierte er mich wieder.

Eine Woche später fügte er mich wieder hinzu und da fragte er mich dann: „Wieso nimmst du die Anfragen immer wieder an?“. Ich schrieb ihm daraufhin, dass ich es mittlerweile witzig finde, dass er mich immer wieder hinzufügt, vor allem, nachdem ich weiß, worauf er wirklich steht. Abgesehen davon hatte ich ihn nie als Freund entfernt, somit bekam ich keine Anfragen, sondern immer nur die Mitteilungen.

Nach zwei Tagen bat er mich, dass ich ihn blockieren und entfernen soll. Ich dachte nur, dass er einfach aufhören soll, mir zu schreiben. Ihr könnt dreimal raten, was dann passierte. Genau, nachdem der Bundeslandler mich blockiert hatte, fügte er mich wieder hinzu und dann wollte er auf einmal wieder mit dem Sexting beginnen. Dann schrieb ich ihm, dass ich kein Interesse daran habe. Er fragte: „Ach so, seit wann?“ Ich antwortete daraufhin: „Seit du mich das erste Mal blockiert hast.“ Dann bat er mich wieder, dass ich ihn blockieren soll, ich schrieb daraufhin: „Du könntest ja einfach damit aufhören mir zu schreiben. Abgesehen davon würde ich mich von dir eh nie im Leben flachlegen lassen.“ Er schrieb sofort: „Danke“, dann kam eine zweite Nachricht: „Wieso eigentlich nicht?“. Ich schrieb ihm daraufhin: „Ich habe es nicht nötig, mit jemandem zu schlafen, der mich für zu fett hält und der Meinung ist, dass ich nicht attraktiv sei.“ Mit dieser Antwort hatte er nicht gerechnet. Hatte er tatsächlich geglaubt, dass ich ihn nach dem ganzen Theater noch ranlassen würde?

Ein paarmal blockierte mich der Bundeslandler noch und fügte mich wieder hinzu. Irgendwann hatte ich den Fehler begangen und ihm von diesem Buch erzählt. Als er gelesen hatte, was ich über ihn geschrieben habe, war er außer sich vor Wut. Er wollte, dass ich den Teil über ihn herauslöschen soll, ich weigerte mich. Dann verlangte er, dass ich alles, was nur im Entferntesten seine Identität verraten würde, löschen oder umschreiben soll, ansonsten schaltet er seinen Anwalt ein. Da hatte der Bundeslandler sein wahres Gesicht gezeigt, aber er war mit seinen Drohungen noch nicht fertig. Es dauerte nicht lange, bis er mir drohte, wenn ich nicht alles über ihn lösche, er Bilder von mir veröffentlichen würde. Nicht nur irgendwelche Bilder, sondern anzügliche Bilder, die ich ihm geschickt und er daraufhin gespeichert hatte. Nach dieser Drohung blockierte er mich wieder, einen Tag später fügte er mich hinzu, nur, um mir zu schreiben, dass ich ihn nicht mehr annehmen soll. Ich schrieb ihm daraufhin, dass er mir einfach nicht mehr schreiben und mich in Ruhe lassen soll. Das tat der Bundeslandler dann auch, Gott sei Dank. Den Namen Bundeslandler habe ich deswegen kreiert, weil es so ähnlich klingt wie eine Bezeichnung für Personen, die aus einem Bundesland stammen, welches im Osten und sehr bekannt für seine Weine ist und äußerst nah bei Ungarn liegt.

Ein anderes Beispiel für die Thematik Ghosten und Blockieren wäre mein Wochenende des Schreckens, welches im Sommer 2022 stattfand. Es war später Nachmittag an einem Freitag und irgendwie hatte ich Lust darauf, mich mit Jamil zu treffen. Dieser antwortete auch gleich, er meinte, dass er bis am Abend arbeitet, aber danach Zeit hätte. Ich dachte mir gut, dann kann ich noch einen Film anschauen und mich etwas entspannen. Gegen halb neun am Abend schrieb er mir, dass er noch länger im Büro bleiben würde und es sich erst gegen halb zwölf ausgehen würde. Auch das war kein Problem, schließlich kann man ja mit mir reden. Da bis elf am Abend keine weitere Nachricht mehr kam, in der stand, dass er das Treffen verschieben müsse, sprang ich unter die Dusche und begann damit, mich zu justieren. Ich war fix und fertig, hatte tolle Reizwäsche an und ein wenig Parfum oben. Es war halb zwölf und ich schaute auf mein Handy. Auf dem Handy war weit und breit keine Nachricht von Jamil. Also schrieb ich ihm: „Hey, wann wirst du cirka hier sein?“. Eine halbe Stunde später hatte ich noch immer keine Nachrichten von ihm. Auch eine Stunde darauf herrschte auf meinem Handy gähnende Leere. Selbst die blauen Häkchen waren nicht zu sehen. Nach einer weiteren Stunde kam ich dann zu der Erkenntnis, dass er mich versetzt hatte. Ich zog also meine tolle Reizwäsche aus und meinen bequemen Pyjama an und ging ins Bett.

Das ist ebenfalls etwas, was ich nicht leiden kann. Jemandem schreiben, dass man zu einer gewissen Uhrzeit kommt und man dann einfach nichts mehr schreibt. Es hätte gereicht, wenn Jamil mir geschrieben hätte: „Tut mir leid, es geht sich heute leider doch nicht aus", oder „Tut mir leid, mir geht's nicht gut." Irgendeine Nachricht wäre toll gewesen, damit man nicht wie bestellt und nicht abgeholt dasitzt und sich extrem dämlich vorkommt. Auch am nächsten Tag hatte ich keine Nachricht von ihm bekommen, aber ich sah, dass er sie zumindest gelesen hatte. So etwas nervt einfach nur.

Dann meldete sich ein anderes Match bei mir. Ich taufe ihn mal auf den Namen Bewusstseinstrainer, Erklärung folgt später, also seid gespannt. Er fragte, ob ich am Sonntag Zeit hätte, damit wir uns endlich einmal treffen könnten. Wir einigten uns darauf, dass er um 13 Uhr zu mir kommt. Der nächste Tag kam und es war zehn Uhr und da schrieb mir der Bewusstseinstrainer: „Du, sag, wärst du mir böse, wenn wir das Verschieben? Ich habe das erste Mal ein bisschen Zeit für mich und ich würde mir heute gerne Metime gönnen." Irgendwie hatte mir mein Gefühl schon gesagt, dass er absagen würde. Kennt ihr das? Wenn ihr einfach so ein Gefühl habt oder euch eure innere Stimme sagt, dass es einfach nichts wird? So geht es mir manchmal.

Auf jeden Fall hatte ich dieses Gefühl und es hatte mich nicht enttäuscht. Also bestellte ich mir etwas zum Essen und versuchte zu entspannen. Am Nachmittag gegen drei

Uhr kam eine neue Nachricht, in der stand: „Bist du mir jetzt böse?“. Ich antwortete ihm: „Naja, böse nicht, aber genervt bin ich schon.“ Immerhin war es nicht das erste Treffen, welches er verschoben hatte. Der Bewusstseinstrainer entschuldigte sich und meinte, dass er es sich anders überlegt hätte. Er hatte mir versprochen, dieses Mal wirklich zu kommen. Ich ließ mich also breitschlagen und sprang unter die Dusche, um mich zu justieren. Ich hatte mich fertig angezogen und mich aufgehübscht. Ich nahm mein Handy und wollte ihm schreiben, wann er endlich da sei. Da stellte ich fest, dass er mich auf WhatsApp und Instagram blockiert hatte. Selbst das Match auf der Dating-App hatte er aufgelöst.

Ich verstehe nicht ganz, warum man so etwas macht.

Macht ihn das an? Macht ihm das Spaß? Was soll das?

Wieso diese ganzen Spielchen?

Ich war so wütend, dass ich unbedingt aus meiner Wohnung hinausmusste, also fuhr ich zu McDonalds. Nach einem Oreo Shake und zwei spaßigen Tanzworkouts von meiner Lieblings-Fitfluencerin ging es mir wieder besser. Es ist mir ein Rätsel, wieso kann man nicht einfach ehrlich und direkt sagen, wenn man doch kein Interesse hat? Auch wenn es im ersten Moment verletzend sein wird, so ist es auf diesem Weg um einiges besser, als wenn man einfach ignoriert wird oder sogar ohne Vorwarnung überall blockiert wird. Ich gebe zu, ich bin manchmal nicht so direkt und versuche, eine nette Umschreibung dafür zu finden, warum ich jetzt nicht mehr schreibe. Liegt aber auch daran, dass ich ein viel zu netter Mensch bin. Ich blockiere nur dann, wenn die Männer sich als absolute Arschlöcher oder Psychos herausstellen. Kurz gesagt finde ich, dass Ghosting einfach arschig ist.

26
Der Bewusstseinstrainer. Wenn der Profi eine Erleuchtung hat!

Tja, wie der Name des Kapitels verrät, gab es noch eine Interaktion mit dem Bewusstseinstrainer. Jap, wir reden von dem Typen, der mich immer wieder versetzt hat. Ja, wir reden von dem Typen, der mich an einem Tag sogar zweimal versetzt hat. Nicht einmal, sondern gleich zweimal. Nur dass er mich beim zweiten Mal auf sämtlichen Plattformen blockierte. Er löschte unser Tindermatch blockierte mich auf Insta und sogar auf WhatsApp. Ich hätte nie gedacht, dass ich je wieder was von ihm hören werde, geschweige denn, dass wir uns je wieder in irgendeiner Form connecten. Tja, da habe ich wieder etwas gelernt. Sag niemals nie!

Es war cirka halb eins in der Nacht am Donnerstag, den ersten Dezember 2022. Ich saß auf meinem Bett und war eigentlich ziemlich müde und wollte nur noch schlafen gehen. Aus irgendeinem Grund nahm ich aber mein Handy in die Hand und checkte noch ein paar Nachrichten auf WhatsApp und dann drückte ich auf das Storyzeichen. Ich fing oben an und begann damit, mir die Storys meiner WhatsApp-Kontakte anzuschauen.

Plötzlich sah ich ein Gesicht, welches mir sehr bekannt vorkam. Ich schaute auf den Namen, weil ich nicht ganz glauben konnte, dass er es war. Aber tatsächlich, es war der Bewusstseinstrainer. Mein erster Gedanke, als ich das realisierte war: „Hmmm, wieso sehe ich seine Story, wenn er mich doch blockiert hat und wieso habe ich die Nummer noch eingespeichert?“.

Dann schaute ich mir seine Story nochmal an, weil ich wissen wollte, was er in dem Video sagt. Ich sah nur sein Gesicht mit einer ernsten Miene und dass sich seine Lippen bewegten. Ich startete die Story also neu und drehte den Ton auf. Ich lauschte aufmerksam seinen tiefgründigen Worten und versuchte ernst zu bleiben, aber leider funktionierte es nicht. Ich konnte einfach nicht anders, ich konnte mein Lachen nicht mehr zurückhalten. Von jetzt auf gleich war ich wieder total munter. Da lag ich nun wie ein Marienkäfer auf meinem Rücken in meinem Bett und lachte Tränen.

Viele, wenn nicht sogar alle werden sich jetzt fragen, warum bzw. worüber ich so herzhaft lachen musste. Na ja, es war so eine Art Berufsvideo. In den Monaten nach unserer letzten Begegnung hatte er die Branche gewechselt und wurde zu einem Bewusstseinstrainer. Deswegen heißt er in meinem Buch auch Bewusstseinstrainer, mir ist enttäuschenderweise kein besserer Name eingefallen. Kommen wir zurück zu dem Video. Sogar wenn ich jetzt darüber schreibe, muss ich darüber lachen. Er saß einfach da, schaute mit einer ernsten Miene in die Kamera und sprach über Schmerzen. Ja, ich weiß, klingt etwas doof, wenn man bedenkt, dass ich vorher erwähnt habe, dass ich einen Lachanfall bekam, als ich mir das Video anschaute. Ihr werdet es vielleicht verstehen, wenn ihr den Satz hört, der mich zum Lachen brachte. „Der Schmerz, den ihr gerade empfindet, tut weh, aber denkt darüber nach. Vielleicht hat es einen Grund, warum das passiert und warum ihr diesen Schmerz gerade fühlt. Ihr müsst ihn euch hineingehen und das Positive daran erkennen.“ Ich hoffe, dass zumindest ein paar von euch auch lachen mussten.

Als ich das hörte, musste ich nicht nur lachen, sondern ich musste sofort an das Wochenende des Schreckens denken.

Ich musste an den Tag denken, an dem er mich zweimal versetzt hatte und das nicht gerade auf die englische Art. Ich musste daran denken, dass mir die Ablehnung und dieses Versetzen tatsächlich weh getan hatten. Ich musste daran denken, dass dies einer der Schlüsselmomente war, in denen ich mir dachte: „Wieso passiert mir das?“ Es dauerte ein paar Monate, bis ich den Sinn erkannt hatte. Der Sinn, warum mir all das passiert war und warum ich so viel Tolles, aber auch so viel Schlechtes und Schmerzhaftes erlebt habe, war der, dass ich heute hier sitze und dieses Buch schreibe.

Ich saß nun da und lachte und gleichzeitig hatte ich all diese Erkenntnisse. Zum damaligen Zeitpunkt hatte ich die Rohfassung meines Buches bereits fertig. Nachdem ich mich wieder beruhigt hatte, konnte ich mich nicht zurückhalten. Ich musste ihm einfach schreiben. Ich antwortete direkt auf die Story und schrieb: „Danke dafür, dass du mir Stoff für mein Buch gegeben hast.“ Es dauerte nur eine Minute, bis von ihm zwei Nachrichten kamen. In der ersten stand: „What?“, und in der zweiten stand: „Welches Buch?“. Auf seine erste Nachricht schrieb ich ihm: „Ich bin die aus dem Nachbarort, der du mehrmals gesagt hast, dass du sie treffen willst, aber dir dann immer etwas dazwischenkam. Dann hast du gemeint, du kommst wirklich und als ich frisch geduscht auf mein Handy geschaut hatte, bemerkte ich, dass du mich überall blockiert hattest, aus einem mir noch heute nicht erkenntlichen Grund (Tränen lachende Emoji)“ und auf die zweite antwortete ich: „Hab ein Buch geschrieben. Ist noch nicht veröffentlicht und ich habe keine echten Namen verwendet. In dem Buch geht es um meine Datingerfahrungen.“. Nachdem ich diese Nachrichten abgeschickt hatte, dachte ich, dass er mich sofort wieder blockieren wird. Doch ich wurde wieder überrascht.

Es kam eine Antwort. Auf die erste Nachricht schrieb der Bewusstseinstrainer: „Ja, das war mies." Auf die zweite kam: „Hahaha, interessant. Wie viele Seiten? Und wo veröffentlichst du das?". Ich hätte nie gedacht, dass ich an diesem Abend noch eine angeregte Unterhaltung mit ihm führen würde.

Ich antwortete auf seine erste Nachricht: „Schon ok. Du bist nicht der erste Mann, der sowas mit mir gemacht hat und erst recht nicht an diesem Wochenende." Und auf die zweite schrieb ich: „Zurzeit 213 (A5), ist aber nur die Rohfassung ohne Bilder und Grafiken. Ich habe mich diese Woche erkundigt, welche Verlage es so gibt. Mal schauen, was passiert und du bist jetzt Motivationstrainer?" Daraufhin antwortete er auf meine erste Nachricht: „Hahaha, lecker. Vielleicht doch gut, dass ich nicht gekommen bin." Und auf die zweite Nachricht schrieb er: „Hahaha, du bist ja voll into it. Ja, ich bin sowas wie ein Motivationstrainer." Ich muss gestehen, als ich die leckere Nachricht gelesen hatte, war ich kurz irritiert und fühlte mich angegriffen. Entweder, es war sein Ernst oder er hatte nicht ganz verstanden, was ich ihm gesagt hatte. Da es mich irritiert hatte, schrieb ich ihm: „Lecker in dem Zusammenhang habe ich auch noch nie gehört." Darauf antwortete der Bewusstseinstrainer: „Na ja, hört sich für mich so an, als wären zu dem Zeitpunkt einige Männer in dir drin gewesen. Das meinte ich mit lecker." Da wurde mir klar, dass er überhaupt nicht verstanden hatte, was ich ihm geschrieben hatte, und das wollte ich sofort richtigstellen. „Aaah, ich glaube, du hast das nicht verstanden. An dem Wochenende, als du mich blockiert hast, haben mich andere auch versetzt. War eine doofe Phase, da ich eigentlich innerlich verletzt war, weil mich einer gefriendzoned hat, den ich mochte und ja, ich wollte einen Egopush haben, aber den habe ich nicht bekommen." Dann hat er geschnallt, was ich meine.

Obwohl ich es ihm erklärt und er es scheinbar verstanden hatte, so fühlte ich mich nach wie vor angegriffen. Was heißt da lecker?! Als ob das je eine Frau zu einem Mann sagen würde, der mehrere Frauen hatte. Abgesehen davon ist eine Frau, die mehr Erfahrung hat, nicht weniger wert als eine Frau, die schon recht früh den Richtigen getroffen hat und somit nicht so viele Frösche wie die anderen probiert hat. Ich finde es traurig, dass ein Mann, der mehrere Aufrisse hatte, als Held dasteht, während eine Frau mit mehreren Aufrissen als Schlampe dasteht und man ihr nachsagt, dass sie keinen Wert hätte. Das stimmt nämlich nicht! Jede Person, egal, ob viele oder wenige Aufrisse, egal ob Single oder vergeben, hat einen Wert!

Diese Unterhaltung ging noch ein wenig weiter, bis ich es nicht mehr aushielt und ihn fragte, wieso er mich damals versetzt und blockiert hatte. Ich bat ihn, ehrlich und direkt zu antworten. Darauf schrieb er, dass es ziemlich spät sei und er mir morgen antworten würde. Als ich das gelesen hatte, grinste ich und legte mich ins Bett und schlief ein. Ich beschloss, ihm nicht mehr zu schreiben.

Am nächsten Tag bekam ich zu Mittag eine, ein Minuten lange Sprachnachricht vom Bewusstseinstrainer. Ich war überrascht, ich hätte schwören können, dass ich nie wieder etwas von ihm hören würde und er mich wieder blockiert.

Ich nahm meinen Mut zusammen und hörte mir diese Sprachnachricht an. Ich war so neugierig auf seine Erklärung. Ich hörte also aufmerksam seinen Worten zu und musste lachen bei dem, was ich hörte. Zusammenfassend meinte er, dass er damals ziemlich unter Stress stand und er nur Sex wollte. Er sagte außerdem, dass er weiß, dass es eine miese Aktion gewesen sei und es ihm leidtue. Ich grinste und schrieb ihm, dass er es einfach beim nächsten

Mal direkt sagen soll, wenn er kein Interesse mehr hat und er die Frauen danach blockieren kann.

Die Unterhaltung ging noch etwas weiter, er war irgendwie begeistert von meiner coolen Reaktion. Er fragte mich noch ein paar Sachen über mein Buch und sagte dann, dass ich, wenn ich Hilfe brauche, er gerne vorbeikommt. Wir versuchten noch zweimal, uns zu treffen, aber irgendwie klappte es nie. Mittlerweile hat er eine süße Freundin.

27

Er schreibt ...

Kommen wir nun zum Gegenteil von Ghosting und Blockieren. Wir alle haben es schon mindestens einmal erlebt, wir lernen jemanden kennen, mit dem wir uns gut verstehen und mit dem wir uns unbedingt treffen wollen. Aber aus irgendeinem Grund kommt es nie dazu. Zu dieser Kategorie würden mir einige Beispiele einfallen. Aber das hier soll ein Buch werden und nicht ein tausendseitiger Roman über jede Begegnung und jedes meiner Matches, die ich in meinem ganzen Leben hatte.

Der Erste, der mir zu dieser Kategorie einfällt, ist ein junger Bankangestellter, den ich über Facebook-Dating kennengelernt habe. Er hat eine Tochter und würde liebend gern Schauspieler werden. Er ist fast immer gut gelaunt, was manchmal ziemlich nervig sein kann, vor allem, wenn er dich für irgendetwas motivieren will. Da er immer so gut gelaunt war, werde ich ihm den Namen Happy geben. Als wir anfingen zu schreiben, schickte Happy mir eine Nachricht: „Was sind deine Vorlieben?". Anscheinend verstand ich diese Frage falsch, denn auf diese Nachricht schilderte ich ihm alle meine sexuellen Vorlieben. Er war etwas schockiert und es kam: „Ok, damit habe ich jetzt nicht gerechnet." Ich dachte, dass dies der Moment sei, in dem er mich friendzoned. Also war ab diesem Moment ein Schalter umgelegt und ich war einfach ich selbst. Ich bemühte mich nicht, Happy zu gefallen oder etwas in der Art. Ich war einfach ich. Wir schrieben wochenlang normal und spielten online über eine App Karten. Es war ungezwungen und erfrischend, mit einem Mann so offen kommunizieren zu können.

Happy erzählte mir alles Mögliche, z. B., dass er gern Schauspieler werden würde oder dass er gerade aus einer schwierigen Beziehung kommt und eigentlich nichts Festes will, sondern nur Spaß (welch Überraschung). Er erwähnte ebenfalls, dass er auf der Hochzeit seines Cousins eine tolle Frau kennengelernt hatte, die er gut finde, aber von der er weiß, dass sie Jungfrau ist und sie liebend gern eine Beziehung hätte. Also ihr seht, wir redeten wirklich über alles. Vor allem, nachdem er mir von der anderen Frau erzählt hatte, war ich mir sicher, dass ich in der Friendzone bin.

Eines Tages passierte etwas Komisches, Happy hatte im Chat komische und sehr zweideutige Andeutungen gemacht, was mich dezent verwirrte. Irgendwann kam dann eine eindeutige Nachricht, auf die ich dann schrieb: „Wie kommst du auf das? Wir sind ja befreundet, also wird das eh nie passieren." Daraufhin war er sehr geschockt und kannte sich gar nicht mehr aus. Er fragte: „Warte, hast du mich gerade gefriendzoned?". Ich klärte ihn auf, dass ich es so aufgefasst hatte, dass er mich damals gefriendzoned hat. Irgendwie dürfte diese Nachricht etwas in ihm ausgelöst haben. Denn auf einmal gab es mehr zweideutige Nachrichten sowie sexuelle Anspielungen. Es war fast so, als hätte bei ihm, nachdem ich das Wort Freundschaft in den Mund genommen hatte, der Jagdtrieb eingesetzt.

Nach insgesamt zwei Monaten Chatten und Telefonieren dachte ich, dass es vielleicht eine gute Idee wäre, sich einmal zu treffen. Es war Freitag und ich war noch im Büro, als ich ihm schrieb, ob er sich nicht vielleicht mit mir treffen wolle. Mit dem, was dann kam, hatte ich überhaupt nicht gerechnet.

Happy schrieb mir eine Nachricht, in der stand: „Kommt es vielleicht blöd rüber, wenn ich sage, dass ich Bedenken habe, was unser Treffen angeht?". Als ich das las, war ich verwirrt. Wie ihr euch vorstellen könnt, begann mein Hirn dann wieder mit dem üblichen Mindfuck.

Was ist jetzt los? Ich will ja nichts von ihm? Wieso stellt er sich jetzt so an?

Was sollen diese Bedenken sein? Wieso passiert mir immer sowas?

Hat er auf einmal entdeckt, dass er doch Gefühle für diese andere Frau hat?

Oder hat er auf einmal entdeckt, dass er Gefühle für mich hat? Wenn er für mich Gefühle hat, was mache ich dann?

Oder findet er, dass mit mir etwas nicht stimmt?

Ich dachte, bevor ich mich da noch länger dem Mindfuck hingebe, schreibe ich ihm lieber, ob ich ihn anrufen kann. Ich dachte, dass ein Telefonat tausendmal besser ist. Wenn wir weiterhin über den Messenger geschrieben hätten, wäre es bestimmt zu weiteren Missverständnissen gekommen. Happy stimmte zu, also rief ich ihn an und sagte: „Warum hast du jetzt Bedenken, was unser Treffen betrifft?". Er antwortete: „Ich habe halt Angst, dass wir in der Kiste landen und ich dann nachher gemein zu dir bin." Wirklich verstand ich es nicht. Warum sollte er denn gemein zu mir sein? Ich wollte ja eigentlich nichts von ihm. Ehrlich gesagt kenne ich mich bis heute nicht aus, was genau das Problem war oder ist. Wie ihr euch denken könnt, haben wir uns nicht getroffen.

Nach diesem Gespräch hatten wir noch ein paar Wochen Kontakt. Irgendwie war er süß, und versuchte, es wieder auf die Freundschaftsschiene zu bringen. Es war gut, mit jemandem reden zu können und auch mal die männliche Sichtweise zu Männerproblemen zu hören. Oder auch, wenn ich mal ein berufliches Motivationstief hatte, rief Happy mich an und baute mich auf. Manchmal konnte er extrem nervig werden, wenn er auf seiner Motivationstrainerschiene war. Hier und da schreiben wir noch miteinander, aber getroffen haben wir uns bis heute nicht.

Den nächsten Kandidaten lernte ich über Bumble kennen. Er ist Sanitäter und arbeitet in der Notrufzentrale. Wie schon einmal erwähnt, habe ich eine Schwäche für Männer in Uniform. Wir haben uns sehr gut verstanden und von vornherein war klar, dass das zwischen uns nur auf Spaß hinausläuft. Doch jedes Mal, wenn ich ein Treffen vorschlug bzw. einen Termin ausmachen wollte, meldete er sich an diesem Tag nicht mehr oder fand eine Ausrede. Aber er meldete sich immer wieder. Ihr fragt euch sicher, warum ich ihm immer wieder geantwortet habe, na ja, welche Frau hört nicht gern Komplimente von einem gutaussehenden Mann. Vor allem eine Frau, die sehr verunsichert ist, also eine Frau wie ich. Mittlerweile hat auch er eine Freundin.

Dann gibt es da noch die Typen, die gar nicht erst auf deine erste Nachricht antworten, kommt eigentlich schon dem Ghosting nahe. Im Endeffekt muss jeder oder jede für sich entscheiden, ob er das aushält oder nicht. Ich möchte euch das Sprichwort mitgeben: „Wer will, findet Wege und wer nicht will, findet Gründe.“

28

Was habe ich mir nur dabei gedacht?!

Wir alle kennen doch diesen Moment, in dem wir jemandem begegnen, mit dem wir einmal etwas hatten und uns dann denken: „Was habe ich mir nur dabei gedacht?!". Tja, auch ich hatte schon ein paarmal einen Moment, wo ich mich das fragte. Meistens gab es dafür unterschiedliche Gründe. Der Klassiker ist, wenn wir jemanden sehen und uns dann diese Person genauer anschauen und uns fragen, was wir an demjenigen so attraktiv und anziehend gefunden haben. Wenn es ein One-Night-Stand war, den man beim Fortgehen kennengelernt hat, dann könnte man zu viel Alkohol getrunken haben. Denn es ist wahr, was man sagt, man kann sich die Leute definitiv schön saufen. Diese Erfahrung habe ich auch schon einmal gemacht.

Eines der Beispiele für die Alkoholversion, die ich hier anführen möchte, ist Indica, von dem ich euch schon im Kapitel „Zwei an einem Tag" berichtet habe. Wie ihr wisst, war ich ja fort und als ich ihn traf, war ich bereits sehr alkoholisiert. Damals war ich fasziniert von ihm und fand ihn sehr attraktiv. Als ich am nächsten Tag dann in diesem Keller munter wurde und mich umsah und wusste, was passiert war, hatte ich regelrecht Angst mich umzudrehen und nachzusehen. Wie zu erwarten war, war von der empfundenen Attraktivität nicht mehr viel bis wenig vorhanden. Aber er war nach wie vor sehr nett und witzig. Abgesehen davon lud er mich zum Essen ein und führte mich wieder zu meinem Auto. Also ja, ich weiß aus erster Hand, dass es möglich ist, sich die Leute schön zu saufen.

Als Nächstes möchte ich euch eine andere Kategorie vorstellen. In dieser Kategorie rede ich von Männern, von denen man sich mal mehr erwartet hatte. Man hat sich eine Beziehung mit ihnen gewünscht. Man hat sich zu diesem Mann hingezogen gefühlt und man hat diese Männer wahnsinnig attraktiv gefunden. Ich nenne diese Kategorie, die rosarote Brille macht blind.

Wir alle kennen doch dieses Sprichwort, dass die rosarote Brille blind macht. Diese rosarote Brille kann viele Bereiche betreffen. Zum Beispiel erkennt man am Anfang nicht, dass der Typ oder die Frau ein manipulativer Narzisst ist. Meiner kleinen Schwester ging es so und sie hat vier Jahre gebraucht, um dahinterzukommen. Oder man merkt am Anfang nicht, dass man unterschiedliche Dinge will, so wie ich damals in meiner ersten und bis jetzt einzigen Beziehung mit Maximus. Oder man kommt darauf, dass die rosarote Brille einen Schönheitsfilter eingebaut hat.

Kurz bevor ich meinen Ex-Freund im Internet über Parship kennengelernt hatte, war da Spielberg. Ihn hatte ich ebenfalls über Parship kennengelernt. Anfangs glaubte ich, dass er derjenige sein würde, mit dem ich meine erste Beziehung haben würde. Wir kochten zusammen, was ich toll fand, vor allem, da bei diesem Kochexperiment keine Chilis involviert waren, wie damals mit Grisha. Ich fühlte mich bei ihm wohl. Wir verstanden uns auch sehr gut, bis zu dem Zeitpunkt, als er mir schrieb: „Du, ich habe dich gerne, aber mehr auch nicht." Sowas zu lesen war echt schmerzhaft, aber es sollte einfach nicht sein.

Ein paar Jahre später war ich auf dem Weg in ein Allergie-Ambulatorium. Als ich die Gasse entlang zum Ambulatorium ging, kam mir die Umgebung sehr bekannt vor. Mir war nicht ganz klar, warum, aber es ließ mir keine Ruhe.

Irgendwann fiel mir ein, dass Spielberg in derselben Gasse wohnte. Da wir auf Facebook befreundet waren, beschloss ich, ihm zu schreiben. Bitte fragt mich nicht, warum ich das getan habe, ich weiß es selbst nicht. Aber wenn man es von einem anderen Standpunkt betrachtet, würde ich sagen, dass, wenn ich es nicht getan hätte, dieses Kapitel extrem kurz geworden wäre.

Spielberg antwortete und er war sehr überrascht, wieder von mir zu hören. Letztendlich war auch ich überrascht, dass ich ihm geschrieben hatte und genauso überrascht, dass er mir geantwortet hatte. Auf jeden Fall fragte ich Spielberg, ob er in der Nähe von diesem Allergie-Ambulatorium wohnt. Er bejahte und fragte, warum ich es wissen wollte. Ich erzählte ihm, dass ich dort sei, um Allergien auszutesten. Nachdem er das erfahren hatte, begannen wir miteinander zu schreiben. Irgendwie musste ich ja die Zeit totschlagen, während ich auf mein Ergebnis wartete.

Als ich meine Ergebnisse hatte, verließ ich das Ambulatorium. Ich ging zurück zur U-Bahn, als ich auf einmal meinen Namen hörte. Ich drehte mich um und suchte nach jemandem, aber da war niemand. Dann hörte ich, wie jemand sagte: „Hey Conny, schau mal nach oben." Ich schaute also nach oben und war perplex. Ich war so perplex, dass ich fast vom Gehsteig gefallen wäre, ich konnte mich gerade noch fangen und stabilisieren.

Ich sah ihn an und dachte: „Was habe ich mir nur dabei gedacht?!". Sicher erinnere ich mich daran, dass er mich zum Lachen gebracht hat und dass ich mich in seiner Gegenwart wohlgefühlt habe, aber an sein Aussehen konnte ich mich nicht mehr erinnern. Erst recht nicht an den Topfschnitt, den er jetzt hatte und dass er ein Lauch war, war mir wohl auch entfallen.

Ihr seht solche „Was habe ich mir nur dabei gedacht“ – Momente können intensiv, aber auch lustig sein. Ich bin mir sicher, dass ihr alle schon einmal so einen Moment hattet.

29

Oooooh, mein Gott

Der Titel dieses Kapitels wird euch wahrscheinlich schon sagen, wo die Reise hingeht. Ich möchte euch in diesem Kapitel über die Entdeckung meines ersten Orgasmus berichten und wie es dazu kam. Nachdem ich in diesem Buch so offen und ehrlich über meine Dates und meine sexuellen Erfahrungen berichte, darf natürlich das Thema Orgasmus nicht fehlen.

Das Wichtigste ist, dass ich meinen ersten Orgasmus nicht mit einem Mann hatte. Meinen ersten Orgasmus hatte ich, als ich Sex mit mir selbst hatte. Ich masturbierte, irgendwie klingt Masturbieren nicht gerade sexy. Carolin Kebekus hat in der Fernsehserie „LOL: Last One Laughing" folgende Alternativen für die weibliche Masturbation gebracht: „Das Wurstfach putzen, fünf gegen Venus, die G-Saite spielen, die Mona Lisa pinseln, den Finger in die Feige legen, die Auster zum Singen bringen, den Papst ärgern, Vagina morgulis, die Babyklappe putzen, sich einen von der Burg rapunzeln, die Muschel bimmeln, im Schneckenhaus einparken und die Falte bügeln." Ich muss sagen, sie war echt kreativ, was das angeht. Ich bin dafür, dass sich der eine oder andere Begriff durchsetzen sollte. Ich glaube, ich werde mich für dieses Kapitel für „die Mona Lisa pinseln" entscheiden.

Ich muss gestehen, dass ich erst 26 war, als ich meinen ersten Orgasmus hatte. Aus irgendeinem Grund hat es sich bis zu diesem Zeitpunkt nie ergeben bzw. hatte ich keine Ahnung, wie sich ein richtiger Orgasmus anfühlt. Ich hatte bis zu diesem Zeitpunkt das „Mona Lisa pinseln" nie bis zum Ende betrieben. Jetzt mal ehrlich, über das „Mona Lisa pinseln“ wird bei uns Frauen nie gesprochen. Es ist ein richtiges Tabuthema. Warum eigentlich? Bei Männern ist es vollkommen normal und sie entdecken das „Fünf gegen Willi“ mit cirka vierzehn Jahren. Diese Entdeckung wird zum geheimen Lieblingshobby der Männer. Wenn Männer darüber reden, ist es vollkommen normal, aber ich habe noch nie mitbekommen, dass Frauen über dieses Thema offen und ehrlich reden, geschweige denn, dass sie zugeben, dass sie es machen.

Die Frage ist nur, warum tun wir Frauen das? Warum ist es für uns so unnatürlich darüber zu reden ‚die Mona Lisa‘ zu pinseln?

Warum machen wir das nicht regelmäßig?

Wie sollen wir einem Mann sagen, wie er uns optimal befriedigt, wenn wir es selber nicht wissen?

Wieso haben wir vor der „Mona Lisa“ solch große Angst, ist ja schließlich nicht so, dass wir da unten eine Beißzange haben, oder?

Frauen und Orgasmen sind ja ein eigenes Thema. Teilweise ist es für uns gar nicht so leicht, zum Höhepunkt zu kommen. Deswegen gibt es keinen besseren Weg, als auf eine Expedition zu gehen und seinen eigenen Körper zu erforschen. Ich bin der Meinung, dass es wichtig ist zu wissen, wie man am besten kommt. Wenn wir selber nicht wissen, wie wir zum Höhepunkt kommen und Angst davor haben, es selbst herauszufinden, wie können wir dann erwarten, dass ein Mann bzw. unser Partner weiß, wie er uns optimal befriedigen soll?

Gefühlt ist es doch so, dass wir Frauen als Erstes lernen, wie man einen Orgasmus vortäuscht, einfach, weil wir viel zu nett sind. Die Entdeckung des richtigen Orgasmus kommt viel später. Es ist eine unglaubliche Entdeckung und anfangs ist die Intensität erschreckend und überwältigend. Man glaubt nicht, dass man diese Intensität aushält, aber dann lernt man dieses Gefühl zu lieben. Man liebt es so sehr, dass man am liebsten einen Orgasmus nach dem anderen haben möchte. Vielleicht geht es auch nur mir so. Es ist eines der schönsten Gefühle, die man haben kann.

Meine Entdeckung des großen Os fand statt, als ich „die Mona Lisa pinselte" habe. Es war so, dass ich eigentlich mit Sexting beschäftigt war, als es irgendwann uninteressant wurde. Es lag daran, dass ich auf einmal eine interessante Stelle mit dem Vibrator gefunden hatte. Ich kannte dieses Gefühl nicht, aber es gefiel mir. Es war sehr intensiv und berauschend.

Ich hatte Angst, meine Hand zu bewegen und dann diesen einen Punkt nicht wieder zu finden. Ich bekam Gänsehaut und begann zu zittern. Es war unbeschreiblich, ich musste mich sehr zurückhalten, um nicht laut zu schreien. Wäre auch keine gute Idee gewesen, da ich in einem nicht sehr schalldichten Wohnhaus wohne. Man bekommt sehr viel mit von den Nachbarn. Man hört, wenn sie niesen oder die Klospülung betätigen oder das neue Pamela-Reif-Workout machen und wenn sie wieder mal nicht die Türschnalle finden oder sie einfach vergessen haben, wozu eine Türschnalle da ist. Hätten das meine Nachbarn mitbekommen, wäre die Erklärung für den Schrei etwas peinlich geworden.

Ich habe zwar eine Spruchkarte außen auf meiner Wohnungstür hängen, auf der steht: „Ich bin gut im Bett", aber mehr als das müssen meine Nachbarn nicht über mein Sexleben wissen, geschweige denn hören.

Ich „pinsle die Mona Lisa" nicht täglich, aber ab und zu ist es befreiend und ich kann verstehen, warum die Männer regelmäßig masturbieren. Man ist danach einfach entspannt und hat einen freien Kopf. Es ist gut zum Stress abbauen und hat schon fast etwas Meditatives.

Was will ich euch also mit diesem Kapitel näherbringen? Ich will damit nur sagen, dass ihr euch mehr mit eurer Mona Lisa beschäftigen sollt. Seit mutig und pinselt sie und entdeckt, dass es manchmal echt befriedigend sein kann. Also, ich pinsle am liebsten unter der Dusche mit gutem Wasserdruck.

30
Du bist nett, aber…

Diesen Satz wird der ein oder andere auch schon einmal gehört haben. Ich persönlich habe ihn schon sehr oft zu Ohren bekommen und je öfter ich ihn höre, desto schmerzhafter wird er. Denn dieser Satz katapultiert mich direkt in die „Friendzone“.

Ehrlich, keiner von uns landet gerne dort, erst recht nicht, wenn man die Person, von der man „gefriendzoned“ wird, echt gerne hat und sich definitiv mehr vorstellen hätte können. Es ist vergleichbar damit, wenn man sich auf einen Job bewirbt, den man unbedingt haben möchte und nach dem zweiten Vorstellungsgespräch denkt man sich: „Ja, dass ich gut gelaufen und ich will diesen Job unbedingt haben.“ Doch dann kommt der Anruf, in dem es heißt: „Sie sind eine tolle Persönlichkeit, aber …“, oder „Danke für ihre ungewöhnlich sympathische Bewerbung, aber …“.

Tja dann kommt halt das böse Erwachen und man stellt fest, dass man diesen Job, den man unbedingt haben möchte, nicht bekommt und man denkt sich: „Was nutzt es einem eine tolle Persönlichkeit zu sein, wenn man damit keine Rechnungen bezahlen kann.“

Kommen wir zurück zu der Datingversion. Im Sommer 2022 hatte ich wieder mal ein Match. Er hat mich überrascht, da man nicht allzu oft auf so große Männer trifft und diese das dann auch in ihrem Profil angeben. Was ihn für mich auch attraktiv gemacht hatte, war, dass er alleinerziehender Vater war. Hat wahrscheinlich etwas damit zu tun, wie ich aufgewachsen bin.

Was mich aber am meisten bei ihm überrascht hatte, war, dass er tatsächlich auf der Suche nach einer Beziehung war und nicht nach Spaß. Für Tinder war das ungewöhnlich. Er war irgendwie gar nicht so wie die Männer, die ich üblicherweise auf den Apps kennengelernt hatte. Wir hatten mehrere gemeinsame Interessen, wie etwa Horrorfilme und Karten spielen. Ich fühlte mich sofort zu ich hingezogen, auch wenn wir nur miteinander schrieben. Vor allem, nachdem er mir geschrieben hatte, dass er Sex beim ersten Date und One-Night-Stands nicht mag. Ich glaube, ich werde ihm den Namen Dino geben. Der Name ist italienisch und bedeutet Hoffnung und der Große. Er ist groß und er hat in mir Hoffnung geweckt, wieder eine Beziehung zu haben. Er hatte viel von dem, was ich mir gewünscht hätte.

Dann kam endlich der Tag, an dem wir unser erstes Date haben sollten. Ich war aufgeregt und konnte es kaum erwarten. Ich hatte mir fest vorgenommen, nicht gleich mit ihm in die Kiste zu springen, da ich es einfach nicht verbocken wollte. Ich wollte nicht, dass Dino nur Spielzeug in mir sieht. Ich überlistete mich sogar selbst, indem ich einfach irgendeine Unterwäsche anzog, die nicht einmal zueinander passte und ich war nicht justiert. Obenrum hatte ich mich für ein schönes Sommerkleid entschieden. Ich fuhr also obenrum aufgemotzt und untenrum leger gekleidet zu ihm. Als ich vor seiner Wohnungstür stand, war ich so unglaublich nervös, mein Herz schlug immer schneller. Dann ging die Tür auf und mir fiel die Kinnlade, natürlich nur in Gedanken, runter. Da stand er nun groß und gut aussehend und obendrauf noch ein bezauberndes Lächeln.

Die Begrüßung war irgendwie seltsam, da wir beide nicht so recht wussten, wie wir uns begrüßen sollen. Ich zog meine Schuhe aus und er ging in sein Wohnzimmer und legte sich auf die Couch. Dino deutete mir, dass ich mich zu ihm legen soll. Ich legte mich zu ihm und er nahm mich in den Arm, und wir fingen an zu kuscheln. Wir kuschelten einfach nur und redeten ein wenig. Ich fühlte mich in seinen Armen sehr wohl und er roch auch noch so gut. Da wusste ich, dass es eine richtig harte Bewährungsprobe für mich werden würde. Gott sei Dank sagte er dann: „So, lass uns Karten spielen, sonst schlafe ich hier noch ein." Wir setzten uns hin und begannen Jolly zu spielen. Er hatte es länger nicht mehr gespielt, also erklärte ich ihm alles. Ich glaube, das war nur ein Vorwand, denn Dino schlug mich bei diesem Spiel vernichtend. Nachdem ich die Karten weggeräumt hatte, fragte er: „Magst du noch einen Film schauen? Vielleicht sogar einen Horrorfilm?".

Da war er nun, der klassische Horrorfilmtrick. Der Moment, wo einer einen Film vorschlägt und am besten noch einen Horrorfilm. Warum ausgerechnet einen Horrorfilm? Ist doch klar, damit man einen guten Vorwand hat, um Körpernähe zu suchen. So kommt man sich sehr schnell und äußerst einfach näher.

Dino schlug den Film Annabelle vor und da ich ihn nicht kannte, stimmte ich zu. Das war ein Fehler, ich hasse nämlich Puppen und erst recht hasse ich Puppen, die unheimlich und für Morde verantwortlich sind. Dino fand es sehr lustig, als ich ihm sagte, dass ich Puppen eigentlich hasse. Dann nahm er mich in den Arm und wir kuschelten wieder. Nach einer Zeit schlug er, auch wenn es jetzt doof klingt, einen Stellungswechsel vor. Ich setzte mich hin und streichelte seine süße Katze, während er sich hinlegte. Ich sagte zu ihm: „Deine Katze ist echt süß." Er schaute mich entsetzt an und sagte: „Danke und ich nicht?". Ich wiederum sagte: „Doch, du bist auch süß." Als ich dann zu ihm rückte und mich hinlegte, küsste er mich.

Während wir uns küssten, legte ich mich hin, zu meiner Erleichterung lag ich nun mit dem Rücken zum Fernseher. Als wir so schmusten, war es wunderschön. Dino konnte richtig gut küssen. Ich fühlte mich sehr wohl. Ich wollte nicht, dass dieser Moment aufhört. Ich musste mich so beherrschen, damit ich nicht über ihn herfalle. Leider war der Film irgendwann vorbei und ich musste gehen. Aber ich blieb standhaft.

Der Abschied gelang uns besser als die Begrüßung. Wir umarmten uns und es gab einen innigen Kuss. Er meinte noch zu mir, dass ich mich melden soll, wenn ich zu Hause angekommen sei. Ich war überrascht, das hatte bis jetzt noch keiner zu mir gesagt bzw. keiner meiner Dates wollte wissen, wann ich sicher zu Hause angekommen war. Ich ging zu meinem Auto und fühlte mich wie auf Wolke sieben. Ich stieg ein und fuhr los, natürlich musste ich meine Gute-Laune-Playlist im Auto aufdrehen und ich begann laut mitzusingen. Bis ich plötzlich seinen Namen auf dem Bildschirm bei meinem Auto aufleuchten sah und mir klar war, dass er mir eine Nachricht geschickt hatte. Als ich da seinen Namen sah, bekam ich auf einmal Angst. Ich hatte Angst, dass in der Nachricht steht, dass er es zwar schön gefunden habe, aber es nicht wiederholen wolle. Ich dachte, dass in dieser Nachricht schlechte Neuigkeiten standen. Zum Glück wurde eine Ampel am Heimweg rot und ich konnte mir die Kurznachricht am Bildschirm ansehen. Ich war geschockt! In der Nachricht standen keine schlechten Neuigkeiten und auch nicht, dass er das Treffen nicht wiederholen wollen würde. Ganz im Gegenteil, in der Nachricht stand, dass er es sehr schön gefunden habe und er es so bald wie möglich wiederholen wollen würde.

Wisst ihr noch, als ich euch gesagt habe, dass man manchmal ein Gefühl oder eine innere Stimme hat, die einem sagt, dass z. B. ein Treffen nie stattfinden würde? Anscheinend hatte ich damals schon eine Vorahnung, wo die Reise mit diesem Gentleman hingehen würde. Nichts ahnend schrieb ich die nächsten zwei Tage ganz normal mit ihm. Am zweiten Tag nach unserem Treffen kam es mir schon seltsam vor, dass er so lange brauchte, um mir zu antworten.

Es war Freitagmittag, als folgende Nachricht eintraf: „Hey du. Ich habe mir das durch den Kopf gehen lassen. Ich denke, ich bin noch zu jung, um mich fix zu binden. Ich weiß, es gibt genug, die in dem Alter schon verheiratet sind etc. oder fixe Partner haben. Allerdings habe ich selbst noch zu wenig ausprobiert in meinem Leben, da auch das Kind dazwischenkam und würde mir grad beziehungstechnisch echt Zeit lassen. Ich hoffe, du kannst das verstehen, du bist supernett und es war auch ein echt schöner Abend mit dir, nur Beziehung glaube ich nicht, dass das im Moment, was für mich wäre."

Tja, da war er nun, der Moment, vor dem ich mich immer fürchte und der mir immer wieder aufs Neue einen Stich verpasst. Dachte er echt, dass ich ihn nach diesem einen Date heiraten wollen würde? Oder dass ich etwas überstürzen will? Wirklich verstanden habe ich diese Nachricht nicht. Das Einzige, was von dieser Nachricht hängen geblieben ist, sind die Worte: „... Du bist supernett ...".

Wieso passiert mir das immer wieder? Was stimmt mit mir nicht?

Hat er wirklich geglaubt, dass ich ihn nach einem Date heiraten will? Wieso macht er das nur?

Wieso tut es immer so weh?

Ich bin es leid, dass mir Männer falsche Hoffnungen machen! Ich bin es leid zu hören, dass ich nett bin, geschweige denn, dass ich supernett bin.

Ich war an diesem Tag bei meinen Großeltern. Es war sehr schwer, mir nicht anmerken zu lassen, was los war. Als ich mit meiner Oma allein Eis essen war, erzählte ich ihr ein wenig von der Situation. Sie meinte nur: „Ja, da ist was dran, du bist wirklich viel zu nett."

Na, wenn meine Oma schon so etwas sagt, dann muss es ja wohl stimmen. Als nett bezeichnet zu werden, wenn man datet, ist schon schlimm genug, aber supernett! Das ist echt heftig. Wirklich jeder weiß, was es bedeutet, wenn jemand, den man datet, einen als nett bezeichnet. Selbst meine Oma erzählte mir neulich, dass sie im Fernsehen gehört habe, dass nett in diesem Zusammenhang der kleine Bruder von scheiße sei. Im selben Atemzug meinte sie noch, als sie das gehört hatte, sie an mich denken hatte müssen. Ob meine Oma mir damit durch die Blume sagen wollte, dass sie mich scheiße findet, sei mal so dahingestellt.

Auch wenn mir diese ganze Situation sehr weh getan hatte, beschloss ich, diese „Freundschaft" mit Dino auszuprobieren. Na ja, hatte schon bessere Ideen. Bei unserem zweiten Treffen stellte er mir seinen kleinen Bruder vor. Das war überhaupt nicht seltsam, nach so kurzer Zeit bei dem Typen zu sitzen, mit dem man sich mehr hätte vorstellen können und dann lernt man auch noch seinen Bruder kennen. Sarkasmus beiseite, dieses Treffen hatte einen Vorteil, Dino wirkte auf einmal nicht mehr so attraktiv auf mich. Die Anziehung, welche ich beim ersten Treffen gespürt hatte, war wie weggeblasen.

Dann kam das dritte Treffen. Sein kleiner Bruder war wieder dabei und wir spielten Jolly. Bevor wir begannen, hatten wir gewettet, wer gewinnen würde. Mitten im Spiel sagte der kleine Bruder nach einem Blick auf den Punktestand: „Mah, Conny, du bist ja grad voll am Verlieren." Ich sagte daraufhin: „Jap und das auf mehr als nur einer Ebene." Dann sagte ausgerechnet Dino folgenden Satz: „Oh ja, vor allem auf der Beziehungsebene." Ja, was soll man darauf nur sagen. Ich war geschockt und die Aussage hatte echt weh getan. Keine Ahnung, warum, aber ich begann wieder mit meinem üblichen Mindfuck.

Warum passiert mir das? Ziehe ich wirklich immer die Falschen an? Stimmt etwas nicht mit mir?

Warum wollte ich einmal was von diesem Mann, der mich gerade so beleidigt hat? Liegt es echt an mir?

Warum sagt er sowas? Will er mich verarschen?

Es war blöd von mir zu glauben bzw. zu denken, dass mit mir etwas nicht stimmt. Mit mir ist alles in Ordnung, zumindest bin ich persönlich der Meinung, dass mit mir alles stimmt. Aber warum frage ich mich automatisch, was mit mir nicht stimmt, wenn ich mich doch eher fragen sollte, was mit ihm nicht stimmt?!

Jede normale Frau wäre an meiner Stelle nach dieser Aussage aufgestanden, gegangen und hätte sich nie wieder bei ihm gemeldet. Ich war einfach zu geschockt. Als das Spiel vorbei war, stürmte ich regelrecht aus der Wohnung, da ich keine weitere Minute mit Dino und seinem Bruder im selben Raum sein wollte. Es war so peinlich, vor allem, da er diese Meldung vor seinem Bruder geschoben hatte, welcher wusste, dass wir einmal ein Date hatten.

Tja, die Moral von der Geschichte lautet, wenn ein Typ dich friendzoned, meint er eigentlich, dass er nichts mehr mit dir zu tun haben will. Er glaubt natürlich, wenn er sagt, dass er eine Freundschaft haben will, es freundlicher ist, als wenn er sagt, er kann es sich einfach nicht mit dir vorstellen. Klar gibt es dann noch diejenigen unter uns, die glauben, dass der Mann uns vielleicht nur „brotkrümeln" will.

Mit Brotkrümeln ist Warmhalten gemeint. Sprich, diese Person will uns mit der „Freundschaft" warmhalten, so lange, bis wir in sein Lebenskonzept passen. Ich dachte damals auch, dass mich Dino warmhalten wollen würde, aber diese Vorstellung war vorüber, als er mir davon erzählt hatte, dass er wieder ein Date hatte.

Die Friendzone ist definitiv eine Zone, in der man nicht landen möchte. Falls man doch dort landet, lasst den Schmerz kurz raus und dann steht auf und geht weiter. Auch wenn meine Oma findet, dass ich nett bin, so hat sie doch mit einer Sache recht, die ich mir jedes Mal, wenn so etwas passiert, ins Gedächtnis rufe: „Wer weiß, wofür es gut war."

31

Mangos mit Chili und die Entdeckung einer neuen Körperfunktion

Könnt ihr euch noch an Grisha oder wie ich ihn nenne, den „Chilimann“, erinnern? Ich habe euch ja von unserem Revival im Sommer 2022 erzählt. Nach unserem Treffen in dieser warmen Sommernacht blieben wir in Kontakt. Wir schrieben manchmal auf WhatsApp und schickten uns lustige Reels auf Instagram. Es war eine entspannte und lockere Kommunikation, die wir hatten. Aber in der ganzen Zeit hatte er mich nie nach einem erneuten Treffen noch nach einem richtigen Date gefragt.

Immer wieder gab es diverse Andeutungen auf ein erneutes Treffen, aber nie eine direkte Frage oder Einladung. Langsam hatte ich das Gefühl bekommen, dass er das vielleicht nur immer andeutet, damit der Kontakt nicht abbricht und er mich quasi brotkrümelt, wie es so schön heißt. Ich dachte, dass er vielleicht kein weiteres Treffen will. Vielleicht hatte er das letzte Treffen als nicht so schön empfunden wie ich. Vielleicht hatte ihm der Sex nicht gefallen. Vielleicht habe ich ihm nicht mehr gefallen, würde es verstehen, ich habe über die Jahre etwas zugenommen. Vielleicht datet er gerade jemand anderen, jemand, mit dem er sich mehr vorstellen kann. Oder er datet jemanden, mit dem er seiner Meinung nach besseren Spaß haben kann als mit mir.

Jedes Mal, wenn er mir schrieb oder antwortete, kamen mir diese Gedanken in den Sinn. Es dauerte fast ein Jahr, bis ich beschloss, mutig zu sein. Ich hatte nach all der Zeit und nach allem, was war, wieder Lust auf ein Treffen mit jemandem, bei dem ich mich wohlfühle. Ich wollte mal wieder ein Treffen mit einem Mann, der mich so mag, wie ich bin und bei dem ich mich nicht verstellen muss und mich nach dem Treffen weder ausgenutzt noch benutzt vorkomme. Ein Treffen mit einem Mann, der nett, lieb, sympathisch und witzig war. All das war bei Grisha der Fall. Also nahm ich meinen ganzen Mut zusammen und schrieb Grisha, ob ich ihn etwas fragen dürfe. Es dauerte nicht lange, bis er mir mit Ja antwortete. Ich war etwas nervös, weil ich Angst hatte, was er wohl zurückschreiben würde. Doch die Devise hier lautete, Augen zu und durch. Also schrieb ich ihm: „Hast du vielleicht mal wieder Zeit und Lust für ein Treffen?“.

Zu meiner Überraschung dauerte es nicht lange, bis Grisha mir antwortete und mich in seine neue Wohnung einlud. Es macht mich nach wie vor stutzig, dass er jetzt auf mein Nachfragen bzw. auf meine Bitte um ein weiteres Treffen Ja gesagt hatte, aber mich im ganzen letzten Jahr nicht von sich aus nach einem weiteren Treffen gefragt hatte. Es beschäftigte mich so sehr, dass ich beschloss, ihn einfach zu fragen.

Wenn ich eines gelernt habe, dann, wenn mir eine Frage ständig durch meinen Kopf schwirrt und mich beschäftigt, ich die Person, die diese Frage betrifft, einfach direkt fragen sollte, um diese Frage aus meinem Kopf zu bekommen. Ich muss gestehen, dass ich auch hier Angst vor der Antwort hatte. Also nahm ich meinen ganzen Mut zusammen und schrieb Grisha: „Hey, darf ich dich was fragen?“. Er antwortete gleich mit Ja, dann schrieb ich ihm: „Wieso hast du mich nicht schon früher nach einem zweiten Treffen gefragt?“ Wie schon gesagt, hatte ich große Angst vor seiner Antwort. Keine Ahnung warum, obwohl irgendwie klar, dass eine Person wie ich in so einem Moment wieder mit dem Mindfuck beginnt.

Vielleicht hat ihm unser letztes Treffen nicht gefallen?

Vielleicht hatte er kein Interesse?

Vielleicht will er nichts von mir und ist nur zu freundlich und zu höflich, um Nein zu sagen oder es mir ins Gesicht zu sagen.

Mag er mich überhaupt?

Vielleicht hatte er zwischendurch eine andere, die interessanter ist?

Vielleicht hat er mich wirklich nur eingeladen, um mir seine Wohnung zu zeigen. Will ich überhaupt was von ihm?

Würde er jemals mehr von mir wollen?

Das ist eine sehr gute Frage, was will ich von Grisha? Einfach! Ich wollte einfach mal wieder Zeit mit jemandem verbringen, den ich mag und der mich mag. Ich wollte mich mit ihm treffen, weil ich mich in seiner Gegenwart wohlfühle, und er mich zum Lachen brachte. Das waren genug Gründe, um nach einem zweiten Treffen zu fragen. Noch ein guter Grund war, dass Grisha mir versprochen hatte, wieder für mich zu kochen. Ich konnte mich nur schwach erinnern, wie das Essen von damals geschmeckt hatte. Ich wusste nur, dass ich es gut gefunden hatte. Es war schließlich zehn Jahre her, dass er das letzte Mal für mich gekocht hatte, und an dem Abend hatte sich definitiv ein anderes Erlebnis bei mir eingebrannt.

Es dauerte nicht lange und der besagte Abend war gekommen. Ich hatte mich leider etwas verspätet, weil ich im Stau gestanden war. Wie besprochen rief ich ihn fünf Minuten, bevor ich bei der Adresse, die er mir gegeben hatte, eintraf, an. Ich fuhr eine Straße entlang, auf der einen Seite war ein Mehrfamilienhaus nach dem anderen und auf der anderen Seite waren Felder.

Zugegeben, ich war etwas nervös, immerhin war es wieder ein Jahr her, dass wir uns gesehen hatten. Dann sagte das Navi, dass ich abbiegen solle, und das tat ich und da stand dann auch schon Grisha. Er sah mich und musste lächeln, genauso wie ich. Ich blieb neben ihm stehen und ließ das Fenster hinunter. Er sagte, dass ich in die Garage fahren könne, damit ich keinen Parkschein ausfüllen müsse. Zugegeben, das fand ich mehr als nur nett. Er machte mir die Garage auf und zeigte mir, wo ich parken kann.

Ich parkte mich ein und sagte nur: „Wow, die Parkplätze hier sind richtig groß." Und er sagte darauf nur: „Sind schließlich Frauenparkplätze." Ich schaute ihn nur böse an und meinte dann: „Und für dich gebe ich extra mein Nasenpiercing raus, ernsthaft?". Wir schauten uns kurz an und begannen zu lachen. Ich stieg aus dem Auto aus und wir begrüßten uns mit einem Kuss auf die Wange. Dabei merkte ich, dass er wieder so unglaublich gut roch. Er wusste genau, dass ich das mag und mich sowas schwach macht. Aber ich riss mich zusammen, wir waren ja schließlich in der Garage seines Wohnhauses, also war das nicht gerade eine private Umgebung. Obwohl das sicherlich auch ein spannendes Erlebnis wäre. Der Reiz erwischt zu werden hat etwas Aufregendes und Erregendes. Doch an diesem Abend blieb die Begrüßung jugendfrei. Wir gingen durch die Garage hinauf zu seiner Wohnung, dort angekommen führte mich Grisha stolz durch sein neues Reich.

Wir starteten im Wohn-, Ess- und Küchenbereich, dann das Bad, dann das Gästezimmer und dann das Schlafzimmer. In jedem Raum erzählte er mir genau, was er alles neu gemacht hatte. Manche von euch werden sich wahrscheinlich denken, dass es einen Grund hat, warum er mir das Schlafzimmer am Schluss zeigte bzw. werdet ihr glauben, dass er schwach wurde und über mich herfiel. Oder wie es wahrscheinlicher ist, werdet ihr annehmen, dass ich schwach wurde und ich über ihn herfiel.

Sorry, ich muss euch leider enttäuschen. Es ist erstmal gar nichts passiert. Ich besichtigte die Wohnung und bewunderte seinen guten Einrichtungsgeschmack. Wir gingen zurück in die Wohnküche, er hatte mit dem Kochen gewartet, bis ich da war. Auf der Küchenarbeitsfläche waren Teller und kleine Schüsseln, in denen bereits klein geschnittene Kräuter, Schwammerl usw. waren. Ich wusste nach wie vor nicht, was es zum Essen geben würde. Da ich sehr neugierig war, fragte ich ihn und er sagte mir, dass es ein Risotto mit Pfannengemüse und einem rosa gebratenen Schweinefilet gibt und er als Andenken an unsere gemeinsame Zeit eine Mango-Chilisauce machen würde. Ich war sehr beeindruckt.

Da ich ein netter Gast bin, bat ich meine Hilfe an, daraufhin durfte ich Kräuter klein schneiden. Etwas später durfte ich sogar das Risotto umrühren. Es war irgendwie schön und auch ein bisschen schräg, zusammen in der Küche zu stehen und zu kochen und dabei normal zu reden. Besonders gefiel es mir, als Grisha sich hinter mich stellte, mich leicht zur Seite drehte und küsste. Ihr hofft jetzt wahrscheinlich, dass ich oder er schwach wurden und uns sofort ins Schlafzimmer zurückzogen. Aber dem war nicht so, wir kochten weiter und dann saßen wir zusammen am Tisch und genossen das hervorragende Menü von Grisha. Nachdem wir gegessen hatten, half ich ihm, den Tisch abzuräumen. Dabei kamen wir uns näher. Viel näher.

Wir begannen zu schmusen und zu fummeln, dabei machten wir kleine Schritte in Richtung Schlafzimmer. Dort angekommen, flogen die restlichen Kleidungsstücke, die wir noch am Körper trugen, auf den Boden. Und dann ging schon die Post ab. Ich wusste gar nicht, wie mir geschieht, ich ließ mich fallen und entspannte. Wir küssten uns intensiv, während er auf mir lag und seine Hand zu wandern begann. Es war richtig angenehm bis zu dem Moment, als er bei meiner Klitoris angekommen war und diese ziemlich heftig stimulierte. Es war heftig und es war sehr intensiv. Plötzlich merkte ich, dass ich nicht nur feucht war, sondern regelrecht ausgelaufen war. Ich konnte nichts sehen, aber Grisha hörte auf mich zu küssen, grinste mich an und sagte: „Da schau an, da hat wohl jemand abgespritzt." Ich war geschockt, hatte ich wirklich gesquirtet? Ich dachte, ich kann das nicht. Wie ist das nur möglich?

Zur Erklärung, Squirten ist eigentlich nichts anderes als das weibliche Pendant zum Samenerguss des Mannes. Es bedeutet, dass bei unserem Höhepunkt stoßweise Flüssigkeit freigesetzt wird. Woraus genau die Flüssigkeit besteht, kann man noch nicht sagen, viele Forscher sind sich uneinig darüber. Es ist aber klar, dass es ein sehr intensives Gefühl und die Flüssigkeit klar ist.

Noch immer sehr verwundert über die Entdeckung über meine neue Körperfunktion versuchte ich mich darauf zu konzentrieren, dass auch Grisha zu seinem Höhepunkt kommt, was mir dann auch gelang. Ich lag nur da und war sehr befriedigt. Dabei dachte ich nur: „Es war eine geniale Idee, Grisha davon zu erzählen, dass ich eine Kliti bin." Kliti ist kein offizieller Begriff, ich habe es einfach so genannt. Es bedeutet eigentlich nichts anderes, als dass ich eine Person bin, die am besten und am heftigsten über die Stimulation ihrer Klitoris kommt. Ich fand, dass Kliti ein sehr passender und naheliegender Name ist.

Es war ein wunderschöner Abend und zum ersten Mal war der Sex mit Grisha einfach nur toll. Ich fühlte mich wohl und wir lachten viel. Nach diesem Abend gab es noch ein paar Treffen. Dann fuhr er auf Urlaub und lernte jemanden kennen. Mittlerweile ist der Urlaubsflirt Grishas neue Freundin. Er sagte zu mir: „Es war Liebe auf den ersten Blick."

Versteht mich nicht falsch, ich freue mich wirklich sehr für ihn und seine Freundin. Ich gönne ihm das auch, aber ich kam nicht umhin mich zu fragen: „Wieso sie? Wieso hat er in mir nie mehr gesehen? Wieso hat er mich nie auf ein „richtiges" Date eingeladen? Was hat er stattdessen in mir gesehen?".

32

The End??

Na ja, ich habe relativ am Anfang des Buches schon gespoilert, dass ich nach wie vor Single bin. Deswegen liegt es auf der Hand, dass ich kein märchenhaftes Ende wie etwa Cinderella bekommen habe. Aber gut, ich bin erst 27 und habe somit noch sehr viel Zeit. Vielleicht sollte ich mich einmal mit der Tatsache beschäftigen, dass ich nicht flirten kann und es einfach nicht verstehe bzw. zu spät verstehe, dass Männer mit mir flirten. Ein Beispiel hierfür habe ich ja schon gebracht, aber ich möchte euch zwei weitere lustige Geschichten nicht vorenthalten.

Ich muss gestehen, dass ich es hasse, alleine zu kochen. Also bestelle ich hier und da, ok, ich bestelle sehr oft über Mjam. Es war also einer dieser Tage, an denen ich Hunger und keinen Bock aufs Kochen hatte. Ich bestellte mir etwas und nach einer gefühlten Ewigkeit kam der Lieferant. Das Problem war, dass er die Getränke vergessen hatte. Da ich schon im Voraus bezahlt hatte, versicherte er mir, dass er losfahren würde und mir die Getränke besorgt. Nach einer halben Stunde stand er wieder vor meiner Tür mit den Getränken. Dann begann dieser 50-jährige Tunesier mit mir zu reden. Er erzählte mir, dass er in das kleine Lokal, welches sich in meinem Ort befand, gefahren sei, um meine Getränke zu besorgen, aber es geschlossen hatte. Also fuhr er zur nächsten Tankstelle, um die Getränke zu besorgen. Danach fragte er mich, ob das Lokal in meinem Ort geschlossen hat, ich klärte ihn auf, dass es Gerüchte gab, aber ich nichts Genaueres weiß. Also gab er mir seine Nummer, mit der Bitte, dass ich mehr herausfinden soll. Nett wie ich bin, willigte ich ein.

Drei Wochen später sagte ich ihm, dass ich nichts Genaueres herausgefunden hatte und er doch den Besitzer des Lokals anrufen soll, um sich zu informieren. Und dann war der Moment gekommen, wo diese Chatunterhaltung eine sehr seltsame Wendung nahm. Er schrieb mir, dass es ok sei und bedankte sich bei mir, dass ich es versucht hatte. Dann schrieb er: „Ich hoffe, es geht dir gut. Ich habe Frage an dich?". Ich dachte nur: „Oje, was kommt jetzt." Dann kam die Nachricht: „Du hast mich gefallen, möchte dich kennenlernen." Irgendwie gruselig, wenn man vom Mjam-Lieferanten so eine Nachricht bekommt und einem dann einfällt, dass er nicht nur deine Nummer hat, sondern auch noch weiß, wo man wohnt. Ich versuchte mich auf freundliche Weise aus dieser Situation heraus zu manövrieren, also schrieb ich ihm: „Oh. Tut mir leid, aber ich treffe mich zurzeit mit jemandem und ich glaube, daraus wird was." Was hätte ich sonst schreiben sollen? Wer weiß schon, was für ein Typ das ist. Dann schrieb er: „Oh." „Aber ich warte auf dich, Süße". „Bitte melde dich bei mir" und „Ich mag dich sehr". Ich war schockiert und ein bisschen beunruhigt, als ich das las, also schrieb ich ihm: „Ich glaube, ich lasse das lieber. Mag den Mann, mit dem ich mich treffe, sehr. Alles Gute für die Zukunft!" Nach dieser Nachricht ließ er mich dann in Ruhe.

Die nächste Geschichte fing mit einer Taxifahrt zu mir nach Hause an. Ich war gut gelaunt, hatte ein paar Bier intus und befand mich auf einem richtigen Höhenflug. Ich war mit einer Bekannten in einer Bar und feierte, dass ich den Mut gefunden hatte, mein Leben neu zu gestalten. Da ich ungern mit dem Auto fahre, wenn ich etwas getrunken habe, abgesehen davon ist es gesetzlich verboten, beschloss ich, mir ein Taxi zu nehmen. Ich fand eines und ich handelte mit dem Taxifahrer einen Preis von 40 € aus. Da man komischerweise bei solchen Summen nie mit Bankomatkarte zahlen kann, brachte mich der Taxifahrer zu einem Bankomaten. Als ich das Geld behoben hatte und ich mich wieder in das Taxi setzte, drehte sich er sich um, musterte mich und sagte dann: „Ich mag Sie." Er war Mitte 50 und anhand der tunesischen Flagge, welche beim Rückspiegel hing, nehme ich mal an das er Tunesier war. Er lächelte mich an und nach einer kurzen Pause redete er weiter: „Sie sind so nett und freundlich. Und ihren Körper mag ich auch. Da ist noch was zum Greifen da." Ich bekam Panik, zum Glück hatte ich ihm noch nicht meine Adresse verraten. Ich schrieb einem Bekannten, ob er mich anrufen könnte, weil ich nicht weiterhin mit dem Taxifahrer reden wollte. Gott sei Dank war der Bekannte online und rief mich sofort an.

Anscheinend dürfte ich eine besondere Wirkung auf 50-jährige Tunesier und Pensionisten haben. In der Arbeit wurde ich immer wieder von Pensionisten angemacht. Als ich mal in der Kundenbetreuung war, sagte einer der Kunden, welcher im Jahr 1929 geboren wurde, zu mir: „Haben Sie in einer Konditorei gearbeitet?" Und ich antwortete darauf „Nein, wieso?" und er erwiderte: „Na, weil Sie so süß sind.". Mir fiel die Kinnlade runter, mein Kollege, der mit mir Dienst hatte, stand auf und begann zu klatschen und der Pensionist verließ lachend das Gebäude.

Tja, wenn ich einen Daddykomplex oder einen Granddaddykomplex hätte, wäre ich bereits kein Single mehr. Aber leider nein, ich hab's nicht so mit Männern, bei denen ich Gefahr laufe, ihnen in ein paar Jahren die Windel wechseln zu müssen. Manchmal frage ich mich, ob es an mir liegt.

Hier und da, selbst in diesem Augenblick, frage ich mich, woran es liegt. Vielleicht bin ich wirklich zu nett. Vielleicht bin ich nicht so aufregend. Vielleicht bin ich nicht besonders genug. All diese fragenden Feststellungen sind eigentlich kompletter Blödsinn, ich weiß. Aber trotzdem kommen sie mir immer wieder in den Sinn.

Wieso bin ich noch Single?

Ich bin eigentlich eine tolle Persönlichkeit. Mit mir kann man Spaß haben. Ich bin nicht kompliziert.

Wieso erkennt das ein Mann in meinem Beuteschema nicht?

Liegt es an meiner Figur?

Merkt man mir meine sexuellen Abenteuer an?

Ich bin seit über fünf Jahren Single. Anfangs wollte ich bewusst alleine bleiben, damit ich mit meiner „Beziehung" abschließen kann. Ich wollte mir selbst beweisen, dass ich auch alleine sein kann und vieles auch alleine schaffen kann. Ich wollte einfach nicht zu den Leuten gehören, die nicht alleine sein können. Das Jahr 2022 war nicht gerade ein gutes Jahr für mich und in diesem Jahr wurde mir bewusst, wie sehr ich mir wünsche, jemanden an meiner Seite zu haben. Mir ging es auf die Nerven, all die schwierigen Phasen oder auch aufregenden Sachen in meinem Leben alleine durchmachen zu müssen.

Aber der eine, der mit meinem Vogel kompatibel ist und zu meiner Art von „normal" passt, der eine, der erkennt, dass ich eine wertvolle Person bin und das zu schätzen weiß, lässt noch auf sich warten. Ich weiß so viel, ich bin bereit, von diesem Mann gefunden zu werden. Ich weiß, aber auch, dass ich keinen Mann brauche, da ich sehr stark bin und vieles alleine meistern kann. Aber ich hätte gerne einen, mit dem ich das alles teilen kann. Jemand, in dessen Arme ich mich legen kann und mich fallen lassen kann.

Irgendwann ist es so weit und er steht vor mir. Auf diesen Moment bin ich gespannt.

Was ich euch mitgeben möchte, ist, dass wir uns nicht von unserem Partner abhängig machen sollten. Es gibt einen Grund, warum es Weggefährte heißt. Ich weiß, so ein Rat von einem Dauersingle ist etwas scheinheilig, aber ich habe oft genug gesehen, wie Leute in Beziehungen gehen und ihre eigene Identität verlieren. Oder wie sie von einer Beziehung in die nächste gehen, was auch nicht wirklich gesund sein kann. Wir sollten uns bewusstwerden, wie stark wir sind und wie wunderschön wir alle auf unsere eigene und individuelle Art sind. Seid mutig und erforscht eure Sexualität und entdeckt vielleicht neue Vorlieben, dafür eignet sich Onlinedating sehr gut. An alle Singlefrauen lasst euch nicht unterkriegen! Wie meine Mutter zu sagen pflegt: „Unverhofft kommt oft." Ich jedenfalls werde die Hoffnung nicht aufgeben, dass da draußen auch für mich ein „Happy End" wartet. Genauso ein Ende wie in den Märchen oder Filmen, die ich anfangs beschrieben habe. Nur dass mein Ritter/Prinz keinen Schimmel hat und mich nicht retten muss. Nein, mein Prinz steht fest im Leben. Er weiß, was er will. Er bringt mich zum Lachen. Er bringt mich sexuell um den Verstand. Er erkennt, dass in mir mehr als nur eine Gelegenheit für Sex steckt. Bei ihm kann ich, ich selbst sein und muss mich nicht verstellen. Dieser Prinz wird kommen und er wird vielleicht der erste Mann sein, der mir Blumen schenkt. Ich gebe nicht auf und ihr solltet es auch nicht.

Sei gespannt, wie es mit Swipe-erella weiter geht.

Da dieses Buch mit einem Gedicht begonnen hat, sollte es auch mit einem aufhören. Dieses Mal ist es wieder eine Eigenkreation.

Ein Swipe nach Links zum großen X,
ein Satz mit X, das war wohl nix.

Ein Swipe nach rechts zum schönen Herz.
Vielleicht ist es ein Match, ist kein Scherz!

Im Datingdschungel ist Vorsicht geboten, aufgepasst!
Es gibt den ein oder andern Mann, der dir ein Schwanzbild verpasst!

Doch lass dich nicht von der spärlichen Aussicht trüben.
Hier und da findet sich ein Fisch oder ein Mann im Trüben.

Online-Dating ist nicht immer einfach, das kannst du mir glauben.
Auf den Plattformen trifft man Männer, denen fehlen alle Schrauben.

Und bist du die Glückliche, die den einzigen Prinz Charming erobert.
So hoffe ich für euch, dass euer Beziehungsfeuer ewig lodert.

Sei offen für Neues und entdecke deine Sexualität!
So wie es dir die weise Swipe-erella rät.

Lass dich von den Männern nicht irreführen und foppen,
geh stattdessen lieber shoppen.

Doch genug der weisen Worte für heut,
auch dieses Gedicht hat irgendwann ein Ende, liebe Leut!

Dieses Gedicht ist nicht gerade preisverdächtig.
Aber es trifft den Nagel auf den Kopf und es ist einfach prächtig.

Zum Schluss noch ein paar weise Wort,
Lass die Selbstzweifel und schicke sie fort!

Gib nie die Hoffnung auf und denk stets daran,
dass Liebe oftmals Berge versetzen kann.

33

Die Bewertungen

Ein paar meiner Probeleser waren der Meinung, dass manche Männer viel zu gut im Buch wegkommen. Ich war ja der Meinung, dass es meine Geschichte und meine Sicht der Dinge ist und nicht die der Männer, die darin vorkommen.

Aber dann fiel mir ein Video von Carolin Kebekus ein, die sagte: „Es würde das Onlinedating revolutionieren, wenn man das Gesicht eines Mannes scannen könnte und dann Bewertungen von vorigen Dates aufpoppen würden."

Nun, ja, Unrecht hat sie nicht und den Gedanken einer Rezensionsseite wie bei Amazon fand ich ziemlich witzig. Ich habe sehr lange überlegt, wie diese Rezensionen aussehen sollten. Ob ich eine allgemeine Rezension schreibe oder lieber einzelne Bereiche.

Nach langem Hin und Her beschloss ich, keine allgemeine Rezension zu schreiben. Abgesehen davon wird es so lustiger. Folgende Kategorien werde ich im folgenden Kapitel bewerten: Aussehen, Humor, Sympathie, Kochkünste, Sex und ein Resümee.

Silvan

★★★★★	Aussehen:	Man kann sagen, was man will, aber er hat verdammt gut ausgesehen
★★	Humor:	Die meisten Witze, die ich gemacht habe, hat er nicht verstanden. Ich frage mich, ob er überhaupt irgendwas von dem, was ich gesagt habe, verstanden hat.
	Sympathie/ Charakter:	Nach allem, was passiert ist, ist keine Sympathie mehr vorhanden
	Kochkünste:	Hat nie für mich gekocht.
★	Sex:	Na ja.
★	Resümee:	Er hat mit dem, was er getan und gesagt hat, schwere Schäden bei mir verursacht. Die Sachen, die er gesagt hat, triggern mich noch heute. Ich weiß nicht, wie er jetzt ist, aber ich würde mich nie wieder auf ihn einlassen und ich würde es auch keiner anderen Frau empfehlen. Zusammenfassend könnte man sagen, außen hui und innen pfui.

Grisha

★★★★	Aussehen:	Süß. Ich habe schon immer gefunden, dass er etwas an sich hat, etwas sehr Attraktives.
★★★★	Humor:	Vorhanden. Gut. Manchmal etwas eigen.
★★★★★	Sympathie/ Charakter:	Er hat mich noch nie enttäuscht und er war immer ehrlich. Sein Charakter ist toll und jede Frau könnte sich glücklich schätzen, wenn sie Grisha bekommt.
★★★★★	Kochkünste:	Genial und mega-gut.
★★★★★	Sex:	Geil und intensiv, vor allem, nachdem ich ihm gesagt habe, dass ich eine Kliti bin.
★★★★★	Resümee:	Er ist ein toller Mann. Er hat viele Qualitäten und ich bin mir sicher, dass er zu der Art Mann gehört, die ihre Freundinnen auf Händen tragen.

Ficknesstrainer

★★★★★	Aussehen:	Jap, war ein Schnittchen, das kann ich nicht leugnen und sein Bruder auch.
★★	Humor:	Na ja, war nicht allzu viel vorhanden.
★★	Sympathie/ Charakter:	So gefunkt hat es nicht auf der Sympathieebene. Aber sein Aussehen hat mich fasziniert.
	Kochkünste:	Hat nie für mich gekocht. Ich glaube, wenn er es getan hätte, wäre das Treffen noch schräger geworden.
★★	Sex:	War ok. Der Sex hatte jetzt nicht wirklich etwas Besonderes.
★★	Resümee:	Dieses ganze Treffen war extrem schräg, ich bin mir unsicher, was ich überhaupt von ihm halten soll.

Bowie

★★★★★	Aussehen:	Er war süß und ich habe ihn damals sehr gutaussehend gefunden.
★★★★	Humor:	Soweit ich mich erinnern kann, haben wir viel gelacht. Auf der Ebene haben wir uns definitiv verstanden.
★★★★★	Sympathie/ Charakter:	Bevor wir ins Schlafzimmer gegangen sind, war sie auf jeden Fall vorhanden.
	Kochkünste:	Hat nie für mich gekocht.
★	Sex:	Na ja, wir hatten nur 69 und das war irgendwie nicht so berauschend.
★★	Resümee:	Er ist ganz lieb.

Meister Proper

★★	Aussehen:	Optisch war er nicht so meines, aber er hatte etwas Ansprechendes, weswegen ich zu ihm gefahren bin.
★★	Humor:	Na ja, könnte mich nicht daran erinnern, dass wir so viel geredet, geschweige denn Witze gerissen haben.
★★★	Sympathie/ Charakter:	Er war sehr sympathisch und auch sehr charmant, das muss ich ihm lassen. Die Komplimente haben sehr gutgetan.
	Kochkünste:	Hat nie für mich gekocht.
★★	Sex:	War ok, bei gewissen Sachen könnte er etwas feinfühliger sein.
★★★	Resümee:	Es war eigentlich ein schöner Abend. Ich bin mir nur unsicher, ob ich es wiederholen wollen würde.

Arlo

★★★★★	Aussehen:	Mit seiner Brille hatte er was von einem sexy Nerd und dann noch dieser Dialekt dazu. Kurz gesagt, ich finde, dass er sehr heiß war.
★★★★	Humor:	Was das angeht, haben wir uns verstanden. Ich glaube, ihm hat es gefallen, dass ich so frech sein kann.
★★★★★	Sympathie/ Charakter:	Ich habe ihn sehr sympathisch gefunden und ich habe auch gefunden, dass er einen tollen Charakter hat. Mit ihm hätte ich mir mehr vorstellen können, bis zu dem Zeitpunkt, als er mich geghostet hat.
	Kochkünste:	Hat nie für mich gekocht.
★★★★	Sex:	War geil. Manchmal etwas schräg, vor allem, als es um das Rimming ging, aber im Großen und Ganzen war der Sex sehr gut.
★★★	Resümee:	Er war witzig, charmant und der Sex war gut. Also, wenn du keine Angst vor Arschlöchern hast, würde ich sagen, „Ran an den Speck".

Mr. Blowjob

★★★	Aussehen:	Sieht gut aus. Außer wenn er wieder mal einen Schnurrbart hat, dann sieht er irgendwie aus wie ein pensionierter Pornostar aus den 70ern.
★★	Humor:	Die meisten meiner Witze hat er nicht verstanden und wenn man einen Witz auf seine Kosten gemacht hatte, war er immer gleich eingeschnappt.
★★	Sympathie/ Charakter:	Punkteabzug kommt daher, dass er eine große Zimtzicke ist und er richtig arschig sein kann.
	Kochkünste:	Hat nie für mich gekocht.
★★★★★	Sex:	Na ja, dadurch, dass es nur den Blowjob gab und ich mit meiner Leistung sehr zufrieden bin, werde ich mir einfach mal 5 von 5 Sterne dafür geben.
★★	Resümee:	Nicht zu empfehlen, es sei denn, du stehst auf Dramaqueens. Dann ist er definitiv die richtige Wahl.

Mountain

★★	Aussehen:	Er war ansprechend genug, aber besonders hervorgestochen ist er nicht.
★★★	Humor:	Wir hatten hier und da schon was zum Lachen.
★★	Sympathie/ Charakter:	Na ja, viel geredet haben wir nicht. Aber eine sexuelle Sympathie war da.
	Kochkünste:	Hat nie für mich gekocht.
★★	Sex:	Der Sex war gut und es war aufregend, die Augen verbunden zu bekommen.
★★	Resümee:	Kann man machen.

Indica

★	Aussehen:	Definitiv nicht mein Typ. Den habe ich mir schön getrunken.
★★★★★	Humor:	Humor hatte er dafür viel, das muss man ihm lassen.
★★★★★	Sympathie/ Charakter:	Er ist sehr sympathisch und wirklich sehr nett. Nicht jeder hätte mich in dieser Situation zu meinem Auto gebracht und mich auch noch zum Essen eingeladen.
	Kochkünste:	Hat nie für mich gekocht.
★	Sex:	An den kann ich mich nicht mehr erinnern.
★★★	Resümee:	Auch wenn er nicht mein Typ ist, würde ich sagen, dass er definitiv dateable ist, weil er Züge eines Gentlemans hat.

Spielberg

★	Aussehen:	Was habe ich mir nur dabei gedacht? Mehr sage ich dazu nicht.
★★★★	Humor:	Wir haben immer sehr viel gelacht.
★★★★★	Sympathie/ Charakter:	An seiner Kommunikation sollte er definitiv noch arbeiten!
★★★	Kochkünste:	Es gab immer einfache Gerichte, aber die haben alle geschmeckt.
★★	Sex:	Der Sex war gut.
★★	Resümee:	Ich glaube, noch einmal würde ich mich nicht auf ihn einlassen.

Bodybuilder

★★★★	Aussehen:	Sehr muskulös. Darauf muss man schon stehen.
★★★	Humor:	Ließ zu wünschen übrig.
★★★	Sympathie/ Charakter:	Auch wenn er manchmal sehr eingebildet gewirkt hat, hat er mir auch Seiten gezeigt, die mich überrascht haben. Ich war z.B. überrascht, dass er mich nach dem Debakel mit Spielberg aufgebaut hat.
	Kochkünste:	Hat nie für mich gekocht.
★★★	Sex:	Der Sex war hart, intensiv und gut.
★★★	Resümee:	Er ist etwas eigen, aber wenn einen das nicht stört, kann man durchaus überrascht werden.

Maximus

★★★	Aussehen:	Ich habe ihn sehr gutaussehend gefunden.
★★★★★	Humor:	Davon hatte er viel. Nur manchmal hatte er schlechtes Timing, was das angeht.
★★★	Sympathie/ Charakter:	Er ist ein Egoist, zumindest war er es in unserer Beziehung. Aber ich glaube trotzdem, dass er ein gutes Herz hat.
	Kochkünste:	Keine vorhanden. Er konnte gut bestellen und sein getoastetes Brot war gut.
★★	Sex:	War gut, hätte mehr sein können. Und vielleicht experimenteller.
★★	Resümee:	Er hat mir sehr weh getan. Aber trotzdem bin ich ihm sehr dankbar dafür, dass er mir mein erstes „richtiges" Date ermöglicht hat und für den filmreifen ersten Kuss.

Celestino

★★	Aussehen:	Nicht wirklich mein Typ, aber er war süß.
★★★	Humor:	Wir konnten miteinander lachen und er hat meinen Humor verstanden.
★★★★	Sympathie/ Charakter:	Er ist sehr sympathisch. Nur was seinen Charakter angeht, bin ich mir unsicher, nachdem er meiner Freundin auf ihrer Hochzeit erzählt hatte, dass er für mich seine jetzige Freundin abservieren würde. Da stelle ich mir automatisch die Frage, für wen er mich dann abservieren würde.
	Kochkünste:	Hat nie für mich gekocht.
	Sex:	Hatten wir keinen. Ich habe nicht einmal gemerkt, dass er mit mir flirtet.
★★	Resümee:	Er ist nett, aber ich muss gestehen, dass ich nicht gewusst hätte, wie ich gehandelt hätte, wenn ich gemerkt hätte, dass er mit mir flirtet.

IT

★★★	Aussehen:	Er fällt definitiv in die Kategorie süßer Nerd.
★★★★★	Humor:	Was das angeht, haben wir uns einwandfrei verstanden.
★★★★★	Sympathie/ Charakter:	War sehr sympathisch und in der Zeit einer der wenigen Männer, wenn nicht sogar der Einzige, der mich nicht wie ein Stück Fleisch behandelt hat.
★★★	Kochkünste:	Hat nie für mich gekocht, aber ich glaube, dass er recht gut kochen kann.
	Sex:	Hatten wir keinen, ich habe ja wieder mal nicht geschnallt, dass jemand mit mir flirtet. Und als ich es geschnallt habe, habe ich Panik bekommen.
★★★	Resümee:	Er ist ein toller Mann und wenn ich damals keine Panik bekommen hätte, wären wir vielleicht zusammen. Andererseits denke ich mir: „Wer weiß, wofür es gut war".

Justus

★★★	Aussehen:	Er ist definitiv süß.
★★★	Humor:	Ausbaufähig.
★★★★	Sympathie/ Charakter:	Manchmal etwas zu depri, aber im Großen und Ganzen jemand, mit dem ich gerne Zeit verbracht habe. Auch wenn es nur zum Reden war.
	Kochkünste:	Hat nie für mich gekocht.
★★	Sex:	Es war gut, nur haben wir leider nicht so viel ausprobiert.
★★★	Resümee:	Er ist süß und ein sehr guter Zuhörer.

Jamil

★★★★	Aussehen:	Süß und er hat ein wenig Bad-Boy-Charme.
★★★	Humor:	Ausbaufähig, aber ich glaube, die meisten meiner Witze hat er verstanden.
★★★★	Sympathie/ Charakter:	Die war von Anfang an da, vielleicht lag es auch daran, dass wir uns schon ewig kennen.
	Kochkünste:	Hat nie für mich gekocht.
★★★★	Sex:	Der war gut, vor allem, als wir den Vibrator miteinbezogen haben.
★★★★	Resümee:	Ich würde mich wieder mit ihm treffen, aber für mehr ist er nicht interessant. Er ist ein richtiger Workaholic.

Lian

★★★	Aussehen:	Er hat besser ausgesehen als auf seinen Bildern.
★★★★	Humor:	Eigen, aber vorhanden.
★★★★	Sympathie/ Charakter:	Er hat viele interessante Seiten. Witzig ist er auch und gut zuhören kann er. Obwohl letzteres eher daran gelegen hat, dass ich ihn immer niedergeredet habe.
	Kochkünste:	Hat nie für mich gekocht.
★★	Sex:	War ok, ist aber definitiv ausbaufähig. Er hat mir aber versprochen, dass er sich beim nächsten Treffen mehr Mühe gibt und ich so auch zu meinem Höhepunkt komme.
★★★	Resümee:	Ich glaube, dass mehr in ihm steckt. Ich war erstaunt über all die Seiten, die er mir von sich gezeigt hat.

Luzifer

★★	Aussehen:	Nicht nur, dass er einen Kopf kleiner war als ich, so richtig mein Typ war er auch nicht.
★★★★	Humor:	Speziell, aber vorhanden. Passt aber zu einer speziellen Persönlichkeit.
★★★★	Sympathie/ Charakter:	Wir haben uns von Anfang an gut verstanden und abgesehen vom Sex war er ein Gentleman.
★★★★★	Kochkünste:	Einfach genial. Das Essen war immer köstlich.
★★★★★	Sex:	Zittrige Knie und totale Überreizung. Muss ich noch mehr sagen?
★★★	Resümee:	Sex war genial und das Essen auch. Gerne wieder.

Luzifer & Bettgenossin

★★★	Aussehen:	Von Luzifer wissen wir es schon. Die Bettgenossin war ansprechend.
★★★★	Humor:	Wir hatten an dem Abend auch was zum Lachen.
★★★★	Sympathie/ Charakter:	War vorhanden, sonst hätte ich mich nie auf diesen Dreier eingelassen. Luzifer hat einen speziellen und interessanten Charakter. Die Bettgenossin hatte eine interessante Mischung von Aufgeschlossenheit, Nettigkeit und Humor.
★★★★★	Kochkünste:	Luzifers Kochkünste sind einfach genial.
★★★★★	Sex:	Mega-krasse Überreizung und mein Kreislauf hatte ein paarmal Probleme. Zittrige Knie gehörten auch dazu.
★★★★★	Resümee:	Ein sehr interessanter Abend. Sehr spannende Erfahrungen. Ich habe bis heute nicht realisiert, was da genau passiert ist.

Bundeslandler

★★	Aussehen:	Er war nicht mein Typ, aber ich habe ihn trotzdem süß gefunden.
★	Humor:	Na ja, wäre ausbaufähig.
★	Sympathie/ Charakter:	Nach allem, was passiert ist, ist die Sympathie wie weggeblasen. Sein Charakter lässt zu wünschen übrig, mehr muss ich dazu nicht sagen, glaube ich.
	Kochkünste:	Hat nie für mich gekocht.
	Sex:	Hatten wir keinen. Zum Glück haben wir uns nie getroffen.
★	Resümee:	Er ist ein unsicherer Mann, der seine eigene Unzufriedenheit mit sich selbst und seinem Leben an anderen auslässt. Ich bin froh, dass wir uns nie getroffen haben.

Bewusstseinstrainer

★★★	Aussehen:	Groß und süß. Er hatte etwas an sich.
★★★	Humor:	Vom Grundhumor haben wir uns verstanden. Speziellere Witze hat er nicht verstanden.
★★	Sympathie/ Charakter:	Na ja, nach seinen Aktionen hat die Sympathie nachgelassen und sie werfen viele Fragen betreffend seinen Charakter auf. Aber immerhin hat er sich entschuldigt.
	Kochkünste:	Hat nie für mich gekocht.
	Sex:	Es gab nie ein Treffen, wo man es herausfinden konnte.
★★	Resümee:	Na ja, kann mir Schöneres vorstellen, als ständig versetzt zu werden.

Happy

★★★★	Aussehen:	Süß, muskulös und ein tolles Lächeln.
★★★★★	Humor:	Mehr als man aushalten kann. Er hat mich immer zum Lachen gebracht. Auch wenn es mir richtig dreckig ging, hat er mich zum Lachen bringen können.
★★★★★	Sympathie/ Charakter:	Er ist toll, manchmal vielleicht zu unentschlossen und manchmal steht er sich selbst im Weg, aber er ist ein toller Mann. Er hat mir immer zugehört und mich aufgebaut, dafür bin ich ihm dankbar.
	Kochkünste:	Hat nie für mich gekocht.
	Sex:	Hatten noch kein Treffen, wo wir es hätten herausfinden können.
★★★★	Resümee:	Auch wenn wir uns nie gesehen haben, so hatten wir viel Spaß. Und man kann sich auch gut mit ihm unterhalten.

Sanitäter

★★★	Aussehen:	War ganz süß.
★★★★★	Humor:	Der hat gepasst.
★★	Sympathie/ Charakter:	Eigentlich ist er total lieb und nett. Humor hat er auch.
	Kochkünste:	Hat nie für mich gekocht.
	Sex:	Es gab nie ein Treffen.
★★★	Resümee:	Wer weiß, was daraus geworden wäre. Aber ich glaube, er hat Angst vor mir oder ich habe ihn zu sehr eingeschüchtert.

Dino

★★	Aussehen:	Damals habe ich ihn süß gefunden.
★★★★	Humor:	Sein Humor ist eigenartig, aber ich habe ihn verstanden.
★★★★★	Sympathie/ Charakter:	Anfangs habe ich mich sehr zu ihm hingezogen gefühlt. Er hatte eine Mischung, die ich so noch nicht kannte.
	Kochkünste:	Hat nie für mich gekocht, abgesehen davon hat er wie eine Schwangere gegessen.
	Sex:	Hatten wir keinen.
★★	Resümee:	Anfangs hätte ich mir mehr vorstellen können, weswegen mir der Moment, in dem er mich gefriendzoned hatte, besonders weh tat. Aber je öfter wir uns trafen, desto weniger verstand ich, was ich an ihm gefunden hatte. Seine Attraktivität war auf einmal weg.

Ich hoffe sehr, dass euch mein Buch gefallen hat und ich euch an der einen oder anderen Stelle zum Lachen gebracht habe. Keine Sorge, ich habe vor, noch mehr Swipe-erella Bücher zu schreiben, also seid gespannt.